HEYNE BÜCHER

SCIENCE FICTION

Herausgegeben
von Wolfgang Jeschke

HAL CLEMENT

DAS NADELÖHR

Science Fiction-Roman

Deutsche Erstveröffentlichung

WILHELM HEYNE VERLAG
MÜNCHEN

HEYNE-BUCH Nr. 06/3994
im Wilhelm Heyne Verlag, München

Titel der amerikanischen Originalausgabe

THROUGH THE EYE OF A NEEDLE

Deutsche Übersetzung von Hans Maeter
Das Umschlagbild schuf Eddie Jones
Die Karte zeichnete Erhard Ringer

Redaktion: Rainer Michael Rahn

Printed in Germany 1983
Umschlaggestaltung: Atelier Heinrichs & Schütz, München
Satz: Schaber, Wels/Österreich
Druck und Bindung:
Mohndruck, Graphische Betriebe GmbH, Gütersloh

ISBN 3-453-30930-8

Inhalt

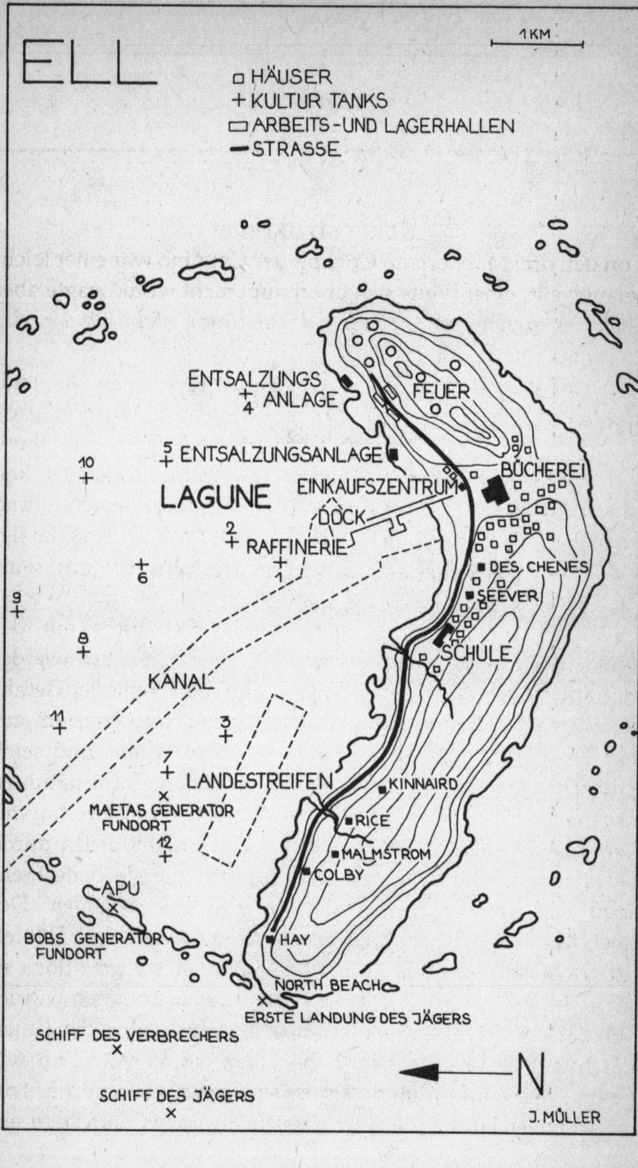

ELL
1 KM
HÄUSER
KULTUR TANKS
ARBEITS-UND LAGERHALLEN
STRASSE
ENTSALZUNGS ANLAGE
4
FEUER
5
ENTSALZUNGSANLAGE
10
BÜCHEREI
LAGUNE
EINKAUFSZENTRUM
DOCK
2
RAFFINERIE
1
6
DES CHENES
9
SEEVER
8
SCHULE
KANAL
11
3
7
LANDESTREIFEN
KINNAIRD
MAETAS GENERATOR FUNDORT
RICE
12
MALMSTROM
COLBY
APU
BOBS GENERATOR FUNDORT
HAY
NORTH BEACH
ERSTE LANDUNG DES JÄGERS
SCHIFF DES VERBRECHERS
N
SCHIFF DES JÄGERS
J. MÜLLER

1
Generalitäten

Von den drei Männern im Cockpit der Catalina war einer leicht gelangweilt, einer fühlte sich überhaupt nicht wohl, wagte aber nicht, es zuzugeben, und der dritte fragte sich, ob sie das Richtige taten.

Der Pilot hatte den Trip von Tahiti nach Ell einige dutzendmal hinter sich gebracht und so viele tausend Stunden Flugzeit in dem Amphibium hinter sich, daß er für Fliegen und Navigation nur einen sehr geringen Teil seiner Aufmerksamkeit benötigte. Das Wetter war ein wenig böig, ohne jedoch Grund zur Besorgnis zu geben, und das Flugboot war so zuverlässig, daß es nur der Routine eines Piloten bedurfte, um seine Funktionen zu überwachen.

Robert Kinnaird beobachtete das Wetter nicht mit der gleichen Gleichgültigkeit. Er wußte natürlich genauso wie der Mann auf dem linken Sitz des Cockpits, daß keinerlei Gefahr bestand, doch dieses Wissen schien seinem Nervensystem auf dem Reflex-Niveau nichts zu nützen. Seine Augen und seine semizirkulären Kanäle leiteten widersprüchliche Informationen zu seinem Gehirn. Der Pazifik war an diesem Nachmittag mit Konvektions-Zellen bedeckt; einige von ihnen wurden durch die kleinen, fast runden Kumuluswolken, die sie bedeckten, sichtbar gemacht, andere jedoch konnte er nur fühlen. Der junge Mann war mehrmals nahe daran gewesen, dem Piloten vorzuschlagen, über die Kumuluswolken zu steigen, doch er wußte im voraus, was für eine Antwort er bekommen würde. Dulac, der Pilot, hatte sehr strenge Ansichten über das Haushalten mit Brennstoff, selbst bei einem so kurzen Trip wie diesem. Seine Erfahrungen als Kriegsflieger während der frühen vierziger Jahre im Gebiet desselben Ozeans hatte ihm ein sehr klares Bild vom Verhältnis der Wassermassen zu Land gegeben, selbst in Sektoren, in denen es zahlreiche Inseln gab.

Kinnaird hatte selbst darauf bestanden, den Flug an diesem Nachmittag durchzuführen und nicht erst am folgenden Vormittag. Dulac hatte ihn gewarnt, daß es etwas holperig werden würde. Bob konnte also weiter nichts tun, als sich über das dritte Mitglied ihrer Gruppe zu ärgern, und er wußte, daß dieser Ärger sowohl ungerechtfertigt als auch sinnlos war. Er wußte seit Jahren, daß der Jäger für so triviale Phänomene wie Luftkrankheit nicht das geringste Verständnis hatte.

Der Jäger wußte selbst nicht, ob er etwas unternehmen sollte oder nicht. Es war natürlich Bobs eigene Schuld, daß sie den Flug heute unternommen hatten; es gab keinen praktischen Grund dafür, daß sie nicht bis zum nächsten Morgen gewartet hatten. Der Mensch wußte durch Perzept und Erfahrung, daß sein außerirdischer Begleiter alles in seiner Macht stehende tun würde, um ihn vor ernsthaften Gefahren und Krankheiten zu bewahren, daß er jedoch Bob nicht dazu ermutigen wollte, sich zu sehr auf die unsichtbare Präsenz des Wesens zu stützen. Die vier Pfund Gallertmasse, die in allen Körperhöhlen des Mannes verteilt waren, wußten, daß eine totale Abhängigkeit von ihm zu noch größeren Schwierigkeiten führen konnten, als die sieben Jahre partieller Abhängigkeit es bereits getan hatten. Der Jäger neigte in diesen Tagen dazu, alles zu unterlassen, was über einen leichten Ausgleich von Beschwerden hinausging. Er wußte, daß er überreagierte, daß ein leichter Nervendruck, durch den er Bobs Übelkeit mildern konnte, sicher nicht schaden würde; doch solange Bobs Gesundheitszustand so labil war, wollte er keinerlei Risiko eingehen. Schließlich würde der Flug bald vorüber sein.

Er versuchte, Bob zu trösten, indem er ihn darauf hinwies. Der Pilot konnte ihn nicht hören, da die Stimmlaute des Jägers in Bobs Mittelohrknochen entstanden, die von Fäden nichtmenschlichen Gewebes in Schwingungen versetzt wurden. Die Antwort war jedoch weniger gut getarnt.

»Sage mir doch nicht, daß es nicht mehr lange dauert!« fauchte Kinnaird. »Wir fliegen bereits dreieinhalb Ewigkeiten, und die Insel ist noch nicht einmal in Sicht. Warum hast du es mir nicht ausgeredet?« Seine Stimme war nicht ganz hörbar, obwohl er wirklich sprach — der Jäger war kein Gedankenleser, auch wenn er die Emotionen hinter den meisten von Bobs unfreiwilligen muskularen und glandulären Reaktionen interpretieren konnte. Der Pilot hätte sein Murmeln möglicherweise hören können, wenn die Motoren nicht gelaufen wären.

»Was hätte ich denn sagen sollen?« erwiderte der Jäger. »Ich habe dich darauf hingewiesen, daß Dulac recht hatte, als er uns einen ziemlich rauhen Flug ankündigte. Und da du bei allem, was wir tun, die letzte Entscheidung triffst — es sei denn, ich nehme mein Veto-Recht in Anspruch, indem ich dich bewußtlos werden lasse —, konnte ich kaum noch etwas tun. Du wolltest es so haben, nun finde dich auch gefälligst damit ab. Schließlich ist nichts in deinem Magen, um das es schade wäre.«

»Ich wünschte, du würdest jetzt von deinem Veto-Recht Gebrauch machen. Zumindest ginge es mir dann besser, bis wir gelandet sind. Ich meine es ernst, Jäger. Ich habe mich noch nie im Leben so schlecht gefühlt. Vielleicht trägt auch die andere Sache dazu bei, aber ich weiß, daß ich es nicht mehr lange aushalten kann.«

Der Jäger fühlte sich im ersten Moment versucht, nachzugeben, doch dann entschied er, das Risiko nicht einzugehen.

»Dies ist nicht die Art Notfall, für die mein Veto gerechtfertigt ist, und du weißt das sehr genau«, sagte der Alien. »Es tut mir leid, daß du dich nicht wohl fühlst, aber bis jetzt ist noch niemand an der Luftkrankheit gestorben, wie es deine Leute auszudrücken pflegen. Sie . . .«

»Wenn du aussprichst, was du anscheinend sagen willst, besaufe ich mich, sowie wir zu Hause angekommen sind!« unterbrach Bob, beinahe laut genug, um von Dulac gehört zu werden. Der Jäger, dessen Hauptanliegen es war, die Aufmerksamkeit seines Gastgebers von seinem Magen abzulenken, versagte es sich, das Klischee zu wiederholen und wechselte einfach das Thema. Die Bemerkung über den Alkohol, nahm er an — und hoffte er —, war nicht ernst gemeint; Bob war zu klug, um die persönliche Koordination seines Symbionten aufs Spiel zu setzen.

»Glaubst du wirklich, wir könnten irgendwohin gehen, ohne mehr Menschen von meiner Existenz wissen zu lassen?« fragte der Alien. »Wir werden eine Menge Hilfe brauchen.«

»Die meiste erhoffe ich mir von Doc Seever«, antwortete Bob. »Seine Sprechstunden sind natürlich ein wenig unregelmäßig, da es keine Möglichkeit gibt, das Auftreten von Krankheiten oder Verletzungen auf der Insel vorauszusehen, doch weiß er mehr von allem, was man wissen muß, als jeder andere dort. Dad dürfte die meiste Zeit zu beschäftigt sein, um helfen zu können. Wir sollten wirklich ein paar Leute haben, die entweder eine sehr viel niedrigere Position in der PFI-Hierarchie und höchstens eine acht-zu-fünf Verantwortung haben, oder solche, die überhaupt nichts mit PFI zu tun haben. Aber die dürften auf Ell kaum zu finden sein.«

»Deine Mutter ist eine sehr kompetente Frau.«

»Die braucht zu viel Zeit, sich um Silly zu kümmern.«

»Deine Schwester ist jetzt sechs Jahre alt. Sie sollte deine Mutter nicht mehr viel in Anspruch nehmen. — Geht sie nicht schon zur Schule?«

»Vielleicht. Ich habe fast vergessen, wie es mit der Schule ist auf dieser Insel.«

Ihr Gespräch wurde durch eine Berührung auf Bobs Schulter unterbrochen, die von beiden gefühlt wurde. Beide wandten den Kopf nach vorn — der Jäger hatte dabei keine andere Wahl — und sahen die Insel, die Bob als seine Heimat betrachtete, obwohl er die Hälfte der letzten zehn Jahre anderswo verbracht hatte, direkt voraus auftauchen. Die tiefstehende Sonne akzentuierte die Kämme der L-förmigen Gebirgskette, die das Rückgrat der Insel bildete, und wurde von den Wänden der quadratischen Kultur-Tanks zurückgeworfen, die in der Lagune verstreut lagen. Dulac nahm das Gas zurück und legte die Maschine in eine leichte Rechtskurve.

»Wir sind in fünfzehn Minuten unten«, versicherte er Bob.

»Gut.« Bobs Erleichterung war ehrlich. »Tut mir leid, daß

ich Sie überredet habe, bei so einem Wetter zu fliegen, aber wenigstens sind wir so früher zu Hause.«

»Sie meinen, Sie sind früher zu Hause. Mir ist es ziemlich egal, wo ich schlafe. Wozu Sie mir verholfen haben, ist ein freier Tag. Danke. Ich sollte diese Mühe bis morgen nacht nach Ell bringen und übermorgen irgend etwas erledigen. Was den Flug betrifft, so haben nur Sie gelitten, also entschuldigen Sie sich nicht bei mir.«

Bob war während seinem College-Jahr ein wenig geflogen, aber natürlich keine Maschine, die so groß und schwer war wie diese Catalina. Doch die Prozedur des Landens, das Übergehen in den Sinkflug, das Ansteuern der Wasserungsfläche und das Aufsetzen waren interessant genug, um seine Aufmerksamkeit während der letzten Minuten des Fluges von seinem Magen abzulenken. Sie flogen über den Westarm der Insel an, fast über Bobs Haus hinweg, obwohl es aus einer Höhe von fünfhundert Fuß nur dem Piloten sichtbar war — sie befanden sich in einer Linkskurve, und als die Maschine wieder waagrecht flog, lag das Land links hinter ihnen.

Der letzte Teil des Anfluges führte über den kürzeren Teil des L, nur wenige Fuß über den Berggrat hinweg und über die Tanks, die auf ihm standen. Bob glaubte ein paar Gesichter auf dem langen Damm erkennen zu können, der zu der Tiefwasserpier führte, an der die Tanker beladen wurden, hatte aber nicht die Zeit, sich dessen zu vergewissern. Er hatte den Eindruck, daß jetzt mehr Häuser im Dorf standen — dem Gebiet im Knick des L, wo die Straße des zur Tiefwasserpier führenden Dammes mit der zusammenstieß, die über die ganze Länge der Insel hinwegführte, doch auch hier war er nicht sicher; der Dschungel war zu dicht. Doch war es sehr wahrscheinlich, daß das Dorf gewachsen war; Pacific Fuels, Incorporated, hatte erhebliche Umsatzsteigerungen erzielen können, besonders während des kürzlich beendeten Korea-Krieges, und die Bevölkerung der Insel hatte zugenommen. Als der Jäger vor fast acht Jahren zum erstenmal hier an Land gekommen war, nachdem er außerhalb des Riffs abgestürzt war, hatten einhundertsiebzig Menschen auf Ell gelebt; jetzt, wußten sowohl er wie auch sein Gastgeber, waren es um die fünfzig mehr. Viele davon waren natürlich Kinder, aber nicht alle. Das Einkaufszentrum, die Schule und die Bücherei waren vergrößert worden, und mehr Menschen wurden gebraucht, um die ständig wachsenden Produktionsanlagen zu bedienen und zu warten.

Der Wasserungsstreifen wurde durch Bojen markiert, und die zahlreichen Boote und Kanus in der Lagune hielten sicheren Abstand von diesem Streifen. Dulac setzte das Flugboot zwanzig Yards hinter den weißen Bojen auf, die den Beginn der Bahn markierten, ließ es fast zum Stillstand kommen und wendete dann. Dies brachte den rechten Cockpit-Sitz, der von Bob und dem Jäger eingenommen wurde, auf die Landseite, und beide blickten aufmerksam hinaus, um nach irgendwelchen Veränderungen zu sehen; sie waren zwei Jahre lang nicht auf der Insel gewesen. Doch selbst auf diese nahe Distanz wurde die Sicht von Bäumen behindert. Der lange nordwestliche Teil der Insel war noch immer von dichtem Dschungel bedeckt.

Die Boote waren natürlich jetzt sehr deutlich zu erkennen. Die meisten von ihnen wurden von Jugendlichen gesteuert und hielten jetzt auf die lange Pier zu, wobei ihre Lenker genau darauf achteten, nicht vor den Bug des Flugbootes zu kommen. Die Bevölkerung der Insel war eine gemischte Rasse, deren Hauptbestandteil polynesisch war, und Eltern fanden es völlig normal, daß Kinder aller Altersstufen sich auf oder im Wasser aufhielten, hatten jedoch strengere Ansichten, was die Einhaltung der Sicherheitsregeln betraf, und nur wenige der Jungen und Mädchen waren bereit, das Risiko einzugehen, zur Strafe eine Woche oder mehr an Land bleiben zu müssen.

Sie verschwanden sogar eiligst aus dem Raum um das Floß, an dem das Flugboot festgemacht werden sollte, und das durch eine aufwärts führende Gangway mit der Pier verbunden war. Das Floß selbst war jedoch voller Kinder und Halbwüchsiger, als das Amphibium behutsam in den Spalt gesteuert wurde, der dafür vorgesehen war, hielten jedoch sicheren Abstand von den Propellern, während Dulac die Brennstoffzufuhr sperrte und die Motoren auslaufen ließ. Bob und der Jäger kannten die meisten Gesichter, ihre Aufmerksamkeit wurde jedoch von einem schlanken, über sechs Fuß großen blonden Jungen gefangengenommen, der mit einer aufgeschossenen Taurolle in den Händen auf das Flugboot zutrat und es festzumachen begann. Es war Kenneth Malmstrom, einer der fünf Jungen, die, ohne es zu wissen, vor sieben Jahren das Polizei-Problem des Jägers geteilt hatten.

Der Anblick des jungen Arbeiters schickte ihre Gedanken in verschiedene Richtungen, als Bob und sein Symbiont in den Frachtraum und zur Ausstiegsluke der Catalina gingen. Kinnaird fragte sich, ob auch einige der anderen sich auf der Insel befanden. Er wußte, daß zwei von ihnen, Hay und Colby, Colleges in Melbourne und Arizona besuchten; Rice jedoch arbeitete bei PFI und mochte hier sein, und Bob hatte sich ernsthaft überlegt, ob er seine Hilfe nicht bei diesem neuen Problem in Anspruch nehmen sollte.

Der Jäger dachte nicht so weit voraus. Er fragte sich, ob Malmstrom, der offensichtlich verfügbar war, vertrauenswürdig war und man ihm die Information zugänglich machen konnte, die er haben mußte, um eine Hilfe zu sein. Der Alien zweifelte daran. Von allen fünf war ihm Malmstrom immer als der unreifste und unzuverlässigste erschienen. Es mochte bezeichnend sein oder nicht, daß er die freie College-Ausbildung, die allen Kindern von PFI-Angestellten offenstand, wenn sie sich zum Abschluß eines Sechs-Jahres-Vertrages mit der Firma verpflichteten, nicht in Anspruch genommen hatte. Eine ganze Reihe von jungen Leuten lehnte dieses Angebot ab aus Gründen, die nichts mit ihrer Intelligenz zu tun hatten. Trotzdem, Malmstrom schien mit seinem bescheidenen, von keinerlei Verantwortung beschwerten Job, der weder Phantasie noch Intelligenz erforderte, völlig zufrieden zu sein, und der Jäger hoffte, daß Bob sich von dem Enthusiasmus des Wiedersehens mit seinen alten Freunden nicht zu Voreiligkeiten hinreißen lassen würde.

Der Enthusiasmus war zweifellos vorhanden. Als der blonde Junge Bob erblickte, ließ er das Tau fahren, das er in den Händen hielt, und lief auf ihn zu.

»Bob! Du alter Bücherwurm! Kommst du jetzt für immer zurück?« Er schüttelte Bob kräftig die Hand, und er und Bob gingen durch diese Schulterklopfen-Routine, die den Jäger selbst nach mehr als sieben Jahren noch immer störte. Er wußte, daß die Verletzungen an seiner Substanz, die dadurch hervorgerufen wurden, kaum der Rede wert waren, doch ließen sich Gewohnheiten, die er in seinem mehrere Menschenalter währenden Leben angenommen hatte, nur schwer ablegen.

»Ich denke schon«, antwortete Kinnaird. »Ich habe noch nichts unterschrieben, aber ich meine, ich sollte meine sechs Jahre so bald wie möglich abreißen. Du hast gewußt, daß ich komme, nicht wahr?«

»Klar. Ich wußte nur nicht, wann. Wir haben Marc und seine Catalina eigentlich erst morgen erwartet. Als die Maschine gemeldet wurde, haben sie mich heruntergeschickt, damit ich etwas tue für mein Geld. Vielleicht sollte ich mir einen Job in den Staaten suchen, wo sie festgelegte Arbeitszeiten haben. Hier draußen wird erwartet, daß man alles dann erledigt, wenn es nötig ist, ohne Rücksicht auf die Zeit — sogar beim Essen stören sie einen.«

Den Jäger überraschte diese Antwort nicht, und er hoffte, daß sein Gastgeber sie als Beweis dafür nehmen würde, daß Malmstrom für ihr Projekt völlig ungeeignet war. Natürlich bestand keine Gefahr einer vorzeitigen Enthüllung ihres Projekts, solange so viele Menschen um sie waren, doch war es immerhin möglich, daß ihm Worte entschlüpften, die später nur mit Mühe verharmlost werden konnten, falls Bob die Zweifel des Jägers gegenüber Malmstrom nicht teilte.

In der Hoffnung, einen solchen Fehler verhindern zu können, legte der Alien eine Frage in Bobs Ohr.

»Was ist mit Rice? Ist er hier auf Ell?« Kinnaird hätte seinem Symbionten antworten können, ohne Aufmerksamkeit zu erregen, doch schien solche Vorsicht jetzt nicht nötig zu sein. Er wiederholte die Frage laut.

»Nein, der ist auf Tahiti.«

»Im Auftrag von PFI natürlich.«

»Klar. Er fliegt recht häufig hinüber. Ich weiß nicht, was er dort tut, aber auf jeden Fall scheint er nicht viel hinauszukommen. Ich kenne niemand, der blasser ist, als er — bis auf dich natürlich. Scheint die Sonne in den Staaten nicht mehr?«

»Nur stellenweise. Neu-England benutzt andere Dinge in seiner Touristenwerbung.«

»Und die wären?«

»Oh, seine Gehirn-Fabriken.«

Malmstrom hatte das Flugboot festgemacht und half jetzt Dulac, die Ladung an Bord zu bringen. Bob holte währenddessen seine Koffer heraus und gab sich Mühe, seinen körperlichen Zustand nicht zu auffällig werden zu lassen. Er war nicht sehr erfolgreich, mußte er zugeben. Sowohl er als auch der Jäger reagierten verstört auf die nächsten Worte Malmstroms.

»Aber Muskeln scheinen sie dort nicht zu produzieren, wie? Du bist ziemlich schlapp geworden, alter Junge.«

Kinnaird zuckte die Schultern und mimte Gleichgültigkeit.

»Es war ein ziemlich anstrengender Flug. In ein paar Tagen, wenn ich etwas ausgeruht bin, kannst du gerne mal ausprobieren, ob ich wirklich schlapp bin.«

Zur Erleichterung des Jägers und seines Gastgebers wurde das Gespräch von einer lauten Stimme unterbrochen, die vom Damm zu ihnen herabschallte.

»Bob! Was hast du mir mitgebracht?«

Die Sonne stand jetzt dicht über dem Horizont und schien direkt in Bobs Augen, als er zum Damm emporblickte, aber er brauchte den Sprecher nicht zu sehen, um ihn identifizieren zu können. Daphne, seine sechsjährige Schwester, kam die Gangway herabgestürzt, in einem Tempo, die den Jäger schwindelig werden ließ, obwohl er keine direkte Verantwortung für das Wohlergehen des kleinen Mädchens trug. Er bemerkte zu seinem Gastgeber: »Wenn sie dabei gewesen wäre, als ich dich kennenlernte, hätte sie mich sehr von der Lösung unseres kleinen Problems abgelenkt.«

Bob lachte leise auf; er wußte, was sein Symbiont damit meinte. Der Jäger hatte damals einen Flüchtling seiner eigenen Spezies gesucht, der in den Weltraum entkommen war. Verfolgter und Verfolger waren vor der Küste von Ell abgestürzt; beide hatten an Land kommen und einen menschlichen Gastgeber finden können. Der Jäger hatte dann vor der Aufgabe gestanden, den anderen ohne die Hilfe von Polizei-Kollegen zu finden, und in einer ihm fremden Umgebung, in der es nicht üblich war, daß jeder einen Symbionten in sich beherbergte und jeder es als selbstverständlich voraussetzte, daß auch alle anderen einen besaßen, und ohne die Hilfe all der technischen Mittel, die es ihm unter normalen Umständen erlaubt hätten, den Verfolgten aufzuspüren und ihn von seinem Gastgeber zu trennen, ohne dem letzteren Schaden zuzufügen. Er hatte nur deshalb Erfolg gehabt, weil der Kriminelle nicht die geringste Anstrengung gemacht hatte, seinen Gastgeber in den Regeln elementarster persönlicher Vorsicht zu unterweisen. Die Symbionten waren in der Lage, blutende Wunden zu schließen, infektiöse Mikroorganismen zu beseitigen und innerhalb gewisser Grenzen Schmerzen zu reduzieren. Menschen — und ebenso die humanoide Spezies auf dem Heimatplaneten des Jägers — haben die Neigung, ihr Verhalten danach einzurichten, was sie ohne Schaden ertragen können; wenn sie feststellen, daß eine Geschwindigkeit von sechzig Meilen ihnen nicht schadet, versuchen sie bald, fünfundsechzig zu fahren.

Arthur Kinnaird, Bobs Vater, ein in jeder Hinsicht normal umsichtiger Erwachsener seiner Spezies, hatte sich zunehmend häufiger in Situationen begeben, die ihn in erhebliche persönliche Gefahr brachten. Er hatte Dinge getan, die ihm normalerweise alle möglichen Verletzungen eingetragen hätten, sogar Knochenbrüche und Verbrennungen; und er hatte seine Risikozone daraufhin vergrößert ...

Das war vor siebeneinhalb Erdenjahren geschehen. Jetzt benahm sich Arthurs Tochter so, als ob *ihr* nichts geschehen könnte. Der Jäger hätte sich vielleicht gefragt, ob der andere damals doch überlebt hatte, aber dann fiel ihm ein, daß Daphne im Alter von vier Jahren genauso gewesen war; der Jäger machte Bob deshalb keine Vorwürfe, doch war er der Ansicht, daß entweder ihre Eltern oder ihre Kultur oder beide sich mehr um sie kümmerten, als gut für sie war.

Aber ob es ihm paßte oder nicht, es war nicht sein Problem. Er hatte selbst genügend Fehler begangen — auch mit seinem Gastgeber — und mußte sich zunächst um die Probleme kümmern, die dadurch geschaffen worden waren.

Wenn es ihm möglich sein sollte.

Daphne sprang wie ein Eichhörnchen an ihrem Bruder hinauf und redete ununterbrochen auf ihn ein. Sie freute sich riesig, ihn wiederzusehen; die Frage, was er ihr mitgebracht habe, wurde nicht wiederholt. Zur Erleichterung des Jägers war Bob kräftig genug, um ihre vierzig Pfund tragen zu können, aber sowohl Symbiont wie Gastgeber waren doch froh, als sie wieder auf das Floß sprang und einen wilden Tanz um Bob begann.

»Soll ich dich über Bord stoßen, damit du dich etwas abkühlst, Silly?« fragte er.

»Tu's doch. Mutter hat mir verboten, zum Floß herauszuschwimmen, aber wenn du mich reinschmeißt, schwimme ich eben zurück.«

Bob zog es vor, die Debatte nicht fortzusetzen. Er drückte das Kind an sich, um es mehr oder weniger zu immobilisieren, und begrüßte dann seine Mutter, die jetzt die Gangway herabkam.

»Hallo, Mom. Du bist sehr schnell herausgekommen. Hast du mich erwartet?«

»Nur erhofft. Wir haben das Flugzeug gehört und sind mit dem Rad heruntergekommen, weil immerhin die Möglichkeit bestand, daß du an Bord sein könntest. Ich hoffe, jemand hat Aufnahmen von deiner Examensfeier gemacht. Ich wünschte, wir hätten dabeisein können.«

»Ich habe sie mitgebracht. Läßt du diesen kleinen Affen schon radfahren? Ein Wunder, daß sie nicht die Gangway hinuntergefahren ist.«

Daphne versuchte, indigniert auszusehen. »Was du dir einbildest«, sagte sie. »Du weißt doch, daß man auf der Pier nicht radfahren darf.«

»Eins zu null für dich, Mom. Ich hätte nicht geglaubt, daß die Kleine hier sich jemals an Vorschriften halten würde.«

»Sie ist nicht schlimmer, als du es in dem Alter warst«, sagte seine Mutter. »Nachdem ich das Fahrrad ein paarmal weggeschlossen hatte, ist sie zur Vernunft gekommen. Wenn ich mich richtig erinnere, warst du mit dem löcherigen Boot, das deine Freunde damals hatten . . .«

»Okay, okay. Wir sind alle einmal jung gewesen.«

»Gott im Himmel. Du bist wirklich im College gewesen! Komm nach Hause, du mußt hungrig sein. Nimm nur das mit, was du gleich brauchst. Wir helfen dir tragen. Falls du deiner Schwester etwas mitgebracht hast, sage mir, in welchem Koffer es ist, und wir werden ihn mitnehmen, ganz egal, wie schwer er ist. Disziplin ist eine Sache, aber sie warten zu lassen, bis dein Vater den Rest deiner Sachen mit dem Jeep holen kann, wäre ziemlich grausam.«

»Du solltest mir wenigstens *etwas* Verstand zubilligen. Das — Dingsda — ist natürlich in dem kleinen Handkoffer. Sie kann ihn selbst zum Haus tragen, wenn sie sich stark genug fühlt.«

»Mach ihn doch auf und gib es mir hier und schleppe den Koffer selbst hinauf«, schlug das Mädchen sofort vor.

»Nicht, bevor dein großer Bruder etwas Gutes gegessen und sich ausgeruht hat. Du hast die Wahl: bring den Koffer zum Haus oder laß ihn hier.«

Bob tarnte seinen Zustand noch immer recht gut, doch sowohl er wie auch der Jäger wußten, daß er es nicht mehr lange durchhalten konnte. Sie waren sich von Anfang an darüber einig gewesen, daß seine Eltern alles erfahren mußten, doch waren sie sich fast genauso einig, daß das Kind nichts davon erfahren durfte. Es waren auch noch Dulac und ein großer Teil von Ells jugendlicher Bevölkerung auf dem Floß, also *mußte* Bob noch eine Weile durchhalten.

Malmstrom hatte den letzten Teil des Gesprächs mitgehört. »Ich kann dir gleich helfen, wenn du magst, Bob«, bot er an. »Wir können das schwere Zeug auf die Pier schaffen, dann kann dein Dad, oder wer sonst als nächster vorbeikommt, es zum Haus karren.« Bob und der Jäger fragten sich, wie sie dieser Falle entkommen konnten, während sie gleichzeitig aus

Malmstroms Worten schlossen, daß Motorfahrzeuge auf der Insel noch immer so knapp waren wie früher und mehr oder weniger als Gemeineigentum galten. Doch bevor sie sich eine Ausrede einfallen lassen konnten, rettete Bobs Mutter die Lage.

»Vielen Dank, Ken, aber ich möchte nicht, daß er sich jetzt die Zeit dafür nimmt. Ich weiß, daß wir ihn von nun an immer bei uns haben werden, aber wir haben ihn schließlich zwei Jahre nicht gesehen. Ich möchte ihn nach Hause bringen, ihn gut füttern und mit ihm reden. Laß mich dieses eine Mal die altmodische Mutter spielen. Und wenn du meinen Mann sehen solltest, sage ihm bitte, er möge gleich nach Hause kommen und sich heute abend nicht mehr um Bobs Gepäck kümmern.«

»Geht klar, Mrs. Kinnaird. Ich kümmere mich um das Zeug, wenn sie mir nichts anderes zu tun geben. Ein Teil der Koffer ist sicher ohnehin für die Bücherei bestimmt, nehme ich an.«

»Die beiden größten«, sagte Bob.

»Hast du das alles wirklich lesen müssen? Bin ich froh, daß ich mich gegen das College entschieden habe. Wir sehen uns später, Bob. Weißt du schon, was du hier tun sollst?«

»Ich habe ein sehr gutes Diplom als Chemieingenieur von dem angesehensten Institut östlich des Hudson-River, also wird man mir wahrscheinlich klarmachen, daß es bereits acht erfahrene Chemieingenieure auf Ell gibt, und daß PFI während der kommenden Jahre meine Muskeln nutzbringender verwenden könne, als mein Gehirn. Wahrscheinlich werden wir Seite an Seite unseren Schweiß vergießen, Ken, zumindest für einige Zeit.«

»Ich kann es einfach nicht glauben.« Malmstrom winkte ihm zu, als er, seine Mutter und seine Schwester die Gangway hinaufgingen, dann wandte er sich wieder seiner Arbeit zu.

Bobs Bemerkung war keine Prophezeiung gewesen, sondern eine geheime Sorge, die ihn und den Jäger bedrückte. Es war sehr gut denkbar, daß man ihm zunächst einen weniger angenehmen und mehr physische Anforderungen stellenden Job zuweisen würde, wenn er seinen langjährigen Dienst antrat, und bei seinem derzeitigen Zustand würde er bestenfalls einen Tag durchstehen. Die erste Phase des komplexen Plans, den sie gmeinsam ausgearbeitet hatten, schloß auch die Hilfe des Inselarztes ein, um einer solchen Arbeit aus dem Weg gehen zu können. Seever war einer der wenigen Menschen, die von dem Jäger wußten, und der Alien und sein Gastgeber rechneten für die Zukunft sowohl mit seiner Sympathie als auch mit seinem beruflichen Können.

Das Floß lag etwa eine Viertelmeile vom Ufer entfernt, und als die drei es über den Damm erreicht hatten, war es dunkel geworden, doch der verschleierte Mond gab genügend Licht. Mit einem Seufzer der Erleichterung stellte Daphne den kleinen Koffer ab, als sie das Ende des Dammes erreicht hatten.

»Ich kann ihn nicht auf mein Fahrrad nehmen«, erklärte sie, »nimm du ihn auf deins, Mom, ich werde mein Rad schieben und Bob begleiten.«

»Warum habt ihr mein Rad nicht mitgebracht?« fragte ihr Bruder.

»Wie denn? Wir mußten doch unsere eigenen Räder fahren.«

»Ich bin froh, daß es noch ein paar Dinge gibt, die ich dir beibringen kann. Aber nicht jetzt gleich; ich bin etwas abgeschlagen und habe keine Lust, den ganzen Weg bis zum Haus zu Fuß zu gehen.« Seine Mutter blickte ihn einen Augenblick besorgt an, doch weder er noch der Jäger bemerkten den Ausdruck.

»Du bist lange unterwegs gewesen«, sagte sie. »Da ist das sehr verständlich. Daphne, laß den Koffer hier und suche deinen Vater. Ja, mit dem Rad, wenn du mir versprichst, auf beleuchteten Straßen zu bleiben. Er ist irgendwie auf diesem Ende der Insel. Er soll sich einen Jeep besorgen und uns entgegenkommen.« Das Kind gehorchte ohne ein weiteres Wort. Seine Mutter blickte ihm lächelnd nach.

»Normalerweise darf sie nach Einbruch der Dunkelheit nicht mehr radfahren. Aber vielleicht hast du die neuen Straßenlampen bemerkt; sie sind nur hier im Dorf aufgestellt worden und entlang der Straße bis zur Schule. Wie geht es dem Jäger, Bob?«

Bob bekam keine Gelegenheit zu antworten. Sie hatten die erste Straßenlampe erreicht, an der Stelle, wo die vom Damm kommende Straße in die andere einmündete, die über die ganze Länge der Insel verlief, und eine Anzahl Menschen hatte sie bemerkt. Jeder auf der Insel kannte Bob, und alle — der ältere Teil der Bevölkerung in diesem Fall — kamen eilig auf sie zu, um ihn zu begrüßen und ihn nach seinen Erlebnissen auf dem College zu befragen. Der Jäger war an den Gesprächen völlig uninteressiert; seine einzige Sorge war, daß sein Gastgeber sich so lange auf den Beinen halten konnte, bis sie zu Hause angekommen waren, und er fühlte sich frustriert über die eigene Hilflosigkeit.

Schließlich kam ein Jeep die Straße entlang und bremste neben der Gruppe. Bobs Vater und Schwester stiegen aus, und Daphne duckte sich sofort hinter ihre Mutter, ohne sich um ihr Rad zu kümmrn, das auf der Ladefläche des Jeeps lag. Arthur Kinnaird unterbrach die Unterhaltung etwas brüsk, jedoch ohne unhöflich zu werden.

»'n Abend, Ben — Hallo, Maria — hallo, die anderen. Steig ein, Bob. Wir fahren zur Pier und holen dein Zeug. Daphne, nimm dein Fahrrad vom Wagen und fahre mit deiner Mutter nach Hause. Wir werden sicher gleichzeitig mit euch dort sein. Tut mir leid, wenn ich euch Bob entführen muß, Leute, aber er war lange unterwegs und braucht Ruhe. Wir werden auch erst morgen mit ihm sprechen.«

»Daraus wird wohl nichts werden«, bemerkte der Jäger zu Bob, als der Wagen über den Damm zur Tiefwasserpier rollte. »Du bist zu schwach, um einen Koffer tragen zu können, und wenigstens das wirst du deinem Vater irgendwie erklären müssen.«

Doch anfangs schien es, als ob keine Erklärung nötig sein würde, und der Jäger begann zu hoffen. Arthur Kinnaird bestand darauf, daß sein Sohn im Jeep sitzen blieb, während er zweimal die Rampe hinabging und die Koffer heraufbrachte. Wenn Bob besser darauf geachtet hätte, was sein Vater in den Jeep lud, hätte er die Erklärung wahrscheinlich bis zum nächsten Tag aufschieben können; er brauchte den Blechkoffer nicht, der nach den ersten zwei Trips seines Vaters noch auf dem Floß geblieben war, und wenn sie sofort nach Hause gefahren wären, hätten Bobs Kraft gerade noch ausgereicht, um ins Haus zu gehen. Doch sein Vater ging zum drittenmal auf das Floß hinab. Außer dem Blechkoffer waren nur noch die beiden Bücherkisten zurückgeblieben, die zu schwer waren, um sie ohne Hilfe zu transportieren. Als er den Griff an der Schmalseite des Koffers packte, stieß er einen leisen Fluch aus. »Bob! Bring die Taschenlampe her, bitte.«

Der Gang über die Rampe kostete ihn einen Teil seiner schwindenden Kräfte, doch er war immerhin noch auf den Beinen, als er zu seinem Vater trat.

»Was ist, Dad?« fragte er. Der ältere Kinnaird nahm den Finger aus dem Mund, um antworten zu können.

»Habe mir an irgend etwas unter dem Griff die Hand aufgerissen. Sieh mal nach, was es ist.« Er bückte sich selbst, als sein Sohn den Strahl der Lampe auf die Schmalseite des Koffers richtete. Die Ursache der Verletzung war beiden sofort klar.

»Ich habe nicht geglaubt, daß es so etwas auf der Insel gibt«, sagte Arthur Kinnaird. »Könnte es irgendwo unterwegs passiert sein?« Der Deckel des Metallkoffers war mit roher Gewalt aufwärts gebogen worden; an einer Stelle war das Blech eingerissen, und die scharfen Kanten ragten in den schmalen Raum unterhalb des Ledergriffes.

»Ich bin zwar kein professioneller Kofferdieb«, bemerkte Bob, »aber das scheint mir eine sehr umständliche Methode zu sein. Wenn jemand etwas aus einem Koffer stehlen will, würde er doch zuerst die Schlösser oder die Scharniere bearbeiten.«

»Was ist in dem Koffer?«

»Ich kann mich nicht genau erinnern, aber auf jeden Fall nichts besonders Wertvolles. Zumeist Kleidung, vielleicht auch ein paar Bücher für die Bibliothek, obwohl die fast alle in den großen Kisten sind. Ich müßte nachsehen, um sicher zu sein. Ich habe während der Jahre einen Haufen Zeug zusammengetragen und habe es nicht über mich gebracht, viel davon wegzuwerfen, da PFI für den Transport zahlte. Ist die Verletzung schlimm?«

»Ich werde sie überleben. Schade, daß du den Koffer nicht

angehoben hast. Ich nehme an, dein freundlicher, grüner Gallertklumpen ist noch immer bei dir. — Entschuldige, Jäger, daß ich vergessen habe, dich zu begrüßen, aber du bist eben nicht sehr auffallend.«

»Ja, er ist noch immer da. Wenn du dich ernsthafter verletzt haben solltest, könnten wir ...«

»So schlimm ist es nicht. Wir werden den Blechkoffer hier lassen, wenn er nach deiner Meinung nichts Wichtiges enthält. Wir wollen versuchen, vor den Ladys zu Hause zu sein.«

Bob zögerte; er war fast am Ende seiner Kraft.

»Ich bin nicht sicher, daß ich den Weg die Rampe hinauf schaffe«, gab er schließlich zu, weil er einsah, daß er die Erklärung seiner Schwäche nicht länger hinausschieben konnte.

»Hmmm. Deine Schwester sagte mir, daß du sehr mitgenommen aussähst. War die Reise so anstrengend?«

»Sogar Silly ist es aufgefallen? Wir hatten gehofft, daß sie nichts merken würde. Nein, es war nicht der Trip. Die Sache ist komplizierter, und ich denke, daß wir Doc Seever hinzuziehen müssen.«

»Bist du verletzt? Ist es etwas, das der Jäger nicht heilen kann?«

»Nicht verletzt. Ich habe keinen Unfall gehabt. Es ist etwas, das ich seit langem kommen gesehen habe. Ich werde dir und Mom alles erzählen, wenn Silly zu Bett gegangen ist. Es ist zu kompliziert, um es ihr erklären zu können — oder hast du ihr vom Jäger erzählt?«

»Natürlich nicht. Komm, wir wollen zum Wagen zurückgehen. Willst du sagen, daß es eine Krankheit ist, die der Jäger nicht heilen kann?«

»Im Gegenteil, könnte man sagen. Tut mir leid, wenn ich es so offen ausspreche, kleiner Freund: Dad, der Jäger ist schuld daran. Was er oder wir oder sonst jemand dagegen tun können, ist eine sehr offene Frage.«

Sonst wurde während des Rückweges zum Wagen nichts mehr gesprochen.

2
Details

Trotz des Zwischenfalls auf dem Floß erreichte der Jeep wenige Minuten nach den beiden Radfahrerinnen das Haus. Die kurze Erholung während der Fahrt hatte Bobs Kräfte so weit aufgefrischt, daß er ohne Hilfe ins Haus gehen konnte. Sein Gepäck mußte jedoch fürs erste im Wagen zurückbleiben.

Der Handkoffer, den Daphne getragen hatte, war natürlich im Haus; ihre Mutter hatte nachgegeben und ihn auf ihrem Fahrrad transportiert. Daphne schleppte ihn sofort zu der Couch, auf die sich ihr Bruder hatte fallen lassen.

Sie bestand natürlich darauf, daß er sofort geöffnet würde, und die daraus resultierenden Tätigkeiten füllten die Zeit bis zum Dinner. Bob war dankbar für jede Minute Ruhe, die er haben konnte, und glücklicherweise war Daphne einverstanden, daß er auf der Couch liegen blieb, während er die Geschenke — eine ganze Reihe, stellte sie zufrieden fest — verteilte, die den größten Teil des Kofferinhalts ausmachten.

Der Jäger wartete mit ständig wachsender Ungeduld darauf, daß sie zu Bett geschickt würde. Inzwischen hatte auch Mrs. Kinnaird gespürt, daß irgend etwas nicht stimmte, und auch sie wollte erfahren, was mit Bob los war. Endlich wurde die protestierende Daphne in ihr Zimmer geschickt, das früher einmal Bobs Zimmer gewesen war. Zum Glück für Bob, der es bestimmt nicht geschafft hätte, heute noch einmal Treppen hinaufzusteigen, und in einem Anbau schlafen sollte, den sein Vater im vergangenen Jahr auf der Rückseite des Hauses errichtet hatte — ohne zu wissen, wie notwendig er sein würde, da er ja von den Schwierigkeiten seines Sohnes nichts ahnen konnte.

Schließlich, als das Kind ruhig geworden war und man annehmen konnte, daß es schlief, konnten sie zur Sache kommen. Bob hatte sich seine Worte lange vorher zurechtgelegt. Der Jäger wußte, daß es für ihn keine Freude sein würde, sie zu hören, da sie ihn nicht gerade in ein gutes Licht rückten, doch war er erwachsen genug, um den Tatsachen ins Auge blicken zu können.

Es war Bobs Mutter, die das Gespräch eröffnete, nachdem sie nach oben gegangen war, um sich zu versichern, daß das Kind wirklich schlief.

»Du bist nicht nur müde, Bob, nicht wahr? Es ist etwas Ernsteres.«

»Ich fürchte ja, Mom«, antwortete er. »Ich weiß nicht, wie ernst es ist — es könnte sich eine ganze Weile hinziehen, aber es wäre wohl nicht sehr klug, sich darauf zu verlassen. Die Sache hat begonnen, als ich vor zwei Jahren das letztemal zu Hause war. Es war damals nicht sehr schlimm, und ich hielt es nicht für nötig, euch oder Doc Seever damit zu belasten, aber es ist ständig schlimmer geworden, und jetzt muß etwas dagegen getan werden.«

»Kann der Jäger eine zuverlässige Diagnose stellen?« unterbrach Bobs Vater. »Ich meine, hat er so etwas schon einmal erlebt?«

»Nicht selbst, sagt er. Er hat von Fällen gehört, die in lange zurückliegenden Zeiten auftraten, wenn seine Spezies mit einem neuen Typus von Gastgebern eine Symbiose einging. Es wäre jetzt nicht geschehen, wenn er Arzt wäre, und kein Detektiv. Aber ich will euch die Geschichte von Anfang an erzählen.« Seine Eltern nickten.

»Ihr wißt beide, wie der Jäger und andere seiner Spezies beschaffen sind: vier Pfund einer Substanz, die sich vage mit menschlichem Protoplasma vergleichen läßt, jedoch aus molekülgroßen Einheiten besteht, im Gegensatz zu den relativ riesigen Zellen unseres Gewebes. Seine Leute können unabhängig existieren, zumindest auf ihrem eigenen Planeten, doch normalerweise leben sie im Körper eines größeren Wesens und in Symbiose mit ihm. Der Jäger lebt seit Jahren so in mir, ernährt sich von dem, was ich esse, sieht durch meine Augen, hört mit meinen Ohren und zahlt für seinen Unterhalt, indem er eindringende Krankheitskeime vernichtet, bei Verletzungen die Blutung stillt und so weiter. Außerdem ist er ein persönlicher Freund, wenn unsere Freundschaft auch nicht so eng ist, wie sie es auf seinem Heimatplaneten wäre; hier fehlen verschiedene Einrichtungen, die es ihm erlauben würden, ein normales Leben zu führen, und wir haben keinerlei gemeinsame Interessen. Er ist Detektiv, und sein Partner zu Hause war ein Polizeibeamter; er hat auf dem College gemeinsam mit mir alle Vorlesungen und Seminare mitgemacht, sie jedoch längst nicht so interessant gefunden wie ich. Auf seinem Planeten verbinden sich Partner erst, nachdem sie sich eine ganze Weile kennen. Hier blieb ihm keine Wahl.

Seit seine Leute die Raumfahrt entwickelt haben, bestehen Kontakte zu anderen, mehr oder weniger menschenartigen Lebewesen, mit denen sie auf der Basis der Lebensteilung koexistieren. Das ist jedoch nicht überall möglich. Nach ihren Erfahrungen produzieren keine zwei Planeten Lebensformen mit der gleichen chemischen Zusammensetzung, und gründliche Forschungsarbeiten sind nötig, bis es zu einer komplikationslosen Symbiose kommen kann.

Natürlich fällt meine Partnerschaft mit dem Jäger in die weniger gut organisierte Kategorie. Er ist nie ganz sicher gewesen, ob er mir nicht auf irgendeine Weise schadet. Wir haben genügend Ähnlichkeit mit anderen Humanoiden, die er kennt, um meine normalen Immunitätsreaktionen auf die ihm vertraute Weise bekämpfen zu können, und da er in mir war, brauchte ich sie auch nicht; er wird mit allen Infektionen fertig. Trotzdem versichert er sich alle paar Tage, daß die Neutralisierung meiner Immunitäts-Reaktionen gegen *ihn* sich nicht generell auswirkt. Wenn ich mir zum Beispiel einen Splitter einreiße, wartet er, bis mein Körper normal reagiert, bevor er die eindringenden Bakterien vernichtet.

Vor zwei Jahren ging ein solcher Test negativ aus. Ein kleiner Kratzer führte zu einer schweren Infektion, und der Jäger stellte fest, daß meine Immunitäts-Chemie überhaupt nicht mehr funktionierte. Er bereinigte den Infekt natürlich; solange er in mir ist, besteht keinerlei Gefahr. Wenn jedoch *ihm* etwas passieren sollte ...« Bob sprach den Satz nicht zu Ende, doch seine Eltern nickten.

Sie erinnerten sich an die Umstände, unter denen sie von der Existenz des Jägers erfahren hatten: Seever, der Arzt der Insel, war der einzige, den Bob ins Vertrauen gezogen hatte, bevor die Polizeiaktion des Jägers beendet worden war. Bob hatte den kriminellen Alien durch einen Bluff dazu veranlaßt, den Körper seines Vaters zu verlassen und ihn dann durch Feuer vernichtet. Doch die Austreibung war zu rasch erfolgt. Kurz darauf war Arthur Kinnaird schwer erkrankt. Die Symptome waren eine Mischung von Lungenentzündung und Menengitis, und Dr. Seever hatte vor einem Rätsel gestanden. Schließlich hatten er und Bob den widerstrebenden Jäger dazu überredet, sich in Arthur Kinnairds Körper zu begeben und dort Umschau zu halten.

Das Problem erwies sich als recht einfach: virusartige Zellen, die von dem Alien bei seinem hastigen Auszug zurückgelassen worden waren, wurden nicht mehr von dessen Intellekt beherrscht und koordiniert und lebten nun ohne Rücksicht auf das Wohlergehen ihres Gastgebers; das gleiche, doch auf einem erheblich niederen Niveau, hatte der Organismus, von dem sie stammten, auch getan und war dadurch nach den Gesetzen seiner Spezies zum Verbrecher geworden.

Der Jäger konnte die Partikel ohne jede Schwierigkeit seiner eigenen Substanz hinzufügen. Seever hatte es für notwendig erachtet, Bobs Mutter die ganze Geschichte zu erzählen, da sie zu intelligent war, um sich mit Halbwahrheiten zufriedenzugeben; und später, als ihr Mann wieder bei Bewußtsein war, wurde auch er über alles unterrichtet. Unter diesen Umständen blieb ihnen keine andere Wahl, als Seevers Darstellungen zu glauben, und sie hatten sich schließlich an das Vorhandensein des Jägers gewöhnt; sie unterhielten sich sogar gelegentlich mit ihm, obwohl ihr Sohn natürlich seine Antworten übermitteln mußte.

»In gewisser Weise«, fuhr Bob fort, »stehe ich jetzt in

völliger Abhängigkeit von meinem Symbionten. Und inzwischen ist es nicht nur diese Immunitäts-Sache, sondern auch andere Teile meiner Biochemie spielen verrückt. In einigen Fällen kann der Jäger die Ursachen dafür finden und etwas unternehmen, manchmal muß er seine eigenen Methoden in einer Weise anwenden, die nichts mit denen zu tun haben, die mein Organismus selbst in der gleichen Situation gebrauchen würde; zum Beispiel bekämpft er Infektionen, indem er die Erreger in sich aufnimmt, anstatt sie auf chemischem Weg zu neutralisieren.

Er hat seine Rolle als einen Jongleur-Akt beschrieben. Je weiter die Zeit fortschreitet, desto mehr Mühe kostet es ihn, meine Maschinerie in Funktion zu halten. Recht häufig beeinträchtigt eine Maßnahme, die er trifft, eine oder mehrere andere, die er bereits eingeleitet hat, oder etwas, was meine Biochemie normalerweise tut. Wenn es uns nicht gelingen sollte, die *Ursache* für das alles zu entdecken, und sie so simpel ist, daß man sie beseitigen kann ... nun ja, er gibt zu, daß der Jongleur früher oder später einen der Teller fallen lassen wird.«

»Ich nehme an, er kann sich nicht einfach zurückziehen und deine Heilung der Natur überlassen«, sagte Mrs. Kinnaird.

»Die Natur ist nicht so stark an mir interessiert«, antwortete ihr Sohn. »Der Jongleur-Akt ist nicht mehr als das, was jeder Mensch durchmacht, und bei jedem fällt irgendwann ein Teller zu Boden — früher oder später. Wenn man den Dingen ihren Lauf läßt und Augen und Ohren verschließt, mag das ›natürliche‹ Resultate bringen, doch es ist alles andere als sicher, daß das eigene Überleben unter die Rubrik ›natürlich‹ fällt. Man braucht Wissen, wenn man erreichen will, daß sich die Dinge nach seinen Wünschen entwickeln.«

»Aber der Jäger verfügt doch über Wissen! Du hast uns selbst gesagt, daß er in der Lage ist, Tausende, vielleicht Millionen von Chemikalien zu identifizieren — selbst so unglaublich komplexe Moleküle wie Protein — und sie sogar produzieren kann. Du hast gesagt, falls du jemals Diabetes bekommen solltest, würde er das deinem Körper fehlende Insulin selbst herstellen.«

»Das habe ich gesagt, das sage ich auch noch heute, und er tut es. Er kann eine Menge tun. Er tut eine Menge. Aber auch ihm sind Grenzen gesetzt, und diese Grenzen liegen leider ein ganzes Stück vor der Möglichkeit, sämtliche chemische Funktionen eines menschlichen Körpers zu übernehmen. Was du anscheinend nicht verstehst, ist die Tatsache, daß seine Fähigkeiten, so unglaublich sie sind, von der noch unglaublicheren Komplexität dieses Problems übertroffen werden. Du bist bestimmt realistischer als diese Spinner, die glauben, man könnte eine Brandwunde heilen, indem man Licht von einer bestimmten Färbung darauf fallen läßt, aber du verstehst trotzdem das Problem nicht.«

»Dann ist deine körperliche Schwäche also eine chronische Angelegenheit?« fragte Bobs Vater.

»Eigentlich nicht — ich will damit sagen, daß ich nicht ständig abgeschlagen und müde bin. Einer der Teller, den er nicht richtig in der Balance halten kann, hat irgend etwas mit meinen Muskeln zu tun. Der Jäger kann nichts Spezielles an ihnen feststellen, auch nicht an ihren einzelnen Zellen oder in der Interaktion dieser Zellen oder an den Nerven, durch die sie miteinander verbunden sind; doch nachdem ich diese Erschöpfungszustände bekam — nach Tätigkeiten, die mich höchstens ein wenig ermüden sollten — verlieren sie einfach jede Kraft. Der Jäger kann nicht nur keine Ursache dafür finden, er kann nicht einmal kurzfristig etwas dagegen tun, indem er etwas Zucker oder andere notwendige Substanzen direkt in die Zellen bringt. Es geht nicht darum, die Zellen besser mit Brennstoff zu versorgen oder stärkere Impulse durch die Nervenbahnen zu schicken oder um andere Dinge — er könnte uns Tausende davon nennen, an denen es *nicht* liegt.«

Ein paar Minuten lang herrschte Stille.

Bobs Eltern konnten einfach nicht glauben, daß es für das Problem keine Lösung geben sollte. Es ging um ihr Kind. Eigentlich kein Kind mehr, und auch nicht ihr einziges, doch immerhin das ihre. Sie hatten es immer als selbstverständlich angenommen, daß Bob noch leben würde, wenn ihre Jongleure den letzten Teller fallen ließen. Sie wagten nicht, laut zu sagen, daß es eine Lösung geben *müsse*, doch keiner von ihnen konnte an etwas anderes denken.

Keiner der beiden dachte bewußt daran, dem Jäger irgendwelche Vorwürfe zu machen, doch die Frau überlegte sekundenlang, wieviel besser es gewesen wäre, wenn der Jäger sich in dem Arzt niedergelassen hätte, als seine Polizeiaktion abgeschlossen war — Seever wäre vielleicht in der Lage gewesen, wirksame Gegenmaßnahmen zu treffen, als das Problem noch in den Anfängen steckte. Doch sie ließ diesen Gedanken nicht laut werden.

»Was hast du — und der Jäger — jetzt vor?« fragte sie statt dessen. »Ihr müßt doch einen Plan haben. Wenn nicht, würdest du noch schlechter aussehen.«

»Glaubst du, daß Ben Seever etwas tun kann?« fragte Arthur Kinnaird. »Er kann auf keinen Fall so viel wissen wie der Jäger, auch wenn er Arzt ist, und nicht Detektiv.«

Bob nickte zustimmend; es war ein Punkt, den er und der Jäger längst in Betracht gezogen hatten.

»Ich weiß nicht, was er tun kann, Dad, aber auf jeden Fall sind wir mit seiner Hilfe besser dran als ohne sie. Wir werden ihm morgen die ganze Geschichte erzählen. Ich muß ohnehin zu ihm, da ich mich ärztlich untersuchen lassen muß, bevor ich mit der Arbeit beginne. Morgen ist Freitag, und ich bin sicher, daß PFI ab Montag meine Muskelkraft zu beanspruchen gedenkt. Wenn Doc nichts anderes erreichen kann, ist es ihm zumindest möglich, mir schwere körperliche Arbeit zu ersparen. Wenn er mich für arbeitsunfähig erklärt, schicken sie mich vielleicht zu einer gründlichen Untersuchung nach Japan oder in die Staaten, und wir müssen auf jeden Fall hier bleiben.«

»Warum?« fragten beide Eltern gleichzeitig.

Bob lächelte. »Haltet mich nicht für verrückt, wenn ich es euch sage. Die Ausgangsbasis mag falsch sein, aber sie ist nicht verrückt. Unser erster Job besteht darin, eins der beiden Schiffe zu finden, die vor der Küste von Ell vor fast acht Jahren abgestürzt sind. Was weißt du über luftunabhängige Tauchausrüstungen, Dad?«

Arthur Kinnaird ignorierte die Frage und konterte mit einer eigenen.

»Was könnte euch das Schiff nützen? Befinden sich Medikamente an Bord? Könnte irgend etwas diese lange Zeit im Seewasser überdauert haben?«

»Wahrscheinlich nicht«, gab Bob zu. »Wir suchen auch weder nach Medikamenten noch nach irgendwelchen Geräten. Das Raumschiff des Jägers ist total vernichtet worden, und das andere wahrscheinlich auch. Wir brauchen etwas anderes von ihnen.«

Bobs Eltern blickten ihn abwartend an.

»Wir — der Jäger und ich — haben mehr als zwei Jahre lang über diese Sache nachgedacht und sind zu der Schlußfolgerung gekommen, daß dieses Problem, wenn überhaupt, nur von Spezialisten der Rasse des Jägers gelöst werden kann. So etwas ist ihnen bereits mehrmals passiert, wenn sie mit einer neuen Spezies in Verbindung kamen, und zumindest einige unter ihnen haben die Ursachen solcher Komplikationen feststellen können und wirksame Lösungen gefunden.«

Arthur Kinnaird runzelte nachdenklich die Stirn; seine Frau wirkte hoffnungsvoller. Der Mann sprach als erster.

»Wie, um alles in der Welt, könnt ihr durch das Auffinden der Schiffe Kontakt mit Spezialisten vom Planeten des Jägers bekommen? Glaubt ihr, daß Funkgeräte an Bord sind, die so weit reichen? Und habt ihr überhaupt feststellen können, woher er kommt? Ich glaube, er hat einmal gesagt, daß er sich zwischen all den Sternen hoffnungslos verirrt hätte?«

»Also, Dad, der Reihe nach, wenn es geht. Nein, keiner von uns beiden hofft darauf, daß wir an Bord der Schiffe irgend etwas Brauchbares finden werden. Funkgeräte wären nutzlos, selbst wenn sie funktionierten; elektromagnetische Wellen würden fünfzig Jahre brauchen, um den Planeten des Jägers zu erreichen. Unsere Idee ist etwas weniger direkt und vielleicht auch weniger erfolgversprechend, aber doch mehr als nur Wunschdenken, glauben wir.

Es stimmt, daß der Jäger früher — bei unserer ersten Begegnung und auch eine ganze Weile danach — glaubte, sich hoffnungslos verirrt zu haben. Erst als ich auf dem College einen Kurs in Astronomie belegte — an dem er natürlich ebenfalls teilnahm —, bekam er eine Vorstellung davon, wie dünn die Sterne im Raum verteilt sind, und wie wenige von ihnen von den Leuten, die wahrscheinlich nach ihm suchen, überhaupt in Betracht gezogen werden müssen. Er weiß, wie lange er unterwegs gewesen ist, auch wenn er die dabei zurückgelegte Strecke in uns geläufigen Maßen nicht nennen kann. Seine Abflugrichtung war bekannt, obwohl natürlich niemand wissen konnte, wie weit er geflogen ist. Er ist sicher, daß ein Suchkommando nach ihm ausgeschickt wurde, als er einige Monate in unserer Zeitrechnung nach seiner Abreise nicht zurückgekehrt war. Und er ist sogar noch sicherer, daß er keinem Sternensystem so nahe gekommen ist, um die Sucher von der Spur zu bringen; unser System war das erste, dem er und der Verfolgte sich genähert haben. Seine Freunde dürften also keinerlei Schwierigkeiten haben, das Sonnensystem zu finden.«

»Aber es gibt neun Planeten im Sonnensystem«, wandte Mrs. Kinnaird ein, »und selbst, wenn sie ihre Suche auf diesen Planeten beschränken sollten, hätten sie eine Menge Quadratmeilen abzusuchen.«

»Das ist der Grund — oder einer der Gründe — warum wir eins der Schiffe finden müssen. Mit seiner Hilfe könnten wir die Chancen, von einer Suchgruppe gefunden zu werden, wesentlich erhöhen. Der Jäger sagt, daß die Überlichtgeschwindigkeitsmaschinen selbst in abgeschaltetem Zustand Kraftfelder entwickeln, die noch in einer Entfernung von vielen Millionen Meilen meßbar sind — nur dadurch war es ihm möglich, auf der Spur des anderen Schiffes zu bleiben. Er weiß zwar nicht genau, wie lange diese Kraftfelder weiterbestehen und wie groß die Entfernung ist, aus der sie wahrgenommen werden können, nachdem ein Schiff so stark beschädigt wurde wie das seine. Früher oder später werden sie von Korrosion völlig vernichtet werden, so daß überhaupt keine Feldströme mehr bestehen, und das ist ein weiterer Grund, warum wir eins — oder beide Schiffe — finden wollen: um uns davon zu überzeugen, wie weit der Korrosionsprozeß eigentlich schon fortgeschritten ist.«

»Aber, ohne Rücksicht auf den Zustand der Schiffe, was könnten du und der Jäger, oder wir anderen, mit ihnen anfangen?« fragte sein Vater.

»Sie werden unsere weiteren Pläne bestimmen. Wenn die Schiffe aufzuspüren sind, haben Suchkommandos diese Insel bereits sehr gründlich unter die Lupe genommen — wahrscheinlich während der Zeit, als der Jäger und ich fort waren. Wenn sie nicht aufzuspüren sind, haben seine Leute zumindest die Erde gefunden, und der Jäger ist sicher, daß sie an dem Planeten und an der Menschheit interessiert sein würden. Sie sind nach Hause zurückgeflogen und haben ihre Entdeckung berichtet, und inzwischen befindet sich bestimmt ein Forschungsteam hier, das den Planeten während eines fünf bis zehn Jahre dauernden Zeitraums untersucht und dann entscheidet, ob es mit der Menschheit offenen Kontakt aufnehmen soll. Wenn ich sicher wäre, in zehn Jahren noch am Leben zu sein, brauchte ich nur abzuwarten.«

»Falls sie sich positiv entscheiden sollten«, sagte seine Mutter.

»Ja — das sollte ich wohl nicht als selbstverständlich voraussetzen. Auf jeden Fall haben wir nicht die Zeit, darauf zu warten. Die Frage ist doch, ob Angehörige der Spezies des Jägers wirklich hier auf Ell sind, was unbedingt der Fall wäre, wenn sie die Schiffe gefunden haben sollten, oder ob wir die ganze Erde nach ihnen absuchen müssen. Ich gebe zu, daß ich das erstere erhoffe.«

»Aber würden sie noch immer hier sein, wenn sie die Schiffe gefunden hätten?«

»Nicht ständig, aber sie würden von Zeit zu Zeit zurückkommen und nach den Piloten suchen. Sie haben bis jetzt keine Spur von ihnen finden können, und sie wollen den Jäger retten und den anderen festnehmen.«

»Warum sollten sie sich so viel Mühe mit der Festnahme

machen, nach einer so langen Zeit?« fragte die Frau. »War er ein so gefährlicher Verbrecher?«

»Das weiß ich nicht — wartet bitte einen Moment.« Bob schwieg, während der Jäger die Frage beantwortete und gab dann die Antwort weiter.

»Er hat alles nur zum eigenen Vorteil getan und dadurch seine Gastgeber gefährdet. Deshalb stellte er für jedes menschliche Wesen, mit dem er sich verband, eine ernste Gefahr dar; sie wollen ihn in unserem Interesse festnehmen, um die Menschheit vor ihm zu schützen.«

»Hätte er mit einem Menschen das getan, was der Jäger mit dir getan hat?« fragte sein Vater. Zum erstenmal schwang Bitterkeit in seiner Stimme.

»Das ist nicht fair, Dad. Der Jäger hat es schließlich nicht vorsätzlich getan, und er versucht alles, um den Schaden zu beseitigen. Der andere hätte sich einfach einen neuen Gastgeber gesucht, wenn mein Körper zu krank geworden wäre — sicherlich schon vor Jahren, da es eine Menge Mühe kostet, mich auf den Beinen zu halten.«

»Verstehe. Entschuldige, Jäger. — Aber warum haben diese Suchkommandos keine Nachricht hinterlassen?«

»Weil sie nicht sicher sein konnten, daß der andere erledigt worden war, natürlich. Und um die nächste offensichtliche Frage mit einer weniger offensichtlichen Antwort vorwegzunehmen: wo sollte der Jäger Nachrichten für die Sucher hinterlassen? Doch nur bei den Schiffen. Es mußte eine Stelle sein, die sie auf jeden Fall sehr genau untersuchen würden, da man wohl schlecht erwarten kann, daß sie jedes Abflußrohr auf dieser Insel überprüfen, und schon gar nicht alle Abflußrohre der Erde. Alles, das aus einer gewissen Entfernung klar zu erkennen wäre, würde jedoch die Aufmerksamkeit der Menschen erregen, was sich sehr nachteilig auswirken könnte, bevor der Entschluß zu einem offenen Kontakt gefaßt worden ist.«

»Und was ist, wenn sie die Schiffe nicht gefunden haben?«

»Dann sind wir mit unserer Weisheit am Ende. Am besten

sollte man in dem Fall ein paar der Polizeicodes des Jägers, so genau wie möglich in die lokal verwandten Alphabete transkribiert, in den am weitesten verbreiteten Zeitungen veröffentlichen. Aber sehr erfolgversprechend erscheint das nicht, bei etwa fünfzig Investigatoren, die auf der ganzen Erde verteilt sind. Wir werden es versuchen, wenn es sein muß, aber wir hoffen sehr, daß es nicht notwendig wird.«

»Ich auch.« Arthur Kinnairds Stimme hatte ihre vorherige Schärfe verloren. »Okay. Du hast begründet, daß du nach etwas tauchen mußt. Wir sollten vor allem feststellen, ob diese Minensuchgeräte, die sie im Krieg benutzt haben, auch unter Wasser funktionieren.«

»Im Prinzip ja«, unterbrach Bob. »Wir müssen nur sicher sein, daß kein Wasser in die Stromkreise gelangt. Glaubst du, daß wir eines bekommen können? Das wäre natürlich eine große Erleichterung, besonders, wenn die Schiffe inzwischen von Schlamm bedeckt oder mit Korallen bewachsen sind.«

»Wir werden es versuchen. Weiter können wir nichts tun. Ich wünschte, ich könnte optimistischer sein. Jäger, wenn du ganz ehrlich bist, kannst du nicht mit Bestimmtheit sagen, daß deine Leute die Erde erreicht haben oder sie erreichen werden, nicht wahr?«

Der Alien gab durch seinen jungen Gastgeber ein »Nein« weiter, ein äußerst widerwilliges »Nein«. Er hatte genügend Probleme, auch ohne daß Bobs Zuversicht untergraben wurde. Doch seine negative Antwort schien Bob überhaupt nicht zu beeindrucken. Auf jeden Fall stellte sein Vater das nicht fest, denn er fuhr fort.

»Besteht überhaupt die Möglichkeit, daß sie dieses Sonnensystem finden? Ich kann verstehen, daß sie sich sofort auf die Erde konzentrieren, wenn sie es finden, aber die Aufnahmen, die ich von den Sternenwolken der Milchstraße gesehen habe, wirken doch sehr entmutigend, wenn es sich um ein Versteckspiel in diesem Raum handelt. Bob, blicke zur Decke hinauf und lies die Antwort des Jägers ab. Ich will niemanden entmutigen, aber ich muß eine realistische Vorstellung der Dinge haben.«

»Er spricht nicht mehr zu mir, indem er meine Retina verschattet, Dad; er spricht jetzt direkt in meine Mittelohrknochen. Aber ich werde weitergeben, was er antwortet.«

Der Jäger konnte es sich unter den gegebenen Umständen nicht leisten, seine Antwort hinauszuzögern. Er sprach, und Bob gab seine Worte weiter.

»Der einzige Zweifel könnte durch die Natur eurer Sonne hervorgerufen werden, die um vieles heller und heißer ist, als die unsere. Es ist durchaus denkbar, daß in der Nähe unseres Kurses Sternsysteme liegen, die dem unseren mehr ähneln; ich kann nur sagen, daß meine Instrumente solche Systeme nicht aufgezeichnet haben. Wenn sie eine wirklich gute Ortung unserer Abflugrichtung genommen haben, was ihnen ohne jede Schwierigkeit möglich sein sollte, müssen sie zu diesem System gelangen und würden es dann natürlich genau untersuchen. Es besteht natürlich die Möglichkeit, daß sie auch ein paar andere checken, aber ich bin jetzt seit acht eurer Jahre hier und halte die Chance, daß sich jemand meiner Spezies in diesem Augenblick auf der Erde befindet, für sehr hoch.«

»Wie lange lebt ihr normalerweise?«

Diese Frage hatte der Jäger nicht erwartet und war deshalb auch nicht darauf vorbereitet, ihr auszuweichen. Er hatte nie beabsichtigt, darüber mit einem Menschen zu sprechen, am wenigsten mit seinem eigenen Gastgeber. Doch der Fragesteller erwartete eine Antwort, und jedes Zögern würde mehr schaden als nützen.

»Unsere Lebensspanne ist recht unbestimmt, obwohl auch wir eines Tages sterben. Die Lebewesen, mit denen wir zu Anfang symbiotisch zu leben lernten, kommen mit unserer Hilfe auf etwa vierzig bis fünfzig eurer Jahre. Unsere Lebenserwartung ist ein dutzendmal größer, doch können wir uns nicht darauf verlassen. — Aber zurück zu unserem Thema. Ich muß offen eingestehen, daß es keine absolute Gewißheit darüber gibt, daß meine Leute zu diesem Planeten gekommen sind oder zu ihm kommen werden, doch halte ich die Chancen dafür hoch genug, um auf dieser Basis planen zu können, besonders, da es sich um eine recht kurze Entfernung zu handeln scheint.«

»Kurze Entfernung?« fragte Mrs. Kinnaird eifrig. »Dann glaubst du also, deinen Heimatplaneten identifiziert zu haben?«

»Wir glauben es.« Bob sprach jetzt für sich selbst. »Es ist eine recht komische Sternengruppe, und nur ein einziges System dieser Art ist in meinem Astronomiekurs behandelt worden. Wir glauben, daß es sich um Castor handeln muß. Das ist ein sechs-Sterne-System mit zwei sehr hellen Sternen, wie Sirius, von denen jeder einen Planeten hat, von dem wir nicht viel wissen, weil wir ihn nicht sehen können — sie verursachen lediglich einen periodisch auftretenden Doppler-Effekt im Spektrum der hellen Sterne — und zwei roten Zwergsonnen, die in einer weiten Umlaufbahn um die anderen kreisen. Über diese Zwergsonnen wissen wir eine ganze Menge, weil sie ein Schatten werfendes spektroskopisches Paar bilden; wir glauben, daß es die Sonnen vom Planeten des Jägers sind, weil alles, was wir über ihren Helligkeitsgrad, ihre Perioden und so weiter wissen, mit seinen Beobachtungen und Erinnerungen übereinzustimmen scheint. Sie sind sogenannte veränderliche Sterne, was ebenfalls zutreffen würde. Das System liegt fünfundvierzig oder fünfzig Lichtjahre entfernt. Der Jäger kennt die Geschwindigkeit der Raumschiffe nicht genau, hält die Entfernung jedoch für relativ gering.«

»Du hast einige Fürworte verwechselt — zumeist die ›Wir‹«, sagte seine Mutter, »aber ich denke, daß wir die Situation jetzt begriffen haben. Okay, wir wollen ebenfalls optimistisch sein — uns bleibt schließlich nichts anderes übrig, genau wie euch beiden.« Der Jäger war dankbar für ihre Wortwahl; nach dem Eingeständnis über seine lange Lebenserwartung wäre es nicht unlogisch gewesen, wenn diese Frau den Verdacht geschöpft hätte, daß Bob nur eine zufällige Episode in seinem langen Leben war, einer der zehn oder mehr Gastgeber, der eben früher starb als die anderen. Tatsächlich aber machte der Alien sich große Sorgen um Bobs Zustand, und mindestens genauso stark bedrückte ihn seine eigene Verantwortung dafür. Er erlaubte sich nicht, an die eigene Zukunft zu denken, falls es ihm nicht gelingen sollte, Bobs Leben zu erhalten.

Bobs Vater war davon vielleicht genauso überzeugt wie es seine Mutter anscheinend war, doch seine Worte ließen keinen Schluß in die eine oder in die andere Richtung zu. Sein Job bei PFI brachte sehr viel Verantwortung mit sich und hatte ihn zu einem energischen und entschlußfreudigen Mann werden lassen. Seine Worte befaßten sich ausschließlich mit den Dingen, die erledigt werden mußten.

»Also gut. Schritt eins: Bob schläft sich gründlich aus, damit er morgen wenigstens normal aussieht und normal handeln kann. Zweitens, er sucht morgen früh Ben Seever auf, berichtet ihm alles und unternimmt gemeinsam mit ihm alles Notwendige, um einen Job zu bekommen, der seinen Zustand nicht verschlechtert. Es wäre gut, wenn er dabei genügend freie Zeit für das Suchprojekt haben würde, aber wir wollen uns mit dem Möglichen zufriedengeben.

Drittens, ich tue, was ich kann, um eine luftunabhängige Tauchausrüstung aufzutreiben. Ich weiß, daß es auf Ell keine gibt, doch habe ich gehört, daß PFI auf Tahiti damit experimentiert. Ich werde mich auch um ein Metallsuchgerät kümmern, feststellen, ob es hier verfügbar ist, und ob man es unter Wasser einsetzen kann.

Der Jäger wird sich eine Reihe von sinnvollen Methoden einfallen lassen, um die Aufmerksamkeit seiner Leute zu erregen, die auf der Insel oder irgendwo sonst auf der Erde sein mögen, ohne ins Extrem zu gehen und die Sache weltweit zu publizieren. Ich würde das gerne selbst übernehmen, doch wenn es die Vorhaben beeinträchtigt, die sie hier durchführen wollen, könnte es sie vielleicht dazu veranlassen, die Erde als ungeeignete Basis anzusehen und sie zu verlassen. Ich halte das zwar nicht für sehr wahrscheinlich, aber wir dürfen keinerlei Risiko eingehen.

Außerdem werden sich sowohl Bob als auch der Jäger ernsthafte Gedanken darüber machen, welche und wie viele andere Menschen wir als Mitarbeiter brauchen. Ich bezweifle, daß fünf Personen, eine davon bei schlechter Gesundheit und eine andere in ihrer physischen Bewegungsfreiheit sehr eingeschränkt, ausreichen werden. Ich weiß, daß man über diesen Punkt genau nachdenken muß, also *denkt nach*.«

Doch es war nicht das Nachdenken, das den ersten Mitarbeiter brachte.

3
Komplikationen

»Hast du in letzter Zeit wieder ein Feuer angesteckt?«

Das war alles andere als eine Standard-Begrüßungsformel, und sowohl Bob als auch der Jäger waren leicht überrascht. Das junge Mädchen, das sie mit dieser Frage empfangen hatte, überraschte sie nicht; sie kannten Jenny Seever seit Jahren und hatten gehört, daß sie jetzt bei ihrem Vater arbeitete. Da die Bevölkerungszahl der Insel stark angestiegen war, hatte die Gesellschaft das Haus Dr. Seevers durch Anbauten in ein kleines Hospital verwandelt. Seever selbst war dadurch gezwungen worden, etwas formeller zu werden und zumindest Krankenblätter über seine Patienten zu führen. Der erste Gedanke, der den beiden Besuchern kam, war, daß Doc Seever Aufzeichnungen über das vorangegangene Projekt gemacht hatte, die seiner Tochter in Verbindung mit ihren Aufgaben irgendwie zugänglich geworden waren.

Bob wies diesen Gedanken jedoch sofort zurück. Der Arzt würde davon nichts schriftlich niedergelegt haben, und auf gar keinen Fall hätte er solche Aufzeichnungen an einem Ort aufbewahrt, wo andere Menschen sie finden mochten.

Trotzdem, das Mädchen schien irgend etwas zu wissen. Die Polizeiaktion war tatsächlich mit einem Feuer zu Ende gegangen, mit einem Scheiterhaufen aus Schweröl, das den geflohenen Alien verbrannte, und die Frage war auf keinen Fall zufällig gestellt worden. Doch Bob hatte eine ganze Reihe von Kriminalromanen gelesen und konnte nicht so leicht ausgetrickst werden; er wollte ihr nicht mehr erzählen, als sie vielleicht schon erfahren hatte.

»Jede Menge«, antwortete er nach einem kurzen Zögern, das ihr vielleicht mehr sagte als seine Worte. »Wir hatten einen herrlichen Frühling im Nordosten, und vor den Schlußexamen laufen immer eine ganze Reihe Picknicks. Warum?«

Jenny antwortete nicht direkt; die beiden Besucher bekamen den Eindruck, daß sie diese Antwort nicht erwartet hatte, und darin hatten sie völlig recht. Doch da sie schlagfertiger war und schneller schaltete, als Bob oder der Jäger, wußte sie, daß es sinnlos war, noch mehr Schüsse ins Blaue abzugeben, nachdem der erste Schuß danebengegangen war. Sie wechselte das Thema und ließ die anderen vermuten, was sie wollten — wobei ihr natürlich nicht klar war, daß der Mann, der vor ihrem Schreibtisch stand, zwei Personen repräsentierte.«

»Ich nehme an, du willst zu Dad.«

»Sicher. Ich kann nicht arbeiten, ohne vorher untersucht worden zu sein, und ich schulde PFI ein paar Jahre Arbeit für mein Chemie-Diplom, also brauche ich sein Attest, daß bei mir alles in Ordnung ist, klar? Außerdem will ich ohnehin mit ihm sprechen, schließlich sind wir alte Freunde. Ist gerade jemand bei ihm?«

»Ja. Du mußt warten.« Sie konnte sich einen zweiten Schuß doch nicht verkneifen. »Willst du Streichhölzer haben?«

»Nein, danke. Ich rauche nicht.«

»Nicht einmal Schweröl?«

»Nicht für viel Geld.« Der Jäger wünschte, daß er sich an diesem Duell beteiligen könnte, mußte jedoch zugeben, daß Bob auch ohne ihn recht gut zurechtkam. Offensichtlich wußte das Mädchen irgend etwas; jede Möglichkeit eines Zufalls war mit der zweiten Frage verschwunden. Man mußte etwas über ihren Status in Erfahrung bringen, bevor mehr gesagt werden durfte, doch das schien Bob genauso klar zu sein wie seinem Symbionten.

»Manche Menschen haben recht merkwürdige Hobbys«, konterte Jenny.

»Das stimmt. Zum Beispiel, geheimnisvoll zu tun. Hör zu, Mädchen — oder Miß Seever, wenn dir das lieber ist — ich habe keine Ahnung, worauf du überhaupt hinaus willst.« Der Jäger, mit der fast leidenschaftlichen Wahrheitsliebe, die er im Laufe seines langen Lebens entwickelt hatte, fühlte sich durch diese Bemerkung sehr bedrückt. Selbst sein Zugeständnis, daß es eigentlich keine Lüge war, da Bob nur raten konnte, was sie mit ihren spitzen Bemerkungen meinte, war keine vollständige Beruhigung. »Falls irgend jemand auf der Insel ein Haus in Brand gesteckt haben sollte oder sowas, so habe ich keine Ahnung davon. Ich bin zwei Jahre fort gewesen und erst gestern abend zurückgekommen. Falls du von etwas anderem reden solltest, mußt du etwas deutlicher werden, damit ich verstehe, was du meinst. Wenn du nur versuchst, witzig zu sein, laß dir sagen, daß ich es gar nicht komisch finde. Vielleicht solltest du mal andere Detektivgeschichten lesen. Ich falle auf diese Masche nicht herein.«

»Warum solltest du auch?« fragte sie. Bob hatte einen Moment lang das Gefühl, einen Fehler gemacht zu haben, fuhr jedoch ohne zu zögern fort, in der Hoffnung, daß nur der Jäger etwas gemerkt hätte.

»Ich sollte es nicht, und ich könnte es nicht. Weil es nichts gibt, das mich irgendwie hereinfallen lassen könnte. Falls du mich für einen Pyromanen halten solltest, sieh in den Unterlagen deines Vaters nach. Du kümmerst dich doch jetzt um sie, nicht wahr?«

»Danke. Darauf bin ich noch nicht gekommen«, erwiderte sie. »Ich werde es nachholen, sowie ich Zeit dazu habe.«

Zehn Minuten lang oder länger sagte keiner von ihnen ein Wort. Bob dachte darüber nach, was er hätte anders formulieren sollen. Der Jäger machte ihm ein paar Vorschläge in der Hinsicht, erhielt jedoch keine Antwort. Jenny schien Bob völlig vergessen zu haben und beschäftigte sich intensiv mit ihren Papieren.

Schließlich öffnete sich die Tür des Sprechzimmers, und ein zehnjähriger Junge, der einen Arm in der Schlinge trug, kam heraus, gefolgt von dem Arzt. Der letztere unterbrach seine Lektion über das Bäume-Klettern, als er Bob entdeckte, trat auf ihn zu und schüttelte ihm herzlich die Hand. Dann drängte er ihn in sein Sprechzimmer.

»Habe gehört, daß du zurück bist — ich denke, jeder hat das inzwischen gehört. Für immer dieses Mal, wie? Bist du hergekommen, um dich mit mir zu unterhalten, oder wollen sie dich gleich ins Joch spannen? Wie geht es dir, Jäger? — Ich vermute, du bist noch immer vorhanden.«

Der Jäger hätte beinahe direkt geantwortet; Seever war der einzige Mensch, der ihn manchmal vergessen ließ, daß jede Kommunikation per Relais erfolgen mußte, der so zu ihm sprach, als ob ein direktes Gespräch möglich wäre. Bob fand das normalerweise amüsant, blieb aber heute völlig ernst.

»Ja, zu beiden Fragen«, antwortete er. »Ja, der Jäger ist hier. Was meine Arbeit betrifft, so hat man mir offiziell nichts mitgeteilt, aber anscheinend nimmt man es als selbstverständlich an, daß ich sofort anfange. Falls ich nichts anderes hören sollte, werde ich mich am Montag morgen im Hauptgebäude melden; aber da ist ein kleines Problem, bei dem ich Ihre Hilfe brauche, bevor ich mit der Arbeit beginne.«

»So?«

Bob verschwendete keine Zeit, sondern begann sofort mit einer Schilderung seiner Situation. Seever hörte ihm schweigend zu. Hin und wieder nickte er oder hob eine Augenbraue, doch er sagte kein Wort, bis Bob zu Ende gekommen war.

Dann faßte er zusammen: »Wie ich es sehe, willst du eins der Raumschiffe finden, oder auch beide, um dich mit den Leuten des Jägers in Verbindung zu setzen, die sich vielleicht auf der Erde befinden, in der Hoffnung, daß sie Bobs medizinisches Problem lösen können, oder jemand herbeiholen, der dazu in der Lage ist — vorausgesetzt, daß es sich lösen läßt. Sehr zweifelhaft. Wir können nur hoffen, daß es gelöst werden kann, daß sie tatsächlich auf der Erde sind, und daß das Auffinden der Schiffe eine Kontaktaufnahme mit ihnen ermöglicht. Okay, meine Aufgabe besteht darin, deinen Körper in Funktion zu halten und dir, wenn möglich, soviel freie Zeit zu verschaffen, daß du deine Suche durchführen kannst — die Teller des Jongleurs in der Luft zu halten, wie es der Jäger so treffend ausdrückt — bis das alles geschafft ist.«

»Man könnte es ein wenig optimistischer ausdrücken, aber es ist richtig, so weit es Sie betrifft«, sagte Bob. »Aber Sie haben noch einen anderen Job: PFI muß dazu gebracht werden, mich für eine Arbeit einzusetzen, die mich nicht umbringt, ohne daß mein medizinisches Problem zu vielen Menschen bekannt wird. Sie können nicht einfach sagen, daß ich arbeitsunfähig sei. Der alte Toke kümmert sich um alle Probleme seiner Leute, und ich kann mir vorstellen, daß er mich sofort nach Japan oder in die Staaten bringen läßt, wo ich nach seiner Auffassung in kompetenteren Händen wäre als in Ihren. Ich erwähne das natürlich nur, damit Sie sich zwischen den Injektionen, oder was Sie mir sonst geben, um mich auf den Beinen zu halten, nicht auf die faule Haut legen.«

»Pah«, sagte Seever wegwerfend. »Was immer ich tun kann ...«

»Und außerdem«, fuhr der junge Mann fort, »sollten Sie wirklich etwas wegen Jenny unternehmen.«

»Meine Tochter? Warum? Falls du dich in sie verliebt haben solltest, habe ich nichts dagegen, aber das müßtest du schon selbst mit ihr klären.«

»Haben Sie ihr jemals vom Jäger und unseren Abenteuern erzählt? Oder haben Sie mit Ihrer Frau darüber gesprochen, wo Jenny vielleicht mithören konnte? Oder haben Sie Aufzeichnungen darüber gemacht, die Jenny in die Hände gekommen sein könnten?«

»Nein. Weder noch. Mit Ev hätte ich gerne über diese Sache gesprochen, aber ich fühlte mich nicht dazu ermächtigt, solange ich nicht deine und des Jägers ausdrückliche Zustimmung dafür habe. Und ich habe kein Wort davon schriftlich festgehalten.«

»Dann frage ich mich, warum Jenny mich — oder uns — mit Bemerkungen über das Anzünden von Schweröl-Feuern begrüßt hat. So weit ich mich erinnere, war sie nicht auf der Insel, als wir das kleine Problem des Jägers erledigten — und außerdem war sie damals erst elf Jahre alt.«

»Das ist richtig.« Seever wirkte verwirrt und überrascht. »Ich kann mir nicht vorstellen, was sie vorhat oder was sie herausgefunden haben könnte — und wie sie etwas herausgefunden haben könnte. Falls ich im Schlaf reden sollte, hätte mir Ev bestimmt etwas davon gesagt, und selbst dann gäbe es keine

Möglichkeit, daß Jenny etwas gehört haben könnte. Soll ich sie hereinrufen, damit du sie sofort danach fragen kannst, oder soll ich später allein mit ihr darüber sprechen? Oder willst du damit warten, bis du gründlicher nachgedacht und mehr herausgefunden hast?«

Der Jäger vibrierte seine Ansicht sofort und unmißverständlich in Bobs Ohr, doch der war bereits zu derselben Schlußfolgerung gelangt, und noch schneller.

»Das letztere, natürlich. Sie sollte nicht einmal erfahren, daß ich mit Ihnen darüber gesprochen habe. Wir wissen nicht, wieviel sie weiß und warum sie an der Sache interessiert ist. Wenn irgend jemand ihr Fragen stellt, weiß sie, daß sie nicht nur hinter einem Gerücht her ist, sondern daß etwas Ernsteres dahintersteckt — falls sie es nicht schon jetzt weiß. Ich kann mir nur ein Feuer vorstellen, daß sie interessieren könnte, nämlich das, in dem ich den Kriminellen verbrannte, den der Jäger verfolgt hat; ich kann mich nicht erinnern, irgendein anderes Feuer angesteckt zu haben, das für jemand eine Bedeutung haben könnte. Ich kann mir wirklich nicht vorstellen, warum sie diese Fragen gestellt haben sollte, wenn sie nicht irgendwie von der Sache erfahren hat.«

»Also«, unterbrach Seever, »befindest du dich jetzt in dem Dilemma, einerseits herauszufinden, was sie gehört haben könnte, und von wem sie es gehört haben könnte, und andererseits zu verhindern, daß sie mißtrauisch wird und zu dem Schluß kommt, daß das, was sie gehört haben mag, irgendeine Bedeutung hat. Ich sehe das ein und werde mich bemühen, die Dinge nicht noch komplizierter zu machen, als sie es ohnehin schon sind. Ich werde Jenny gegenüber kein Wort sagen, falls sie nicht von sich aus dieses Thema anschneidet. Falls sie das tun sollte, werde ich versuchen, möglichst viel aus ihr herauszuholen. Du hast recht, sie war nicht hier, als es passierte. Sie war in einem Krankenhaus auf Tahiti und heilte eine komplizierte Knochenoperation aus, die ich hier nicht durchführen konnte, und ihre Mutter war bei ihr. Außerdem, wie du richtig feststelltest, war sie damals erst elf Jahre alt. Irgend jemand muß zugesehen haben, wie du das Feuer angesteckt hast und ihr davon erzählt haben — vorausgesetzt, daß es eine rationale Basis für ihre Frage gibt. Die Alternative wäre nicht nur zu unangenehm, um sie auch nur in Betracht zu ziehen, sondern sie erforderte auch eine längere Kette von Zufällen, als ich sie zu erwägen bereit bin.« Er machte eine Pause und runzelte nachdenklich die Stirn. »Hör zu«, sagte er schließlich, »ich habe dir versprochen, ihr gegenüber nichts zu erwähnen, falls sie nicht von sich aus damit anfängt, oder falls ihr mich nicht vom Schweigen entbindet, und über diese Möglichkeit solltet ihr sehr gründlich nachdenken. Falls ich nichts sage und sie dadurch zu der Annahme kommen lasse, du habest diese Frage nach dem Feuer überhaupt nicht erwähnt, könnte sie allein das mißtrauisch machen. Warum *solltest* du sie mir gegenüber verschweigen? Sollte ich ihr nicht doch ein paar Fragen stellen? Nicht so, als ob ich ihr Vorwürfe machte, daß sie ihre Nase in Dinge steckte, die sie nichts angingen, sondern, als ob ich mir Gedanken über *ihren* Geisteszustand machte?«

Dem Jäger erschien dieser Einwand sehr logisch. Bob war weniger überzeugt.

»Daran kann ich Sie nicht hindern«, sagte er langsam, »und ich will Sie auch nicht an ein Versprechen binden, das gegen Ihre Überzeugung geht. Tun Sie also, was Sie für richtig halten. Sie kennen Jenny viel besser als ich. Der Jäger und ich müssen die Schiffe finden und haben keine Zeit herauszufinden, was Jenny vorhaben mag.«

Seever hob eine Braue; er war der Ansicht, daß die Aktivitäten seiner Tochter eventuell in so enger Beziehung zu dem derzeitigen Problem standen, daß sie eine sofortige und gründliche Aufklärung erforderten. Bob bemerkte die Veränderung seines Gesichtsausdrucks nicht, und der Jäger konnte ihn nicht deutlich erkennen. Die Augen seines Gastgebers waren zwar auf Seever gerichtet, ihr Blick schloß jedoch nicht das Gesicht des Arztes ein. Der Alien konnte zwar auch die Randpartien der Retina benutzen, jedenfalls besser als Bob, doch das Bild war nicht völlig klar, und so half es ihm nur wenig, wenn der Blick nicht voll auf das Objekt gerichtet war.

»Irgendwie«, fuhr Bob fort, »müssen wir uns ein Boot

beschaffen. Dad sieht sich nach einer Tauchausrüstung um und versucht, einen Metalldetektor aufzutreiben, aber die Schiffe sind jenseits des Riffs heruntergekommen — zumindest das Schiff des Jägers —, und eine Generatorabdeckung des anderen ist an einem Ort aufgetaucht, der vermuten läßt, daß sie von draußen hereingespült worden ist. Wir brauchen ein ziemlich stabiles Boot, da man draußen mit einem ziemlichen Seegang und mit Brechern rechnen muß.«

Seever akzeptierte den Themenwechsel. »Es müßte auch ziemlich groß sein und Luftpumpen, Schläuche und all das Zeug aufnehmen können.«

»Vielleicht nicht. Dad will versuchen, eine luftunabhängige Tauchausrüstung aufzutreiben — von dem Typ, den dieser Cousteau entwickelt hat. Ich habe ein paar davon in den Staaten gesehen, aber ich hatte nicht genügend Geld, sonst hätte ich eine mitgebracht.«

»Vielleicht hat die Gesellschaft ein paar davon.«

»Das will Dad ja feststellen. Doch selbst, wenn er eine auftreibt, dürfte es bei meinem Zustand schwierig werden, sie ständig zu benutzen.«

»Es dürfte schwierig werden, irgend etwas ständig zu tun, außer, für PFI zu arbeiten. Ich bin vielleicht in der Lage, dich von schwerer körperlicher Arbeit zu befreien oder dich soweit in Ordnung zu bringen, daß du sie leisten kannst, aber ich sehe keine Möglichkeit, daß du acht Stunden pro Tag im Wasser bist und den Meeresboden außerhalb des Riffs absuchst. Thorwaldsen ist sehr für jede Art von Grundlagenforschung, doch dein Projekt läßt sich da nur sehr schwer einordnen.«

Der Jäger und sein Gastgeber hatten dieses Thema sehr eingehend besprochen, und so konnte Bob sofort antworten.

»Wir haben uns einige Gedanken darüber gemacht. Denken Sie daran, daß ich eine größere Gewißheit über die Entwicklung von Fusionskraft und Überlichtgeschwindigkeitsantrieben habe, als Toke in den zwanziger Jahren, als er PFI aufbaute, über die Möglichkeiten der Biotechnik. Ich bin dessen so sicher, wie es die Russen bei der Atombombe gewesen sind. Sie hatten es nicht nötig, irgend etwas zu stehlen; als wir sie einsetzten, händigten wir ihnen gratis das einzige Wissensdetail aus, ohne das sie vielleicht nicht in der Lage gewesen wären, ihre eigene Bombe herzustellen. Wenn es mir gelingen könnte, den alten Toke davon zu überzeugen, daß ich auf einem der beiden Gebiete etwas Greifbares in Händen hätte, würde er mir wahrscheinlich grünes Licht für Grundlagenforschung geben. Es gibt da nur zwei Schwierigkeiten: einmal muß ich meine medizinischen Probleme *vorher* lösen, bevor ich ihm etwas vorweisen kann, das ihn überzeugt, und zweitens kann ich weder behaupten, daß ich wüßte, wie die Leute des Jägers diese Probleme gelöst haben, noch daß sie uns alle nötigen technischen Informationen übergeben würden, sobald sie mich geheilt haben. Im Gegenteil, der Jäger hat angedeutet, daß sie wahrscheinlich äußerst zurückhaltend sein würden, mir oder anderen Menschen irgendwelche Details zugänglich zu machen — zumindest für eine Generation oder so, selbst nachdem sie die Erde für die Symbiose geöffnet haben — falls sie das tun sollten. Und ich mag den alten Knaben aus mehreren Gründen nicht belügen, vor allem, weil ich bezweifle, daß ich damit durchkommen kann.

Natürlich kann dabei auch eine Rolle spielen, daß ich immer Hemmungen habe, irgend jemand vom Jäger und seinen Leuten zu erzählen; jedesmal, wenn ich auch nur daran denke, fällt mir sofort ein, daß sie hinterher verbreiten werden, Bob Kinnaird habe den Verstand verloren.«

»Du weißt, daß ich deine Behauptungen unterstützen könnte«, sagte Seever. »Ich habe es schließlich schon einmal getan, als deine Eltern sie anzweifelten.«

»Das wäre sehr riskant für Sie. Nicht jeder ist durch einen grünen Gallertklumpen von synthetischer Lungenentzündung geheilt worden, und nicht jeder, der von dem grünen Gallertklumpen erfährt, wird freundlich und rational darauf reagieren. Ich möchte nicht paranoid wirken, aber ich könnte mir vorstellen, daß Menschen, die vom Jäger erfahren, mir die Vorteile neiden, die ich durch ihn habe, und . . .«

»Deine derzeitigen ›Vorteile‹ dürften kaum Neid hervorrufen.«

»Wir gehen davon aus, daß meine Probleme gelöst werden. Ich versuche, möglichst weit vorauszudenken. Wir wollen jede Mitteilung an die Chefetage so lange aufschieben, bis wir keine anderen Pfeile mehr im Köcher haben und uns vorläufig darauf konzentrieren, ein brauchbares Boot zu finden.«

»Wenn du keine Tauchausrüstung hast, ob diese luftunabhängige oder eine andere, wozu brauchst du dann so eilig ein Boot? Beim Freitauchen hinter dem Riff kommst du nicht tiefer als drei oder vier Faden, und selbst das würde viel Zeit kosten.«

»Das weiß ich selbst. Und ich würde es auch nicht lange durchhalten, falls Sie nicht irgend etwas gegen diese Schwächeanfälle unternehmen können. Das war auch nicht unsere Absicht. Erinnern Sie sich noch an das Metallstück, das die anderen Jungen und ich damals auf einer der Riff-Inseln gefunden haben?«

»Ich erinnere mich, daß du mir davon erzählt hast. Du sagtest, es sei eine Generator-Abdeckung oder so etwas von einem der beiden Schiffe. Ich habe es nie selbst gesehen.«

»Das meine ich. Wir wollen es wiederfinden und vom Jäger gründlich untersuchen lassen. Er hofft, daran erkennen zu können, wie weit der andere damit getrieben ist. Er will versuchen, selbst darin eine Weile unter Wasser zu bleiben, um festzustellen, wieviel Kraft dazu nötig ist, vielleicht sogar den Weg des anderen zurückverfolgen. Das Ding ist bestimmt nicht von selbst über die Korallen geschleift.«

»Meinst du nicht, daß die Korallen während der vergangenen sieben oder acht Jahre so gewachsen sind, daß solche Untersuchungen ziemlich sinnlos werden?«

»Vielleicht, aber der Jäger glaubt, daß es trotzdem einen Versuch wert ist, und ich stimme ihm zu. Auf jeden Fall können wir dadurch das Suchgebiet eingrenzen, bis unsere Tauchausrüstung eintrifft. Natürlich sind wir immer für bessere Vorschläge dankbar.«

Seever seufzte. »Okay, dann wollen wir uns jetzt zunächst um den rein medizinischen Teil des Problems kümmern. Als erstes werde ich eine Blutprobe nehmen; ich habe hier zwar nicht alle Laboreinrichtungen, die ich brauchen würde, aber es sollte doch reichen, um herauszufinden, woran es bei dir mangelt.« Sein Gesichtsausdruck verriet Pessimismus. »Unter den bekannten Krankheiten gibt es eine, auf die die von dir beschriebenen Symptome zutreffen, und ich habe gerade kürzlich von einem neuen Medikament gehört, das dir möglicherweise helfen könnte. Der Ordnung halber möchte ich hinzufügen, daß ich nicht dafür garantieren kann, damit etwas gegen die Ursachen deiner Schwäche tun zu können, die ja noch niemand definiert hat. Und natürlich habe ich das Medikament nicht hier.«

»Woher müssen Sie es schicken lassen? Aus den Staaten?«

»Von Japan würde es sehr wahrscheinlich schneller hier sein.«

»Ist es ein Mittel, das Sie normalerweise verschreiben würden? Ich meine, könnte nicht jemand mißtrauisch werden, wenn Sie es bestellen?«

»Werde nur nicht paranoid, Junge. Niemand hat jemals kontrolliert, was ich bestelle. Ich bin mein eigener Boß. Es gibt keinen Menschen auf Ell, dem der Name ›Neostigmin‹ etwas sagen würde, wenn er die Bestellung zu Gesicht kriegen sollte, außer vielleicht dem alten Toke selbst. Vielleicht kann ich dir mehr sagen, wenn ich dein Blut untersucht habe, aber verlaß dich nicht darauf. Selbst wenn der Jäger Detektiv ist und kein Biochemiker und mit einer nicht-humanen Spezies aufgewachsen ist, muß er doch mehr über menschliche Physiologie und Biochemie wissen, als ich. Wenn er dir irgend etwas sagen sollte, tu es; warte nicht auf meinen Rat.«

Der Jäger wußte, daß Seever recht hatte, doch er bedauerte, dieses Thema provoziert zu haben. Bobs Stimmung war ohnehin sehr schlecht, und ihn am Leben zu erhalten, war hart genug. Alle Bemühungen, ihn hoffnungsvoller in die Zukunft blicken zu lassen, wurden durch die hohe Intelligenz des jungen Chemikers kompliziert; jede Ermutigung mußte logisch und vernünftig sein, um überhaupt von ihm akzeptiert zu werden. Er und der Jäger hatten vor längerer Zeit einmal kurz über die Möglichkeit gesprochen, das Schiff, das sie zu finden hofften, so genau zu untersuchen, daß sie in der Lage sein würden, nach diesem Vorbild ein größeres zu bauen, das Bob zum Castor-System bringen konnte. Bob hatte diese Vorstellung sofort als undurchführbar zurückgewiesen. Ihm war klar gewesen, daß dieses Vorhaben soviel Erfolgsaussichten hatte, als wenn ein Cro-Magnon Mensch versucht hätte, einen Flugzeugmotor nachzubauen. Es war keine Frage angeborener Intelligenz, sondern des Wissenshintergrundes einer Kultur.

»Ich werde die Blutprobe aus Bobs rechter Armvene entnehmen, Jäger, also zieh dich aus der Region zurück«, sagte Seever, als er mit einer Injektionsspritze in der Hand auf Bob zutrat. »Ich kann mir das Abbinden ersparen, wenn du die Vene von innen ein wenig blockierst.« Der Jäger stimmte zu, Bob nickte, und ein paar Sekunden später hatte der Arzt seine Blutprobe.

»Und wie sieht es heute aus?« fragte er. »Fühlst du dich wieder erschöpft?«

»Bis jetzt noch nicht. Aber schließlich habe ich nichts weiter getan, als mit dem Fahrrad von unserem Haus hierher zu gondeln.«

»Und was willst du jetzt unternehmen? Nach einem Boot suchen oder deine kleine Schwester amüsieren?«

»Die ist Gott sei Dank noch für ein paar Stunden in der Schule. Schade, daß die Ferien bald anfangen. Ich habe genausoviel Sorgen damit, ihre kleine Nase aus gewissen Dingen herauszuhalten, wie diese Dinge vor allen anderen Bewohnern der Insel geheimzuhalten, und wahrscheinlich ist beides dasselbe: wenn sie etwas erfährt, erzählt sie es allen ihren kleinen Freunden. Aber diese Melodie müssen wir nach dem Gehör spielen. Das erste Problem ist jetzt das Boot.«

»Was ist eigentlich mit dem Boot passiert, das du und die anderen Jungens früher hatten?«

»Das ist an Altersbeschwerden eingegangen. Als es das letztemal auseinanderzufallen begann, hatte keiner von uns Zeit, es zusammenzuflicken.«

»Ich hätte da einen Vorschlag — aber er wird dir sicher nicht gefallen.«

»Und der wäre?«

»Jenny hat ein Boot — mehr ein Kanu eigentlich —, das sie dir vielleicht leihen würde.«

»Ohne daß ich ihr die ganze Geschichte erzählen muß? Das glaube ich nicht.«

»Oh, ich würde nicht sagen, daß sie in dem Punkt sehr weiblich ist.«

»Ich habe nicht an ihr Geschlecht gedacht, sondern nehme lediglich an, daß sie wie jeder andere Mensch reagiert. Ich würde ein Boot auch nicht verleihen, ohne eine ziemlich genaue Vorstellung davon zu haben, wozu es benutzt werden soll. Ich hatte eigentlich vor, eins zu *kaufen,* damit ich es benutzen kann, ohne daß jemand das Recht hat, mich zu fragen, was ich damit anstelle. Über dem Riff oder jenseits davon zu arbeiten, kann ziemlich riskant sein, besonders bei Westwind, und der Eigentümer könnte sich mit vollem Recht fragen, ob ich noch alle Tassen im Schrank habe. Jenny würde sich das auf jeden Fall fragen, da sie sich ohnehin Gedanken über mich zu machen scheint. Bist du sicher, daß sie dich nichts über mich gefragt hat?«

Seevers Gesichtsausdruck veränderte sich, als er ein paar Sekunden lang nachdachte.

»Jetzt, wo ich daran denke, fällt mir ein, daß sie wirklich etwas gefragt hat. Aber es ging dabei nicht um Feuer. Vor einigen Wochen erwähnte ich, beim Dinner, soweit ich mich erinnere, daß mein junger, alter Freund Bob Kinnaird bald vom College zurückkommen würde, und da stellte sie ein paar Fragen. Ich kann mich nicht mehr erinnern, um was es ging, aber sie kamen mir damals sehr normal vor. Sie hat dich ja nie sehr gut gekannt, und als du dieses andere Problem hattest, war sie nicht hier; damals nahm ich an, daß sie sich nur wunderte, warum ich dich als Freund bezeichnete und nicht nur als Patienten, wie alle anderen.«

Bob dachte einige Minuten nach, ohne den Jäger zu konsultieren.

»Vielleicht sollte ich wirklich mit ihr wegen des Bootes sprechen«, sagte er dann. »Es wäre eine Entschuldigung für ein Gespräch, und vielleicht erfahre ich dann etwas, das diese

Bemerkung über das Feuer erklärt. Sind Sie einverstanden, wenn ich sie hereinrufe?«

Seever nickte zustimmend, doch die Dinge entwickelten sich anders, als sie es erwartet hatten. In dem Augenblick, als Bob die Tür zum Wartezimmer öffnete, nickte Jenny einem der inzwischen eingetroffenen Patienten zu, der sofort aufstand und in das Sprechzimmer trat. Bob blieb nichts anderes übrig, als ihm die Tür aufzuhalten.

Die Anwesenheit der anderen Patienten gab ihm auch keine Gelegenheit, mit Jenny zu sprechen, außer die grundsätzliche Frage zu stellen, durch die ein längeres Gespräch eingeleitet werden sollte. Und im Augenblick war er sich nicht einmal sicher, ob er auch nur diese Frage stellen sollte. Er fragte den Jäger mit unhörbarer Stimme: »Sollen wir lieber warten?« Der Jäger riet ihm, auf jeden Fall nach dem Boot zu fragen, da sie es so dringend brauchten. Bob hätte fast genickt, doch konnte er sich noch rechtzeitig zusammennehmen.

»Jen«, sagte er, »dein Dad hat mir gesagt, daß du ein Boot hast, und ich brauche gerade eins für eine Weile. Kann ich nach der Sprechstunde zurückkommen und mit dir darüber sprechen?«

Jenny zögerte, doch sowohl Bob als auch sein Symbiont erkannten, daß die Bitte sie überraschte.

»Wir haben hier keine festen Sprechzeiten«, sagte sie. »Dad ist immer zu sprechen, aber ich bin gegen vier oder so fertig. Komm am Nachmittag wieder her, wenn du magst. Aber hast du darüber schon mit diesem langen Lulatsch Malmstrom gesprochen?«

»Ich habe ihn zufällig getroffen, als ich gestern abend hier ankam, und wir haben uns ein wenig über die alten Zeiten unterhalten, bis meine Schwester und meine Mutter auftauchten.«

»Hat er etwas von meinem Boot gesagt?«

»Nein, warum sollte er auch? Ist es nur für blonde Männer von über sechs Fuß, drei Zoll Größe zu haben? Ich könnte mein Haar zur Not etwas bleichen, aber ich weiß nicht, wie ich fünf Zoll größer werden kann.« Bob hatte ein Risiko auf sich genommen, dachte der Jäger, im Beisein anderer Menschen Fragen zu stellen, die zu projektbezogenen Antworten führen konnten, doch Bob war anderer Meinung. Er war sicher, daß Jenny, was immer sie sagen mochte, vor anderen Menschen niemals die Selbstkontrolle verlieren würde, und diese Notwendigkeit mochte sie, wie er hoffte, davon ablenken, gewisse Dinge vor *ihm* zu verbergen. Doch es funktionierte nicht.

»Nein«, sagte sie nur. »Ich werde später mit dir reden.« Die vier Menschen im Warteraum hatten das Gespräch natürlich verfolgt, und mindestens zwei von ihnen grinsten amüsiert. Jenny starrte einen der beiden wütend an — es war ein Mädchen ihres Alters —, setzte sich dann wieder hinter ihren Schreibtisch und beschäftigte sich nachdrücklich mit ihren Papieren. Bob versuchte, ihren Blick auf sich zu ziehen, doch sie sah nicht auf, und nach ein paar Sekunden ging er hinaus.

Er stieg auf sein Rad und fuhr zur Pier.

»Weißt du«, sagte er zu seinem Gast, »irgend etwas ist faul hier. Ich möchte nur wissen, ob es etwas mit uns zu tun hat oder nicht. Ihre Frage über Feuer läßt darauf schließen, aber das ist auch alles. Man könnte glauben, daß sie mit Shorty Malmstrom eine Art privater Fehde hat . . .«

»Die überhaupt nichts mit dem Feuer zu tun haben muß«, unterbrach der Jäger.

»Richtig.« Bobs Gedankengang war unterbrochen worden, und er starrte finster vor sich hin, während er die Straße hinabfuhr. Schließlich sagte er entschlossen: »Wir sollten Shorty aufstöbern und versuchen, ein paar weitere Stücke dieses Puzzlespiels zu finden.« Der Jäger erklärte, daß das ein vernünftiger Vorschlag sei, aber er brachte ihnen nichts; Malmstrom war nirgends zu finden.

Es war Freitag, und er hätte arbeiten müssen, doch diese Erkenntnis half ihnen auch nicht, ihn aufzutreiben. Auf Ell waren soviel Arbeitszeiten als auch Arbeitsplätze variabel, da die Bevölkerung der Insel nur klein war und die Arbeit an dem Ort und zu dem Zeitpunkt getan werden mußte, wenn sie anfiel. Malmstrom gehörte noch zu den jüngsten und unerfahrensten Mitgliedern der arbeitenden Bevölkerung und konnte auf jedem Teil der Insel eingesetzt worden sein. Doch an einigen Stellen der Insel mochte er wahrscheinlicher zu finden sein, als an anderen.

Er war nicht auf dem Floß, an dem die Catalina vertäut war. Bob erinnerte sich, daß Dulac ihm gesagt hatte, er hätte heute einen freien Tag. Malmstrom war auch nicht irgendwo in der Raffinerie oder bei der Pumpstation am Ende der Pier. Heute lag kein Tanker dort, und die Pumpen standen still, doch die Raffinerie war immer in Betrieb; sie brauchten eine volle Stunde, um sich zu vergewissern, daß der, den sie suchten, nicht dort war. Das lag teilweise an den Veränderungen, die seit Bobs Kindheit hier eingetreten waren; die Raffinerie mußte während des Korea-Krieges erheblich vergrößert und ausgebaut werden. Zu den Schiffstreibstoffen und Schmierölen, mit denen PFI die Produktion begonnen hatte, waren die leichteren Brennstoffe gekommen, mit denen der gewaltige Durst der Jettriebwerke gelöscht wurde; und später hatte man auch Rohmaterial für die Plastikproduktion in die Liste aufgenommen.

Diese Ausweitung der Kapazität machte sich auch auf dem nördlichen Ende der Insel, wohin sie als nächstes fuhren, bemerkbar. Die Zahl der Kultur-Tanks war erheblich höher; die Destillationsanlage war doppelt so groß wie früher; neue und schneller wachsende Pflanzen bedeckten die Teile der Bodenfläche, auf denen Nachschub für die Tanks gezogen wurde. Es waren dort viele Menschen bei der Arbeit, doch Malmstrom war nicht dabei.

Er konnte natürlich bei irgendeinem der Tanks sein, die in der ganzen Lagune verstreut lagen. Er konnte irgendwo auf dem längeren Nordwestteil der L-förmigen Insel sein, obwohl es dort keine Industrieanlagen gab — es war ein reines Wohngebiet, soweit es nicht von Dschungel überwuchert war. Er mochte sich vor der Arbeit drücken, sagte Bob zu seinem Partner, und sich irgendwo am Rand der Lagune herumtreiben, obwohl das nicht sehr wahrscheinlich war. Jeder Bewohner der Insel war von Geburt an Aktionär der Gesellschaft, und für Parasiten hatte man nicht viel Verständnis.

Die Suche endete kurz vor Mittag, als Bobs Muskeln nicht

mehr mitmachten. Weder er noch der Jäger waren darüber überrascht. Man konnte nichts anderes dagegen tun, als eine Ruhepause einlegen. Sie befanden sich in der Nähe des nordöstlichen Endes der Insel, an einem Berghang, und vor ihnen erstreckte sich das Korallenriff; die Lagune lag links von ihnen, zur Rechten die weite Leere des Pazifik. Es gab keine Häuser auf diesem Teil von Ell, man sah jedoch Teile von drei Kultur-Tanks hinter dem Bergkamm. Sie befanden sich auf der Straße, die hier sehr schmal war und zwischen weiten Flächen von Pflanzen für die Tanks hindurchführte — einem schnellwachsenden Zeug, das ständig abgeerntet und in die Kultur-Tanks geworfen wurde, als Nahrung für die kohlenstoffbildenden Bakterien. Es war niemand in Sicht, stellten Bob und der Jäger erleichtert fest.

Sich hinzulegen war unangenehm, aber unvermeidlich; Bob mußte sich ausruhen. Der Boden bestand zum größten Teil aus fauligen Tank-Rückständen, und das war einer der Gründe, warum niemand hier wohnte. Der Gestank war dem Jäger genauso widerlich wie seinem Gastgeber; ersterer vermied ihn, indem er sich aus Bobs Lungen zurückzog, wo er normalerweise einen kleinen Teil seiner Substanz im Strom des eingeatmeten Sauerstoffs deponierte, und begnügte sich mit dem, was er aus Bobs Blutkreislauf ziehen konnte. Sein Sauerstoffbedarf war minimal, solange er nicht unabhängig von seinem Gastgeber agierte.

»Es ist alles andere als schön hier, und ich weiß, daß der Gestank dich auch stört, aber es läßt sich nun mal nicht ändern«, sagte Bob, als er sich neben seinem Fahrrad auf den Boden setzte. »Ich muß mich wenigstens auf den Beinen halten können, wenn wir unsere Verabredung mit Jenny heute nachmittag einhalten wollen.«

»Vielleicht kommen wir von hier aus zum Haus des Doktors, wenn wir sehr langsam gehen«, schlug der Symbiont vor. »Sollten wir es nicht wenigstens versuchen? Vielleicht wäre es gut, wenn er dich in diesem Zustand untersucht, und auch, wenn du dich bis vier Uhr nicht erholt haben solltest, kannst du trotzdem mit dem Mädchen sprechen.«

»Zwei Meilen zu Fuß gehen? Das schaffe ich nie. Außerdem, wenn ich in diesem Zustand ins Haus kommen würde — wahrscheinlich auf Händen und Füßen kriechend —, würde sie dafür eine Erklärung verlangen.«

»Ich habe darüber nachgedacht«, antwortete der Symbiont. »Wenn du ihr Boot ausleihen willst, wirst du ohnehin eine Menge zu erklären haben, wie du es selbst ihrem Vater gesagt hast. Außerdem kannst du die Suche nicht allein durchführen; weder deine Eltern noch der Doktor haben oft Zeit, dich zu begleiten. Es ist ihr Boot; sie wird wahrscheinlich ohnehin gelegentlich mitkommen wollen, und dann müßten wir uns schon etwas sehr Überzeugendes einfallen lassen, um zu begründen, warum sie nicht mitkommen darf. Bob, ich weiß, daß es dir noch weniger gefällt als mir. Schließlich folge ich lediglich einer sehr vernünftigen Vorschrift, die völlig legal gebrochen werden darf, wenn die Umstände es erforderlich machen, während du völlig zurecht befürchtest, daß man dich für verrückt oder für einen Lügner hält, wenn du deine Geschichte nicht belegen kannst; aber ich habe inzwischen erkannt, daß wir mehrere Wesen deiner Spezies für dieses Projekt brauchen werden — und daß sie dazu voll informiert werden müssen.«

»Kannst du wirklich riskieren, deine Vorschriften zu brechen?«

»Ich werde mich wahrscheinlich dafür rechtfertigen müssen, doch wir neigen dazu, die Handlungsweise des Mannes, der mit einer außergewöhnlichen Situation konfrontiert wird, zu respektieren. Ich habe von dieser Freiheit bereits einige Male Gebrauch gemacht, bei dir, bei dem Doktor und bei deinen Eltern, und ich mache mir nicht die geringsten Sorgen darüber, daß man mich dafür bestrafen könnte, wenn wir gefunden werden. Ich bin völlig sicher, daß keiner von euch sein Wissen auf eine Weise verbreitet, daß die Arbeit eines eventuell hier arbeitenden Forschungsteams dadurch gestört wird. Ich bin jetzt überzeugt, daß wir noch ein paar weitere Mitglieder brauchen, wenn wir dein Leben retten wollen — und das halte ich für wichtiger, als ein paar Prinzipien heilig zu halten.«

»Und du glaubst, daß Jenny dafür geeignet ist?« fragte Bob.

»Das kann ich noch nicht sagen; aber wahrscheinlich ist sie es. Sie muß intelligent sein, sonst könnte sie nicht die Arbeit verrichten, die ihr Vater ihr zugeteilt hat. Sie scheint physisch kräftig zu sein — sie ist fast so groß wie du, und sicher auch fast genauso schwer. Wenn sie ihr Boot häufig benutzt, ist anzunehmen, daß ein angemessener Teil dieses Körpergewichts aus Muskeln besteht. Noch eine Bemerkung zu ihrer Arbeit: offensichtlich vertraut ihr Vater ihrer Diskretion, sonst würde er sie nicht mit Krankenblättern arbeiten lassen. Eure Spezies hat einen nach meinem Dafürhalten übertriebenen Respekt vor der privaten Sphäre. Überlege es dir — doch ich glaube, daß ich recht habe.«

Bob überlegte nicht sehr lange; er schlief ein. Das war eine der störendsten menschlichen Angewohnheiten, fand der Jäger. Er selbst konnte nicht schlafen, jedenfalls kannte er keinen Schlaf, wie ihn die Menschen verstanden. Er blieb bei Bewußtsein, solange er genügend Sauerstoff bekam. Die humanoiden Gastgeber seines Heimatplaneten verbrachten weniger als ein Zehntel der Zeit im Schlaf; die kulturelle Situation basierte auf dieser Tatsache und gab den Symbionten während dieser kurzen Perioden genügend zu tun.

Wenn und falls Bobs medizinisches Problem gelöst worden war, mußte der Jäger einige schwierige Details ihrer Partnerschaft ausarbeiten. Aber wahrscheinlich hatte das Forschungsteam — falls es sich dazu entschloß, die Menschheit zu akzeptieren — dafür eine Lösung bereit.

Inzwischen mußte er jedoch selbst etwas tun. Die Vegetation um ihn herum war ihm fremd — die Pflanzenarten wurden wieder durch neue ersetzt —, und es bestand nur eine sehr geringe Chance, daß sich darunter einige von medizinischer Wirkung befanden. Der Jäger streckte ein ziemlich langes Pseudopod aus der Hand seines Gastgebers und riß winzige Proben des Materials heraus. Dann preßte er sie fest an Bobs Haut, verdaute sie und untersuchte die Bausteine des Materials. Ein paar von ihnen schienen brauchbar, und er absorbierte einige ihrer Moleküle durch Bobs Haut zwischen die

Zellen der Unterhaut, um sie dort sehr sorgfältig auf ihre biologischen Wirkungen zu untersuchen. Der Jäger ließ den Teil seiner Substanz, mit der er das Pseudopod geformt hatte, nicht lange außerhalb von Bobs Körper; das Sonnenlicht brachte ihn dazu, sie rasch wieder zurückzuziehen. Die Zwillingssonnen von Castor C produzierten lediglich während regelmäßig auftretender Helligkeitsperioden kräftige Ultraviolettstrahlen, und er reagierte sehr empfindlich darauf.

Er verbrachte den Rest der Ruhepause mit Untersuchungen. Er mußte experimentieren; so gefährlich es auch sein mochte, Unwissenheit war noch gefährlicher. Er verstärkte und verminderte seine Hormonsekretion, versuchte zu entscheiden, wann sie nur eine Primärwirkung hatte, und wann sie auch die Sekretion von anderen beeinflußte . . .

Es war Detektivarbeit, doch er wünschte, er hätte sich während seiner Studienzeit, vor etwa zwei Menschenaltern, gründlicher mit der Biochemie befaßt.

4
Arrangements und Leute

Bob Kinnaird erwachte und spürte, daß die Schwäche im Moment abgeklungen war, er aber jetzt einem neuen Problem gegenüberstand. Er hatte seit dem Frühstück nichts gegessen, da die Suche ihn nicht in die Nähe seines Hauses geführt hatte, und sein Magen war völlig leer, was der Jäger jederzeit bezeugen konnte. Trotzdem verspürte er ein würgendes Übelkeitsgefühl. Sogar der Gedanke an Essen krampfte seinen Magen zusammen, und um ein Haar hätte er sich übergeben. Er wagte nicht, in diesem Zustand aufs Rad zu steigen, da er befürchtete, irgendwann doch an Essen zu denken, also gingen sie zu Fuß zum Dorf, und er schob das Rad.

Nach einer Meile etwa ließ die Übelkeit nach, aber da keiner von ihnen den Grund dafür kannte und sicher sein konnte, daß sie nicht wiederkehren würde, beschlossen sie, nicht zu fahren, sondern weiter zu Fuß zu gehen.

Die Straße war hier breiter, und immer häufiger sahen sie Häuser zu beiden Seiten. Der Jäger entdeckte das Gebäude, das bei dem flammenden Finale ihres sieben Jahre zurückliegenden Abenteuers eine Rolle gespielt hatte. Als sie sich ihm näherten, trat ein Kind von zehn oder elf Jahren hinter ihm hervor, blickte ihnen entgegen, bis sie es erreicht hatten und ging dann schweigend neben ihnen her. Der Jäger war neugierig, konnte den Jungen jedoch nicht genauer ansehen, da Bob den Blick zu Boden gerichtet hielt.

Sie legten hundert Yards zurück, bevor der Junge sprach.

»Was ist mit deinem Fahrrad?« fragte er plötzlich.

»Nichts«, antwortete Bob und sah ihn zum erstenmal direkt an.

»Warum fährst du dann nicht?«

»Was geht dich das an?«

Der Junge blickte zu Bob auf, erst verblüfft, dann resigniert. Er zuckte nicht die Schultern, sah jedoch so aus, als ob er es täte. »Nur Neugier. Wenn du es mir nicht sagen willst, dann läßt du es eben.«

Bob löste sich aus seiner negativen Stimmung und sagte: »Entschuldige. Ich hatte vorhin Magenkrämpfe und fühle mich noch immer scheußlich, aber ich sollte es nicht an dir auslassen.«

»Schon in Ordnung. Gehst du zum Arzt?«

»Das ist wohl das einzig Richtige, findest du nicht auch?«

Das Gespräch schlief wieder ein. Der Jäger hatte den Jungen inzwischen genau ansehen können, doch es hatte ihm nicht viel gebracht. Das einzig Ungewöhnliche an ihm war sein Körperumfang. Die Kinder auf Ell waren durchweg schlank, fast mager, da sie sich viel bewegten. Dieser Junge war nicht wirklich dick, doch nach dem Standard von Ell entschieden zu schwer für seine Größe. Sein Gesichtsschnitt und die Hautfarbe entsprachen dem Standard der Insel, deren Bevölkerung eine Mischung von Polynesiern und Europäern war: seine Haut war braun, das Haar schwarz, die Augen blau, Nase und Kinn schmal. Er trug die üblichen Shorts, die sowohl an Land als auch im Wasser brauchbar waren.

Es war wirklich nichts Besonderes an ihm, und weder Bob noch der Jäger machten sich irgendwelche Gedanken um ihn. Ihre Aufmerksamkeit wurde ganz von ihm abgelenkt, als ein Radfahrer auftauchte, abstieg und neben Bob trat. Kenneth Malmstrom war aufgetaucht.

»Hallo, Bob. Gehst du zum Lunch nach Hause? Ich habe heute auch erst spät essen können.«

»Ich habe gar nicht ans Essen gedacht«, antwortete Bob. »Bin den ganzen Vormittag über kreuz und quer gefahren, um mich wieder einzugewöhnen. Ich will dasselbe auch auf dem Wasser tun, vielleicht schon morgen. Schade, daß die anderen nicht mehr hier sind — und das alte Boot.«

»Ich würde gerne mitmachen, aber ich bin an diesem Wochenende nicht frei — ich muß nicht wirklich arbeiten, aber in Reichweite eines Telefons bleiben. Du willst wohl die freien Tage ausnutzen, bevor du mit der Arbeit anfängst? Weißt du schon, wann du antreten mußt?«

»Der Doc hat mich heute morgen untersucht. Wenn die Labortests okay sind, geht es sicher am Montag los. Ich habe keine Ahnung, wo ich arbeiten werde und was ich tun soll. Wenn du morgen und am Sonntag nicht frei bist, muß ich eben allein losziehen, falls ich ein Boot finde.«

»Boote gibt's doch jede Menge«, versicherte ihm Malmstrom. »Ich hätte dir gern meins geliehen, aber ich habe es vor über einem Jahr verkauft — hatte nicht genug Zeit, als daß sich die Instandhaltung gelohnt hätte. Aber da wir gerade von Booten und Spaß sprechen: Sag mal, André, bist du wieder bei dem Flugzeug gewesen?«

»Wann?« Der Junge, der schweigend neben ihnen gestanden hatte, schien von der Frage weder überrascht noch gekränkt zu sein.

»Irgendwann, seit es gestern hier eingetroffen ist, aber besonders heute vormittag. Du weißt doch noch, was ich dir gesagt habe, als du die Maschine mit einem Seil festgebunden hast — unter Wasser, wo niemand es sehen konnte?«

»Ja, ich weiß.« Bob, der sich daran erinnerte, daß sein Vater sich gestern Abend verletzt hatte, sah das Kind aufmerksam an; doch weder er noch der Jäger konnten aus dem Gesichtsausdruck irgendwelche Schlüsse ziehen. Es lag auf jeden Fall keine Angst darin, und nicht einmal erkennbares Amüsement. Malmstrom machte nicht den geringsten Versuch einer Analyse. Er hatte den Jungen im Verdacht und machte kein Hehl daraus.

»Irgend jemand hat es wieder getan«, sagte er. »Ich kann nur hoffen, daß niemand dich mit einem Tau in der Gegend gesehen hat, sonst kriegst du eine Menge Ärger.«

»Niemand hat mich gesehen, also kriege ich auch keinen Ärger.« Das Kindergesicht blieb ausdruckslos.

Malmstrom blickte den Jungen eine Weile mit finsterem Gesicht an, doch erzielte er nicht die geringste Wirkung. Er kam zum früheren Thema zurück.

»Manchmal fehlt mir das alte Boot, aber es gibt ja andere — man kann immer eins ausleihen.«

»Damit habe ich auch gerechnet«, sagte Bob. »Der Doc sagte mir, seine Tochter hätte eins, das sie mir sicher leihen würde; heute nachmittag werde ich sie fragen ... Was ist denn daran so komisch?« Malmstrom grinste breit.

»Doc ist ein netter Kerl«, sagte er, »aber er hängt zu sehr an Jenny. Sie kann niemals etwas falsch machen. Warte ab, bis du das Boot gesehen hast. Sie hat es selbst gebastelt.«

»So? Tun das nicht die meisten hier? Was stimmt denn nicht mit dem Boot?«

»Sie hat es aus Teilen zusammengesetzt, die sie sich hat schicken lassen; so ein Bastelkarton, verstehst du. Es besteht zum größten Teil aus Leinwand. Ich würde nicht für viel Geld damit auf die See hinausfahren.«

»Hat sie dir das angeboten?«

»Bestimmt nicht. Ich ziehe sie doch mit dem Ding auf, seit sie begann, es zusammenzukleben.«

»Verstehe. Jedenfalls danke für die Warnung. Ich werde mir Jennys Boot sehr genau ansehen, bevor ich sie bitte, es mir zu leihen. Auf später; ich bin hungrig.«

»Ich auch. Bis später.« Der blonde junge Mann schwang sich auf sein Rad und fuhr eilig in die Richtung, aus der die anderen gekommen waren, und alle drei blickten ihm gedankenvoll nach.

»Er ist ziemlich dumm«, sagte das Kind plötzlich.

»Warum?« fragte Bob. »Er hat schließlich herausgefunden, daß du damals das Flugzeug festgezurrt hast.«

»Nein, das hat er nicht. Der könnte nicht einmal seine eigene Nase finden, wenn es dunkel ist. Irgend jemand hat ihm erzählt, daß ich es war, und jetzt hängt er mir alles an.«

»Und er hat niemals recht?«

»Manchmal. Eine kaputte Uhr hat ja auch zweimal pro Tag recht.« Sowohl sein Gesicht als auch seine Stimme waren ohne jeden Ausdruck.

»Hat er recht wegen Jenny Seevers Boot?«

»Du hast doch gesagt, du würdest es dir selbst ansehen.«

Diesmal lag ein Anflug von Vorwurf in der Stimme. Bob war amüsiert, und der Jäger begann sich jetzt wirklich für André zu interessieren. Auch er hatte an den Zwischenfall mit dem Blechkoffer gedacht.

Bob ging weiter und schob sein Rad. André begleitete ihn bis zu der Straße, die zur Pier führte. Dort ging er nach links weiter, während Bob und der Jäger in die entgegengesetzte Richtung abbogen und schließlich das Haus der Kinnairds erreichten.

Bobs Mutter hatte ihn viel früher erwartet und sich offensichtlich Sorgen gemacht; ihr Sohn erfand ein paar Ausreden und Entschuldigungen, um ihr nicht von dem Schwächeanfall erzählen zu müssen. Während er aß, gab er ihr einen kurzen und leicht redigierten Bericht von seinem Gespräch mit Seever, erwähnte, daß er und der Jäger auf der Insel umhergeradelt seien und sprach schließlich von der Möglichkeit, sich Jennys Kanu auszuleihen.

»Weißt du etwas davon, Mom?« fragte er. »Wir haben Shorty Malmstrom getroffen, und als ich etwas von Jennys Boot erwähnte, hat er sich vor Lachen gebogen. Er sagte, er würde nicht einmal für viel Geld damit fahren. Ich hatte eigentlich nicht den Eindruck, daß sie nicht weiß, was sie tut. Was denkst du, Mom?«

»Das glaube ich auch nicht«, antwortete seine Mutter. »Ich kenne alle Seevers recht gut; Ben und Ev sind unsere besten Freunde hier. Jenny hat sich häufig um Daphne gekümmert, als sie noch ein Baby war. Ich habe nichts von ihrem Boot gehört, oder von einer Differenz zwischen ihr und Shorty. Natürlich könnte in dem Teen-Age-Set auf der Insel irgend etwas im Gange sein, von dem ich nichts erfahren habe; das kannst du besser von einem der jüngeren Leute erfahren. Sogar Daphne ist da vielleicht besser unterrichtet als ich.«

Aber es ergab sich keine Gelegenheit, mit seiner Schwester zu sprechen; sie schien nach Schulschluß mit Freunden fortgegangen zu sein, und ihre Mutter erwartete sie nicht vor dem Abendessen zurück. Bob ruhte sich bis kurz vor vier Uhr aus und fuhr dann zu Seevers Haus zurück. Er hatte sich erst nach einigem Zögern und einer Beratung mit dem Jäger dazu entschlossen, das Rad zu benutzen. Einerseits würde es ihm den Weg erleichtern und den nächsten Ermüdungsanfall hinausschieben, andererseits wäre es eine zusätzliche Belastung, wenn ihm wieder übel werden sollte. Auch der Jäger konnte ihm nicht sagen, welche der beiden Möglichkeiten wahrscheinlicher war, da er für beides die Ursache nicht feststellen konnte, also riet er zum Fahrrad.

Es waren noch immer Patienten im Wartezimmer, als sie das Haus des Arztes betraten, und Jenny saß noch an ihrem Schreibtisch. Als sie Bob sah, schob sie Papiere, die vor ihr lagen, jedoch sofort in einen Ordner, stand auf und trat auf ihn zu.

»Gehen wir«, sagte sie. »Ich werde dir das Boot zeigen, wenn du noch immer daran interessiert sein solltest.«

»Und was ist mit den Leuten hier?« fragte Bob ein wenig überrascht.

»Die brauchen mich nicht. Sie wollen zu Dad, nicht zu mir. Glaubst du, er ist so förmlich geworden, daß jeder vom Wartezimmer ins Sprechzimmer eskortiert werden muß?«

»Heute vormittag sah es fast so aus.«

»Unsinn. Er erwartet nur, daß ich mich nützlich mache und taktvoll bin.«

»Und auch dekorativ?« Ihre Augen, etwas mehr als zwei Zoll unterhalb den seinen, musterten eine Sekunde lang sein Gesicht, sonst zeigte sie keine Reaktion auf seine Bemerkung.

»Davon war nicht die Rede. Solange die Unterlagen in Ordnung sind und er finden kann, was er braucht, verdiene ich mein Brot.«

Sie traten vor die Tür, und Bob deutete auf den Fahrradständer. »Fahren oder laufen?« fragte er.

»Laufen. Der Weg führt zum großen Teil durch lockeren Sand.« Sie übernahm die Führung, und sie gingen nicht zu der Straße, sondern direkt zum Ufer hinab, auf engen, gewundenen Sandwegen, die zwischen Häusern und Vorgärten hindurchführten. Das Mädchen schien keine Notwendigkeit zur Konversation zu sehen, und der Jäger zog es vor nachzudenken. Bob jedoch glaubte, daß Zeit zu kostbar sei, um sie verschwenden zu können.

»Ich habe kurz vor dem Essen Shorty getroffen. Was hat er eigentlich gegen dich?«

Das Mädchen blieb stehen und blickte ihn an. Sie wirkte irgendwie größer. »Willst du das Boot oder nicht?« fragte sie.

»Das kann ich dir erst sagen, wenn ich es gesehen habe, oder, besser, nachdem ich es ausprobiert habe«, antwortete Bob. Sein Ton verriet Verärgerung; der Jäger wußte, daß sie nur gespielt war, doch Jenny merkte es glücklicherweise nicht. »Glaubst du, ich lasse meine Entscheidungen von Shorty treffen? Ich habe gefragt, was er gegen *dich* hat, nicht gegen dein Boot.«

Jenny ging weiter. »Ich weiß auch nicht, warum er so ist. Ich habe mir die Pläne und Bestandteile per Post schicken lassen, und als ich mit dem Zusammenbau begann, bot er mir seine Hilfe an — er sagte sogar, er würde es für mich fertigbauen. Ich sagte, ich wollte versuchen, ob ich es nicht auch ohne Hilfe schaffen würde, und von dem Tag an habe ich nicht mehr ein einziges höfliches Wort von ihm gehört. Er fragt mich ständig, ob schon Motten hineingekommen seien, oder ob es eine Laufmasche habe, oder was er sonst noch für komisch hält. Ich mache dir keinen Vorwurf daraus, daß du mit ihm befreundet bist, aber mein Freund ist er nicht.«

»Vielleicht empfand er es als eine Kränkung, als du seine Hilfe ablehntest.«

»Vielleicht. Ich jedenfalls empfand die Art, wie er mir seine Hilfe anbot, als Kränkung; es klang, als ob ich nicht die geringste Chance hätte, es allein zu schaffen. Ich weiß nicht, warum er das glaubte, weil ich eine Frau bin, oder nur, weil ich nicht Kenneth Malmstrom heiße und weniger als sechseinviertel Fuß groß bin.«

»Wie ich Shorty kenne, war es wahrscheinlich das letztere«, sagte Bob beruhigend. »Er hat auch uns früher so behandelt, aber wir haben das nie ernst genommen. Wenn er zu arrogant wurde, brauchte man ihn nur etwas zusammenzustauchen, dann gab er für ein paar Wochen Ruhe. Als ich zum letztenmal hier war, hatte ich den Eindruck, daß er dieser Kinderkrankheit entwachsen sei.«

»Vielleicht, so weit es dich betrifft. Zusammenstauchen hilft nichts, jedenfalls nicht, wenn ich es versuche. Er weiß, daß das Kajak eine saubere Arbeit ist. Er hat es gesehen, und er hat auch gesehen, daß andere damit gefahren sind, aber jedesmal, wenn er mich trifft, macht er irgendwelche Bemerkungen darüber. Ich wette, er hat auch dir gegenüber gelästert.«

»Er hat ein paar vage Bemerkungen gemacht. Wie gesagt, ich werde mir selbst meine Meinung bilden, wenn ich das Boot sehe. Wenn du und andere es häufig benutzt haben, mache ich mir keine Gedanken um das Boot selbst, aber ich muß mich überzeugen, daß es für das, was ich vorhabe, groß genug ist.«

»Und was hast du vor? Oder glaubst du, ich bin zu dumm, es zu begreifen?«

»Warum sollst du es nicht wissen? Ich muß nach bestimmten Dingen suchen. Eins davon liegt — oder lag jedenfalls — bei einer der Riff-Inseln, Apu. Jeder Untersatz, der mich dorthin bringt, ist mir recht. Ein anderes liegt mit Sicherheit außerhalb des Riffs, und deshalb brauche ich ein Boot, von dem aus ich tauchen kann, wenn meine Ausrüstung eingetroffen ist.«

»Du meinst Pumpen und sowas? Dazu ist mein Kajak zu klein.«

»Nein. Ich meine eine Ausrüstung zum Freitauchen, mit Maske und Lufttank. Vielleicht hast du schon davon gehört.«

»Gelesen. Und du bekommst so etwas?«

»Sowie ich das Geld dazu habe. Es sei denn, Dad kann eine für mich ausleihen. Ich habe noch keinen Zahltag gehabt.«

»Das muß Spaß machen. Seit ich darüber gelesen habe, wünsche ich mir, auch einmal damit zu tauchen. Kann ich mitkommen?«

Bob hatte diese Frage natürlich erwartet, doch war ihm keine plausible Ausrede eingefallen.

»Du meinst, abwechselnd tauchen? Ich kann mir nur eine Ausrüstung leisten.«

Jenny blieb wieder stehen und blickte ihn an, diesmal mit

vorgeschobener Unterlippe und einem belehrenden Gesichtsausdruck.

»Ich weiß, daß Shorty diesen Spitznamen seinem Gehirn verdankt, nicht seiner Größe, aber ich bin sicher, nicht einmal er würde auf den Gedanken kommen, allein zu tauchen. Hast du mehr Leben als Geld, oder was? Vielleicht sollte ich dir mein Boot lieber doch nicht anvertrauen.«

Selbst der Jäger war überrascht. Bob verschlug es die Sprache. So unvorstellbar es war, keiner von ihnen hatte an diese Sicherheitsmaßnahme gedacht, trotz der Erfahrung des Jägers, daß die Menschen dazu neigten, bis zur äußersten Grenze ihrer Belastbarkeit zu gehen, und trotz seiner Angst, in welche Gefahren diese Neigung seinen Gastgeber bringen mochte — und trotz seines Wissens, wozu sie, zum Glück für den Jäger, Bobs Vater verleitet hatte.

Der Leichtsinn ihres Vorhabens, Bob allein unter Wasser arbeiten zu lassen, war ihnen nie zu Bewußtsein gekommen; und auch nicht die Tatsache, daß der Jäger nichts tun konnte, wenn Bob ertrank. Er könnte zwar ein recht effektives Kiemensystem aus seiner Substanz formen, doch hatte er davon nur vier Pfund, und ein Mensch braucht eine Menge Sauerstoff. Wahrscheinlich würde es ihm gelingen, Bob für eine Weile unter Wasser am Leben zu erhalten, aber sicher nicht bei Bewußtsein und ganz gewiß nicht aktiv, besonders in warmem Wasser. Die Löslichkeit von Gasen, also auch von Sauerstoff, nimmt bei steigenden Temperaturen ab.

»Du hast recht!« sagte Bob entgeistert. »Das haben wir völlig vergessen . . . zumindest« — er versuchte, eine Erklärung für den Versprecher zu finden und brauchte eine Weile dazu — »zumindest *ich* habe nicht daran gedacht; vielleicht hat mein Vater es für so selbstverständlich gehalten, daß jemand bei mir sein wird, daß er kein Wort darüber verloren hat. Wir *müssen* zwei Ausrüstungen haben — mindestens zwei; aber wir können die Suche nicht aufschieben, bis ich mir weitere leisten kann.«

»Dann muß sie für dich wichtig sein.«

»Ja. Eine Frage von Leben und Tod, um ein Schlagwort zu

gebrauchen.« Der Jäger war jetzt fast sicher, daß sein Gastgeber die Notwendigkeit erkannt hatte, mehr Helfer hinzuziehen zu müssen, obwohl seit ihrer Diskussion am späten Vormittag nicht mehr über dieses Thema gesprochen worden war. Der Jäger hatte sich inzwischen davon überzeugt, daß Jenny als Helfer sehr geeignet war. An sich hatte er sich vorgenommen, seinen Partner nicht zu drängen, doch jetzt sah er sich gezwungen, seinen Vorsatz zu brechen.

»Du wirst es ihr sagen müssen«, vibrierte er in Bobs Ohr.

»Sie wird glauben, daß ich genauso verrückt bin wie Shorty. Wir werden es noch ein bißchen aufschieben.« Bobs Stimmbänder vibrierten kaum, doch der Jäger war auf die Antwort vorbereitet und verstand sie.

Laut sagte Bob zu Jenny: »Ich denke, daß ich dir später mehr erzählen kann. Das Geheimnis gehört mir nicht allein.« Das entsprach zwar im Prinzip der Wahrheit, war jedoch so zweideutig, daß es den Jäger ein wenig störte. »Ich werde dir jetzt nur etwas davon erzählen — meinen Anteil daran. Ich habe ein Problem, das mich töten wird, wenn es nicht bald gelöst wird. Dein Vater weiß davon, da es teilweise medizinisch ist, doch ich will dir Genaueres erst sagen, wenn ich mit ihm und mit einem anderen gesprochen habe. Ich hoffe, du nimmst es mir nicht übel.«

»Ein wenig schon, aber das braucht dich nicht zu stören. Weiß deine Familie davon?«

»Nur meine Eltern, Silly nicht.«

»Okay. Ich bin so neugierig, daß ich dir brennende Streichhölzer zwischen die Zehen stecken könnte, aber ich werde warten. Ich warne dich: ich werde alles aus Dad herausquetschen, was ich kann. Natürlich spricht er sonst nicht über Patienten, aber ich habe da meine besonderen Methoden.«

»Gib dir Mühe.« Bob war fast glücklich über ihre Antwort. Ihm wäre es lieber, wenn sie die ganze Geschichte von jemand anderem hörte und nicht von ihm; in dem Fall, ob sie daran glaubte oder nicht, würde sie wenigstens nicht an *seinem* Verstand zweifeln. Der Jäger hatte an diese Facette des Problems nicht gedacht, war jedoch mit dem bisherigen Verlauf des Gesprächs recht zufrieden.

Bob überlegte, ob er sich mit dem Arzt in Verbindung setzen sollte, bevor seine Tochter mit ihm sprechen konnte, sah jedoch ein, daß er dadurch nichts gewinnen konnte. Die ärztliche Schweigepflicht würde Seever natürlich am Reden hindern; aber wenn seine Tochter clever genug war, diese Barriere zu durchbrechen, war sie sicher auch clever genug, um ihm und dem Jäger nützlich zu sein.

Das Boot sah recht gut aus. Es war jedoch so anders als die auf der Insel sonst üblichen Boote, daß der Jäger und sein Gastgeber begriffen, warum Malmstrom, der nicht die Angewohnheit hatte, über seine Umwelt nachzudenken und sie zu analysieren, es für komisch hielt. Es war klein, sein Heck lief genauso spitz zu wie sein Bug und bestand aus einem mit Leinwand bespannten Holzskelett. Folglich war es sehr leicht.

»Man nennt es ein Kajak, falls du so etwas noch nicht gesehen haben solltest«, sagte Jenny ein wenig nervös, als Bob es eingehend betrachtete. Sie befürchtete offensichtlich, daß er genauso reagieren würde wie Malmstrom. »Ich habe es aus einer Art Baukasten zusammengesetzt, den ich mir per Post aus den Staaten schicken ließ. Es ist sicher und liegt gut auf dem Wasser, und ich bin mit ihm mehrmals außerhalb des Riffs gewesen, ohne irgendwelche Probleme zu haben.«

»Sieht sehr gut aus«, stimmte Bob zu. »Vor allem — es ist leicht und muß wie ein Kork auf dem Wasser liegen, wenn es nur mit einer Person besetzt ist. Aber kann ein Taucher auch wieder an Bord klettern, ohne es umzuwerfen?«

»Klar. Ich bin oft vom Boot aus ins Wasser gesprungen und hatte niemals Schwierigkeiten. Es ist schon ein kleiner Trick dabei, aber den werde ich dir beibringen.«

»Okay. Wenn du mir das Boot leihst, sehe ich mich morgen in Apu um. Ich würde am liebsten gleich losfahren, aber wir haben nur noch eine Stunde bis zum Sonnenuntergang.«

»Darf ich mitkommen? Oder willst du nicht, daß ich sehe, was du suchst?«

»Was wetten wir, daß sie es bis dahin ohnehin weiß«,

murmelte der Jäger. Bob zögerte und blickte das Mädchen nachdenklich an. Sie gab seinen Blick ruhig zurück; ihre defensive Nervosität war verschwunden.

»Ist das eine Bedingung für das Ausleihen des Bootes?« fragte Bob schließlich. Sie schüttelte den Kopf und bewies damit, daß sie so intelligent war, wie der Jäger es vermutete. Als Bob wieder ins Schweigen verfiel, nahm sie den breitkrempigen Hut ab, mit dem sie ihre etwas blasse Haut vor der Sonne schützte, und ließ ihr mahagonifarbenes Haar im Wind wehen. Um gerecht zu sein, sie setzte ihr gutes Aussehen, dessen sie sich natürlich bewußt war, nicht ein, um die Entscheidung des jungen Mannes zu beeinflussen. Und das war gut so, da weder Bob noch der Jäger auch nur den geringsten Sinn dafür hatten. Ihr Körper von fünf Fuß, acht Zoll Größe und hundertzwanzig Pfund Gewicht hatten wahrscheinlich noch niemals so wenig Wirkung auf einen männlichen Betrachter ausgeübt.

»Okay«, sagte Bob schließlich. »Sonnenaufgang ist gegen Viertel vor Sieben. Kannst du dann hier sein?«

»Sicher. Willst du das Boot jetzt ausprobieren?«

»Warum nicht? Das Doppelpaddel sieht aus, als ob es einige Übung erfordert.«

»Kann ich auch mitkommen?« sagte eine andere Stimme. Bob wandte sich um und sah den kleinen Jungen, der ihn kurz nach Mittag angesprochen hatte. Jenny zeigte keinerlei Überraschung, da sie ihn hatte kommen sehen. Sie beantwortete seine Frage, ohne Bob durch ein Wort oder einen Blick um seine Meinung zu fragen.

»Okay, André. Du sitzt vorn.«

»Darf ich auch paddeln?«

»Eine Weile. Bob muß üben.«

Jenny warf ihren Hut auf den Sand, schwang das Kajak über ihren Kopf und wies Bobs Angebot, ihr zu helfen, mit einer Handbewegung ab. Der Junge machte so ein Angebot nicht, er hob nicht einmal den Hut auf.

Bob schlenkerte seine Mokassins von den Füßen, rollte die Hosenbeine bis zu den Knien, hob den Hut auf und reichte ihn

Jenny, als sie das Kajak in das flache Uferwasser gesetzt hatte. Sie hatte sich nicht die Mühe gemacht, ihre Jeans und Sandalen trocken zu halten; sie setzte sich in die Mitte des Bootes, forderte Bob mit einer Kopfbewegung auf, sich hinter sie zu setzen, wartete, bis André auf den vorderen Platz geklettert war und begann zu paddeln.

Ohne sich umzuwenden, sagte sie: »Morgen solltest du etwas mehr anziehen, Bob. Deine Haut ist wahrscheinlich nicht so empfindlich wie die meine, aber ohne Hut und nur mit einem T-Shirt würde es dir ziemlich schlecht gehen, bevor der Tag vorbei ist. Du bist lange nicht in der Sonne gewesen.«

»Du hast recht«, gab Bob zu. Sie schwiegen mehrere Minuten lang, während das Mädchen das kleine Boot vorwärts und rückwärts manövrierte und Wenden nach beiden Seiten fuhr. Schließlich reichte sie das Paddel über ihren Kopf.

»Nichts dabei«, sagte sie zu Bob. Er hatte keine Schwierigkeiten, das kleine Boot zu beherrschen, wobei ihm seine lange Erfahrung mit Ruderbooten natürlich eine Hilfe war — das dritte Newtonsche Gesetz ist eben überall gültig. Hin und wieder gab ihm das Mädchen einen Tip, aber er hatte keinerlei Schwierigkeiten mit dem Kajak.

»Ich weiß nicht, was Shorty gegen dein Boot hat«, sagte er schließlich. Der Junge, der vor Jenny saß, beantwortete die Frage, ohne sich umzuwenden.

»Ich habe dir doch gesagt, daß er dumm ist.« Bob gelang es nur mit Mühe, das Lachen zu unterdrücken.

»Du und Jenny müßt gute Freunde sein«, sagte er.

»Ich kenne André fast seit seiner Geburt«, sagte das Mädchen. »Ich habe bei ihm und seinen Schwestern oft Babysitter gespielt. Meistens sind wir recht gute Freunde.«

»Jedenfalls mag er dein Boot.«

»Du nicht?«

»Doch. Es reicht auch zum Tauchen, wenn es nur mit zwei Menschen besetzt ist.«

»Wenn zwei tauchen, brauchen wir einen dritten, der im Boot bleibt«, erklärte Jenny. Bob nickte nachdenklich und schwieg ein paar Sekunden lang.

»Wir werden irgendeine Lösung finden«, sagte er schließlich. »Es wird ohnehin eine Weile dauern, bis die Tauchausrüstungen eintreffen, fürchte ich.«

»Ihr wollt tauchen?« fragte André aufgeregt. »Ich werde mit dem Kajak fertig. Laßt mich mitkommen!«

»Vielleicht«, sagte Jenny. »Das muß Bob entscheiden. Du mußt ihn davon überzeugen, daß er dich dabei haben will. Ich werde ihm gerne bestätigen, daß du recht gut mit dem Kajak zurechtkommst, aber du mußt dir Mühe geben, deine Chancen nicht zu verderben.« Sowohl Bob wie auch der Jäger hatten das Gefühl, daß sich ein bestimmter Sinn hinter dieser sehr umständlichen Bemerkung verbarg. Beide waren der Meinung, daß er in irgendeiner Verbindung zu den kindischen Streichen stand, deren Malmstrom den Jungen beschuldigt hatte. Es sollte eine ganze Weile dauern, bis sie erfuhren, wie falsch und gleichzeitig wie richtig diese Ansicht war.

»Jetzt kann André paddeln, wenn er will«, sagte Bob plötzlich und reichte das Paddel zu Jenny vor, die es an den Jungen weitergab. »Die Sonne ist schon fast untergegangen. Bring uns zu der Stelle zurück, wo das Boot gelegen hat, falls Jenny es nicht anderswo lassen will.«

Der Junge gehorchte schweigend. Der Jäger wußte, warum Bob ihm das Paddel überlassen hatte; er war plötzlich total erschöpft. Er hatte Schwierigkeiten gehabt, das Paddel zu halten, gar nicht davon zu reden, das Boot mit ihm voranzubringen. Sie befanden sich etwa eine halbe Meile vor der Küste; der Jäger hoffte, daß sein Partner sich während der wenigen Minuten, die sie brauchten, um das Ufer zu erreichen, genügend erholen konnte, um es bis zum Haus des Doktors zu schaffen.

André verließ sie, sobald sie das Ufer erreicht hatten, ohne zu helfen, das Kajak an Land zu bringen. Jenny tat es allein; Bob hatte zwei Gründe, ihr seine Hilfe nicht anzubieten; der zweite war, daß sie seine Hilfe vorher zurückgewiesen hatte. Den Weg zum Haus der Seevers legten sie langsam und schweigend zurück. Bob hatte sich ein wenig erholt und hoffte, daß das Mädchen nichts von seiner Schwäche merkte. Falls sie es aber doch tat, so verlor sie auf jeden Fall kein Wort darüber.

Es war inzwischen dunkel geworden, und so brauchte er keine Entschuldigung dafür, daß er sein Rad schob, als er sich vor dem Seevers-Haus von Jenny verabschiedet hatte und das letzte Stück des Heimweges antrat.

Der erste Teil des Abends, als Daphne noch auf war, verlief ohne bemerkenswerte Ereignisse. Das Kind bemerkte die Erschöpfung seines Bruders, doch er konnte seinen Zustand damit begründen, daß er außer Kondition sei und sich für diesen ersten Tag auf der Insel zu viel vorgenommen habe. Selbst der Jäger hatte keine moralischen Einwände dagegen. Daphne hatte nicht sehr viel Mitgefühl für ihren Bruder, und Bob und der Jäger sahen einige Schwierigkeiten voraus, falls das Medikament, das Seever erwähnt hatte, nicht bald eintreffen und sich als wirksam erweisen würde.

Als das Kind in seinem Zimmer verschwunden war, gab Bob seinen Eltern einen detaillierten Bericht über seine Erlebnisse dieses Tages, wobei er die Erschöpfungszustände erheblich herunterspielte. Sein Entschluß, der sich im Lauf der letzten Stunden erhärtet hatte, Jenny zum Mitglied des Teams zu machen, wurde von beiden Eltern gutgeheißen — sie hatten nichts für oder gegen das Mädchen, waren jedoch mit allem einverstanden, das geeignet war, Bobs Projekt zu fördern.

Mrs. Kinnaird fragte, ob ihre Freundin Evelyn Seever nicht auch eingeschlossen werden sollte, und Bob gab zu, daß der Arzt auch Bemerkungen in dieser Richtung gemacht habe. Es wäre gut, meinte er, wenn alle Mitglieder der beiden Familien eingeweiht wären und alle Probleme besprechen könnten, ohne Entschuldigungen erfinden zu müssen, um einige ihrer Mitglieder auszuschließen.

»Es ist schade, daß Silly nicht etwas älter ist«, gab er sogar zu. »Aber zumindest ist ihr Alter ein Grund, sie abends abschieben zu können.«

»Also wirst du Ben erlauben, Ev einzuweihen?« fragte seine Mutter.

»Ich denke, es ist besser so.« Bobs Zurückhaltung, nach über sieben Jahren fast zu einem Reflex geworden, gab nur widerstrebend nach.

»Ich habe zwei von diesen neuen Tauchausrüstungen bestellt«, sagte Bobs Vater und wechselte damit das Thema. »Wir werden irgend etwas improvisieren müssen, um die Lufttanks zu füllen, denke ich. Wir haben zwar einen Kompressor für die pneumatischen Hämmer und Bohrer, aber die Anschlußstücke müssen sicher verändert werden.«

»Du hast zwei bestellt?« fragte Bob so unbeteiligt, wie es ihm möglich war.

»Natürlich. Du hast doch nicht etwa vor, allein zu tauchen, hoffe ich.« Es war reines Entgegenkommen, daß der Jäger die Kapillargefäße in Bobs Gesicht so regulierte, daß er nicht errötete. Der junge Mann wechselte — unauffällig, hoffte er — das Thema.

»Wann können sie hier eintreffen?«

»Das kann eine Weile dauern. Selbst mit dem Flugzeug ist es eine lange Strecke. Wir können da vorläufig nichts weiter tun. Du sagtest gestern, daß du versuchen wolltest, ein Minensuchgerät oder so etwas aufzutreiben, nicht wahr?«

»Ja. Es könnte uns eine Menge Zeit sparen, falls es unter Wasser funktioniert.«

»Ich glaube, das brauchen wir nicht zu bestellen«, sagte Arthur Kinnaird lächelnd. »Taro Tavaké von der Radiostation kann uns bestimmt so ein Ding basteln. Er hat schließlich während des Krieges in den Salomonen damit gearbeitet. Ich bin sicher, er weiß, wie so ein Gerät funktioniert. Ich werde gleich morgen mit ihm darüber sprechen.«

Bob nickte dankbar. »Gut«, sagte er. »Das scheint uns ein Stück weiterzubringen. Wenn die Tauchausrüstung kommt, werden wir genauere Pläne machen, aber im Augenblick können wir wohl nichts weiter tun.«

»Noch eine Frage«, sagte seine Mutter. »Du wirst bald mit der Arbeit beginnen müssen; wie willst du dann all das schaffen, was du dir vorgenommen hast? Und wer, außer deinem Vater, könnte mit dir tauchen? Ihr müßt beide arbeiten und habt nicht sehr viel Zeit dafür. Hast du nicht daran gedacht, den alten Toke einzuweihen und dir als Job die Suche nach Raumschiffen geben zu lassen? Das würde doch vieles sehr erleichtern.«

»Wir haben daran gedacht und sehr eingehend darüber diskutiert, Mom. Vorläufig haben wir uns dagegen entschieden — und nur teilweise, weil ich prinzipiell dagegen bin, mit irgend jemand über diese Angelegenheit zu sprechen. Toke Thorvaldsen und sein Sohn haben natürlich eine Menge Einfluß, weil sie die PFI *sind*, aber die Gesetze des Jägers treffen weitaus mehr auf Menschen dieser Art zu, als auf uns.«

»Auch wenn dadurch die Chancen, dein Leben zu retten, erhöht würden?« sagte die Frau.

»Glaube mir, wir haben diese Frage sehr gründlich durchdacht. Beide Möglichkeiten bergen Risiken, und ich habe mich für die entschieden, die ich vorziehe. Der Jäger stimmt mir hundertprozentig zu. Vielleicht mache ich einen Fehler, aber ich will es nun einmal so.«

»Und, wie du taktvollerweise verschwiegen hast, ist es ausschließlich deine Angelegenheit. Gut, mein Sohn, wir werden nach deinen Regeln spielen. Entschuldige, daß wir uns Sorgen machen um dich.«

5
Wenn im Zweifel, fragen

Jenny traf fast gleichzeitig mit Bob und dem Jäger beim Boot ein. Sie nickte zufrieden über seine Kleidung, die mit der ihren übereinstimmte: Jeans, langärmeliges Hemd, Kuli-Hut und alte Segeltuchschuhe zum Schutz vor den Korallen. Jenny hatte ein Netz mit Obst mitgebracht.

»Es sollte nicht schwierig sein, das zu finden, was ich suche«, sagte er mit einem Blick auf das Netz. »Ich glaube nicht, daß wir den ganzen Tag dazu brauchen.«

»Ich hoffe, du hast recht«, antwortete sie, »aber ich fühle mich doch wohler, wenn wir etwas zu essen dabeihaben. Willst du mir jetzt verraten, wonach wir suchen, oder bin ich nur der Taxifahrer?« Diesmal ließ sie Bob das Kajak zum Ufer tragen; er schwieg, bis es im Wasser lag und sie hineingestiegen waren. Seine ersten Worte waren keine Antwort auf ihre Frage.

»Was hast du aus deinem Vater herausquetschen können?«

»Nichts. Ich habe ihn nicht gefragt, und in deinen Krankenblättern steht nichts, das mir irgendeinen Hinweis geben könnte.«

»Du hast sie also gelesen.«

»Das hatte ich dir ja angekündigt.«

»Okay. Ich mache dir einen Vorschlag: ich werde dir die ganze Geschichte erzählen und das Risiko auf mich nehmen, daß du mich für schwachsinnig hältst — aber halte dir immer vor Augen, daß dein Vater jedes Wort bestätigen kann — und du wirst mir sagen, was du gestern vormittag mit deiner Bemerkung über das Anstecken von Feuern gemeint hast. Ich muß zugeben, daß ich mir darüber Gedanken gemacht habe. Einverstanden?«

»Also hat meine Frage dich doch irgendwie getroffen.«

»Das kann man wohl sagen. Und sie paßt genau zu dem, was ich dir erzählen werde.«

Jenny schwieg und zog das Paddel einige Male durch; als sie sprach, gab sie ihm keine direkte Antwort.

»Ich habe dieser Sache mit dem Feuer keine so große Bedeutung beigemessen«, sagte sie schließlich, »obwohl ich seit Jahren darüber nachgedacht habe. Anscheinend steckt doch mehr dahinter, als ich angenommen habe, wenn sie in deine lebensentscheidene Angelegenheit paßt. Also gut, hier ist meine Geschichte.

Ich nehme an, du kennst die desChenes-Familie; zumindest André hast du gestern kennengelernt. Der Vater ist früher auf einem Tanker gefahren, aber sie haben ihm einen Job an Land gegeben, als seine Frau vor sieben Jahren bei einer Geburt starb. Es sind drei Kinder da — André ist das älteste —, und viele von uns haben sich irgendwann um sie gekümmert. Ich fürchte, wir haben keine besonderen erzieherischen Qualitäten entwickelt, denn André ist, um es klar und deutlich zu sagen, ein echter Widerling. Es macht ihm ausgesprochen Spaß, andere Menschen zu ärgern oder sogar zu verletzen. Ich weiß, daß die meisten Kinder so eine Phase durchmachen, aber die sollte mit elf Jahren längst vorüber sein. Ich persönlich bin der Ansicht, daß er etwas geistesgestört ist, aber Dad sagt, er hätte nur als Kind einige Schocks erlitten und würde mit der Zeit darüber hinwegkommen.

Jedenfalls hält André Streiche für ausgesprochen witzig — und ich meine damit Sachen, wie jemand eine glühend heiße Münze in den Kragen zu stecken oder Stolperdrähte auf Treppen zu spannen, und nicht etwa so harmlose Scherze wie einen Eimer Wasser über der Tür. Ich hatte dadurch einmal einen verrenkten Knöchel und bin mindestens ein dutzendmal gestürzt, ohne mich ernsthaft zu verletzen; und ich habe drei Brände gelöscht, die er vor und hinter seinem Haus gelegt hat — niemals im Haus selbst, muß ich ihm zugute halten. Vor etwa vier Jahren — ich war damals erst vierzehn und mußte die Kinder allein hüten, während Mr. desChenes arbeitete —

brannte es zum erstenmal, und natürlich habe ich ihm zu erklären versucht, daß es keine sehr gute Idee sei. Er sagte mir sehr ernsthaft, daß er das besser wisse. Und er machte natürlich weiter.

»Als er zum drittenmal ein Feuer ansteckte, vielleicht eineinhalb Jahre später, verbrannte er sich dabei — nicht sehr schlimm, aber genug, um zu merken, daß Feuer weh tut. Ich glaubte, daß meine Ermahnungen diesmal wirklich etwas nützen würden. Er war sehr wütend; nicht auf mich, sondern auf das Feuer. Er sagte, es sei nicht gerecht, daß einer mit Feuer spielen und seinen Spaß haben könne, und ein anderer sich dabei verbrenne. Ich brauchte ein paar Wochen, um herauszubringen, was er damit meinte. Schließlich sagte er mir, daß er einen großen Jungen gesehen habe, der Öl auf den Boden geschüttet und angesteckt habe, und dann sei ein Wagen in die Flammen gefahren, und der Junge sei auf den Sitz gesprungen und habe ihn aus dem Feuer gefahren. Noch später, vor zwei Jahren, als du zum letztenmal zu Hause warst, war ich mit ihm zusammen, und wir sahen dich zufällig auf der Straße. Er sagte, du seist der große Junge, der das Feuer angesteckt habe. Aber ich war mir nicht sicher, ob ich ihm glauben sollte, da er auch recht häufig lügt, und ich habe mir immer gewünscht, einmal herauszufinden, ob es stimmt oder nicht.

Da gibt es allerdings eine Komplikation. Soweit ich es feststellen konnte, geschah dies an dem Tag, an dem seine jüngere Schwester geboren wurde und seine Mutter starb. Vielleicht hat es ihn deshalb so beeindruckt. Oder vielleicht ist überhaupt nichts geschehen, aber ich hätte es gerne gewußt. Ich habe den Jungen nicht besonders gern, aber es wäre doch sehr schön, wenn ich seine Komplexe, oder was er sonst haben mag, ausbügeln könnte.«

»Es stimmt in etwa«, sagte Bob nachdenklich. »Laß mich mal überlegen ... er war damals um die vier Jahre alt. Ich bin nicht direkt in die Flammen gefahren, aber das hat er vielleicht nicht erkennen können, oder er erinnert sich nicht mehr genau daran.« Er schwieg; sowohl er als auch der Jäger waren ehrlich erschüttert. Keiner von ihnen hatte auch nur den leisesten Verdacht gehabt, daß es bei der Lösung ihres früheren Problems außer Bobs Vater noch einen Zeugen gegeben haben könnte. Beide fragten sich jetzt, wieviel von der Story, und in welchen verzerrten Formen, innerhalb der jüngeren Bevölkerungsgruppe von Ell verbreitet worden war.

»Schade, daß du nicht mit deinem Vater darüber gesprochen hast«, sagte Bob schließlich. »Ich weiß nicht, ob er ein guter Psychologe ist, aber zumindest hättest du dann gewußt, was hinter dieser Sache steckt.«

»Dad weiß davon? Er hat nie ...«

»Natürlich hat er nicht darüber gesprochen. Wie konnte er das? Ja, er weiß Bescheid.«

»Es steht aber nichts in den Krankenblättern, die er über dich angelegt hat.«

»Ich weiß, Fräulein Sekretärin. Ich muß sie gelegentlich auch mal lesen, damit ich erfahre, *was* du über mich weißt. Das Feuer hatte schließlich nichts mit irgendeiner Krankheit zu tun, und es gibt Gründe dafür, daß er nicht einmal alle meine Krankheitsprobleme aufschreibt.«

»Die du mir aber jetzt erzählen wirst, nehme ich an.«

»Wenn du willst. Falls du meinst, daß du ihm mehr Glauben schenken kannst als mir, warte lieber, bis du wieder zu Hause bist und sage ihm, ich hätte ihm erlaubt, dir alles vom Jäger zu erzählen. Was ist dir lieber?«

»Nun fang schon an. Ich werde deine Version mit der von Dad vergleichen, wenn ich ihn sehe.«

Bobs Bericht nahm den größten Teil der Fahrt zu der winzigen Insel in Anspruch, da das Mädchen ihn immer wieder unterbrach und nach Einzelheiten fragte. Ihre Fragen überzeugten den Jäger, daß er mit seiner früheren Vermutung recht hatte: Jenny besaß einen schärferen Intellekt als sein Gastgeber. Natürlich fiel es ihr anfangs schwer, ihm zu glauben, und der Alien erwartete, daß sie die Art Beweise fordern würde, die ihr Vater vor über sieben Jahren verlangt hatte. Doch sie begnügte sich mit ein paar klugen und wohlüberlegten Fragen. Einige davon, die die physische Gestalt des Jägers betrafen, hatte Bob in den fast acht Jahren ihrer Symbiose noch nie gestellt. Die meisten ihrer Fragen standen im Bezug zu der Arbeit in der Praxis ihres Vaters und zeigten Bob und dem Jäger, daß sie erheblich mehr als nur die Krankenblätter gelesen hatte. Das überraschte Bob, dessen Collegezeit noch so kurze Zeit zurücklag, daß er dazu neigte, auf Menschen herabzublicken, die nicht den Vorzug einer höheren Bildung genossen hatten.

»Ich habe ihr das alles nicht zugetraut«, murmelte er seinem Symbionten zu. »Ich habe nie etwas davon gehört, daß sie von dem Angebot einer College-Ausbildung Gebrauch machen oder auch nur außerhalb von Ell zur Schule gehen wollte.« Er war taktvoll genug, seine Überraschung nicht laut zum Ausdruck zu bringen, doch der Jäger konnte die Gefühle seines Gastgebers oft anhand seiner inneren Reaktionen erkennen. Es gefiel dem Alien: sein Freund lernte etwas dazu, und das hatte er auch dringend nötig.

Sie trugen das Kajak ans Ufer und ein gutes Stück vom Wasser fort, obwohl sie sich an der Lee-Seite von Apu befanden und es so gut wie keine Dünung gab. Apu war eine der größeren der Inseln, die auf dem ganzen Riff verstreut waren, und es hatte sich im Lauf vieler Jahre nicht nur genügend Erde angesammelt, um Büschen und Sträuchern Halt zu geben, sondern es wuchsen sogar mehrere Palmen dort. Nur wenig von der besonderen Vegetation, die in den Labors für die Tanks gezüchtet wurde, und die so weite Flächen des langen Nordwest-Arms der Hauptinsel bedeckte, war bis hierher vorgedrungen.

Auf der Lagunenseite Apus befand sich ein Strand, die dem offenen Meere zugewandte Seite ging jedoch sofort in die mörderischen Korallenbänke über, aus denen das Riff bestand, selbst an windstillen Tagen gefährlich für einen Schwimmer und tödlich bei auch nur geringer Dünung. Das Riff, das heißt, die Region, wo die Korallen so dicht unter der Wasserfläche wuchsen, daß sie die Wellenbewegung beeinflußten, erstreckte sich mehrere hundert Yards ins Meer hinaus. Es brach die Wucht der Wellen, lenkte sie jedoch in so schwer voraussehbare Bahnen, daß man niemals wußte, welche Stelle des

Inselufers im nächsten Moment unter Wasser stehen würde. Der Jäger und Bob erinnerten sich noch genau an einen viele Jahre zurückliegenden Tag, an dem Ken Rice in eine der kleinen, korallenumsäumten Buchten hinabgestiegen war, um etwas aus dem Wasser zu holen, und dabei fast ertrunken wäre. Das Objekt, das er entdeckt hatte, konnte nicht geborgen werden, doch der Jäger hatte es deutlich gesehen und als Generatorabdeckung eines Raumschiffes erkannt, die vom Schiff des Mannes stammen mußte, den er bis hierher verfolgt hatte, und die ihm die erste, wirkliche Gewißheit gegeben hatte, daß der andere Alien den Absturz überlebt hatte und an Land gekommen war.

Dies war das Objekt, das sie heute suchen wollten, in der Hoffnung, an ihm irgendwelche Hinweise zu finden, durch die das Suchgebiet nach dem Raumschiff des anderen wesentlich eingeengt werden würde. Es war das Schiff, das ihnen bei der Durchführung ihres Plans den größeren Nutzen versprach. Der Jäger wußte, daß sein Schiff beim Aufprall fast flach geschlagen worden und wahrscheinlich so stark korrodiert war, daß es für einen Suchtrupp unauffindbar war. Der Schild dagegen hatte völlig intakt ausgesehen und ließ hoffen, daß das Schiff, von dem es stammte, der völligen Zerstörung entgangen war.

Die Suche erwies sich als recht schwierig. Korallen wachsen ständig, und Wellen zerstören; die dem offenen Meer zugewandte Küste von Apu hatte sich erheblich verändert. Bob und der Jäger erinnerten sich noch an die Stelle, an der Rice damals fast ertrunken wäre, doch brauchten sie länger als fünfzehn Minuten, um die Unzahl der in Frage kommenden kleinen Buchten auf vier zu dezimieren. Und selbst dann waren sie sich alles andere als sicher; sie würden den Meeresgrund der vier Buchten sehr genau absuchen müssen.

Sie näherten sich der ersten mit großer Vorsicht; Gischt schäumte über ihre Köpfe hinweg, wenn Wellen auf die Korallen brandeten. Weder Bob noch der Jäger waren sicher, daß sie die richtige Bucht gefunden hatten, wenn sie für Sekunden klar sehen konnten. Sie hatten gehofft, daß das blanke Metall unschwer zu sehen sein würde, doch das war nach den vielen Jahren kaum zu erwarten. Falls dies wirklich dieselbe Bucht sein sollte, so hatte sie sich erheblich verändert. Damals waren die Jungen ohne zu zögern hineingegangen; jetzt würden nicht einmal die leichtsinnigsten Teenager es wagen. Sie hielten sich hier nur deshalb recht lange auf, weil Jenny, die das Objekt nur von Bobs Beschreibung kannte, immer wieder auf Korallenformationen oder anderes deutete und fragte, ob sie nicht das sein könnten, was sie suchten. Unglücklicherweise war keine von ihnen vielversprechend genug, um auch nur einer genaueren Untersuchung wert zu sein.

Die zweite der in Frage kommenden Buchten war erheblich ruhiger und weniger gefährlich, doch diese kostete sie noch mehr Zeit. Einige der Korallenformationen sahen so aus, als ob sie möglicherweise das Objekt, dem ihre Suche galt, verbergen mochten. Bob und Jenny trugen Badezeug unter ihrer Kleidung, und beide stiegen ins Wasser, um sich diese Möglichkeiten genauer anzusehen. Bob konnte natürlich unter Wasser weitaus besser sehen als das Mädchen, da der Alien einen Teil seiner Substanz in Bobs Augen vorschob und die Netzhaut so verformte, daß sie dem anderen Medium angepaßt war. Doch selbst mit dieser Hilfe konnte Bob kein Stück Metall entdekken.

Bei der dritten Bucht erlitt Bob wieder einen seiner Schwächeanfälle, und Jenny mußte ihm aus dem Wasser helfen. In der Überzeugung, daß Nahrung ihn stärken würde, bestand sie darauf, daß er eine der Früchte aß, die sie mitgebracht hatte, und dadurch kam es zu einem Anfall von Übelkeit, wie ihn Bob schon am Vortag erlitten hatte.

Jenny glaubte noch nicht daran, daß es für Bob wirklich um Leben und Tod ging. Sie hatte ein leichtes Überlegenheitsgefühl, seit sie Bob aus dem Wasser geholfen hatte, und seine sichtliche Mühe, die Frucht herunterzubringen, amüsierte sie sogar ein wenig. Weder er noch sein Symbiont verstanden sie.

Ob sie seine Situation ernst nahm oder nicht, sie bestand darauf, die dritte Bucht allein abzusuchen, und wenn man die Zeit, die sie unter Wasser verbrachte, als Maßstab nahm, tat sie es sehr gründlich. Sie versuchte, das mindere Sehvermögen unter Wasser durch den Tastsinn auszugleichen und holte sich dabei eine ganze Reihe von Schrammen an Händen und Unterarmen.

Anschließend wollte sie auch die vierte Bucht allein absuchen, doch gab es hier genauso starke, tückische Wellen wie in der ersten.

»Sei nicht verrückt!« rief Bob scharf, als sie den Vorschlag machte. »Diese Bucht ist genauso gefährlich wie die andere, die wir ausgelassen haben, und ich bin nicht in der Lage, dir zu helfen, wenn du in Schwierigkeiten geraten solltest. Wenn wir wüßten, daß das Ding dort liegt, wäre es etwas anderes, so aber ist das Risiko einfach zu groß. Sieh sie dir von hier oben an, wenn du willst, und sage uns, ob irgend etwas so aussieht, als ob das Ding darunter verborgen sein könnte; aber ich glaube, daß wir selbst für diese Phase der Suche den Metalldetektor brauchen, den Dad zu besorgen versucht. Wenn du hier ins Wasser gehst, darfst du Shorty nicht länger einen Trottel nennen.«

»Ja, du hast wahrscheinlich recht«, sagte Jenny widerwillig, »ich dachte nur, daß dieses Projekt für dich wichtig sei.«

»Das ist es auch. So wichtig, daß ich nicht riskieren kann, einen wichtigen Helfer zu verlieren. Zieh dich wieder an, ich will auch nicht, daß du durch einen Sonnenbrand ausfällst.« Die rothaarige Jenny hatte trotz ihres lebenslangen Aufenthalts in den Tropen eine noch blassere Haut als Bob, die jedoch voller Sommersprossen war.

»Vielleicht sollte der Jäger eine Weile in mir bleiben, um das einzige voll einsatzfähige Mitglied des Teams zu beschützen«, sagte sie.

»Gegen Sonnenbrand kann er auch nichts tun — er verträgt ultraviolettes Licht noch schlechter als wir.«

»Ich hatte an meine Hände gedacht«, sagte sie und blickte auf die Schrammen, die ihr die scharfen Korallen gerissen hatten.

»Weißt du, mich würde der Jäger schon verlassen, wenn ich wach bin, da ich ihn schließlich recht gut kenne, aber er würde bestimmt warten, bis du eingeschlafen wärst, bevor er zu dir ginge. Er hat eine genaue Vorstellung davon, wie Menschen, die nicht an Symbionten gewöhnt sind, reagieren, wenn eine grüne Gallertpfütze auf sie zufließt; und wenn sie vor ihm zu fliehen versuchen, während er erst zum Teil in ihnen ist und ihn dabei zerreißen, empfindet er das als sehr unangenehm.«

»Grüne Gallertmasse? André hat etwas von . . . oh, das habe ich nicht gewußt . . .« Jenny schwieg, und ihr Magen fühlte sich jetzt auch nicht besser an als der Bobs. Sie zog sich an, nahm eine Frucht aus dem Netz und wollte hineinbeißen. Doch dann schien sie es sich anders zu überlegen, steckte sie ins Netz zurück, dachte ein paar Sekunden nach und wandte sich Bob zu.

»Was hast du jetzt vor? Glaubst du, daß deine Muskeln wieder mitmachen, wenn du dich ein paar Stunden ausgeruht hast, oder soll ich dir ins Boot helfen und dich zurückbringen? Glaubst du wirklich, daß wir hier etwas erreichen können, bevor wir den Metalldetektor haben, den dein Vater von Mr. Tavaké bekommen soll?«

»Wir werden hier bleiben, wenn es dir recht ist. Ich will nicht, daß die Hälfte der Inselbevölkerung mich in diesem Zustand sieht.«

»Ich könnte dich zu der Bachmündung bei eurem Haus bringen.«

»Ich mag das Risiko nicht eingehen. Immer mehr Menschen erfahren vom Jäger, aber ich will nicht, daß die ganze Insel von ihm weiß. Meine Helfer suche ich mir selbst aus, und Zuschauer will ich nicht.«

»Tut es dir leid, daß du mir von ihm erzählt hast?«

»Das ist eine Fangfrage, aber — nein. Du weißt, daß ich nicht verrückt bin, und falls du noch nicht ganz sicher sein solltest, wird dein Vater dir die letzten Zweifel nehmen.«

»Willst du dich noch etwas mehr auf Apu umsehen, wenn du wieder gehen kannst? Ich meine, bevor wir den Metalldetektor haben?«

»Ganz bestimmt.«

»Und jetzt sitzen wir hier nur herum und lassen uns rösten.« Jenny setzte kein Fragezeichen an das Ende dieses Satzes, und selbst der Jäger konnte erkennen, daß sie nicht die geringste Absicht hatte, tatenlos zu warten. Er hatte eine ganze Reihe menschlicher Wesen kennengelernt, die immer dazu bereit waren, nur abzuwarten und die Zeit mit sinnlosem Gerede zu füllen, doch Jenny Seever, erkannte er, gehörte nicht dazu.

Sie saß eine ganze Weile schweigend und schien nachzudenken, doch es handelte sich lediglich um ein paar Minuten, nicht um Stunden. Dann stand sie auf.

»Ich werde zu Mr. Tavaké gehen und feststellen, wie lange er braucht, um so einen Detektor herzustellen. Dein Vater hat inzwischen sicher mit ihm darüber gesprochen. Willst du hier warten, bis ich zurückkomme, soll ich dich in der Nähe deines Hauses absetzen oder was sonst?«

Bob richtete sich auf. »Wie willst du ihn nach dem Detektor fragen, ohne daß er dich fragt, wofür wir das Ding brauchen?«

»Ein bißchen Verstand solltst du mir schon zutrauen, auch wenn ich nicht an einem berühmten College studiert habe. Dein Vater muß ihm irgendeine Erklärung gegeben haben; ich brauche nicht einmal zu wissen, was du damit anfangen willst. Also, willst du hier warten oder kommst du mit?«

»Ich komme lieber mit. Dann kann ich wieder zu Kräften kommen, bis du zurückkommst, und etwas unternehmen.«

»Du könntest hier weitersuchen.«

»Du mußt nicht auch noch Salz in die Wunde streuen.« Bob paßte es gar nicht, daß ihm die Initiative entrissen wurde, erkannte der Jäger, aber er war zu klug, um das offen zu zeigen. »Wir wollen sehen, ob ich ohne Hilfe zum Boot kommen kann. Ich weiß, daß ich keine große Hilfe wäre, es zu Wasser zu lassen.«

»Das schaffe ich auch allein.« Jenny bewies Takt, als sie es unterließ, Bob beim Aufstehen zu helfen, obwohl sie erkannte, daß es ihm sehr schwer fiel. Doch als er auf den Beinen war, schaffte er die dreißig oder vierzig Yards bis zum Boot ohne Schwierigkeiten. Das Mädchen war ihm vorausgegangen und hatte das Kajak bereits in das Wasser gesetzt, als er das Ufer erreichte. Er stieg ein, wieder ohne Hilfe, und Jenny begann zu paddeln.

Nach einer Minute etwa machte Bob eine Bemerkung, und der Jäger ärgerte sich, daß nicht er auf diesen Gedanken gekommen war.

»Wäre es nicht besser, wenn du nicht auf die Bachmündung zuhalten würdest, sondern den kürzesten Weg zur Küste nimmst und ihr dann im flachen Wasser folgst, damit ich sofort aussteigen kann, falls es notwendig werden sollte? Wenn mein Magen wieder revoltiert, brauche ich nicht unbedingt dein Boot zu versauen.«

»Könntest du dich nicht außenbords beugen?«

»Natürlich. Aber ist das Boot stabil genug? Ich habe bis jetzt immer darauf geachtet, es im Gleichgewicht zu halten.«

»Das brauchst du nicht. Es ist vielleicht nicht so stabil wie ein Auslegerboot oder ein Catamaran, aber ich bin oft genug im tiefen Wasser hereingeklettert. Das habe ich dir doch bereits gesagt. Aber wenn du einen Beweis brauchst ...« Jenny legte das Doppelpaddel auf das Doppelbord und überraschte ihre beiden Passagiere, indem sie, ohne ihre Kleidung abzulegen, ins Wasser stieg. Das Boot geriet dabei ein wenig ins Schwanken, jedoch längst nicht so stark, wie Bob es erwartet hatte; sein reflexhaftes Umklammern des Dollbords war jedenfalls unnötig.

Ein paar Sekunden später erschien der Kopf des rothaarigen Mädchens an der Wasseroberfläche. Sie griff nach dem neben dem Boot treibenden Hut und reichte ihn Bob. Dann packte sie das Dollbord und zog sich ins Boot. Diesmal krängte es etwas stärker; die Bordwand des kleinen Fahrzeugs wurde unter Wasser gedrückt, doch die Wellen schlugen trotzdem nicht ins Innere; das einzige Wasser, das hereindrang, tropfte von Jennys durchnäßter Kleidung. Ohne jeden Kommentar begann sie wieder zu paddeln, und Bob hatte auch nichts zu sagen.

Sie brachte das Kajak in der Bachmündung dicht bei Bobs Haus ans Ufer; zwischen den mit Büschen verwachsenen Ufern konnte sie niemand sehen, außer einigen Menschen auf Booten weit draußen auf der Lagune. Bob stemmte sich hoch und stieg aus; es war erheblich einfacher als das Einsteigen vor einer dreiviertel Stunde.

»Okay«, sagte Jenny. »Ich kann schneller zurück sein, wenn ich mir dein Fahrrad ausleihe — es ist doch bei eurem Haus, nicht wahr? Du bist doch zu Fuß zum Boot gekommen, oder? — und damit zu Tavakés Funkbude fahre. Willst du hier auf mich warten oder zum Haus gehen oder ...«

»He, Bob! Hast du es gefunden?« zerschnitt Daphnes schrille Stimme Jennys Frage, und kurz darauf kam das Kind auf sie zugestürmt.

»Was machst du denn hier?« fragte Bob überrascht. »Du warst hoffentlich nicht allein im Wasser, besonders hier, so weit vom Strand entfernt, und ich sehe keinen von deinen Freunden in der Nähe.«

»Oh, ich habe euch schon lange in Jennys Boot entdeckt und bin hergelaufen, weil ich wissen will, ob ihr Glück gehabt habt. Fahrt ihr wieder zur Insel zurück oder habt ihr es gefunden? Wenn ihr weiter suchen müßt, darf ich dann mitkommen? Ich weiß, daß Mom nichts dagegen hat.«

Bevor Bob antworten konnte, sagte Jenny: »Woher weißt du, daß Bob etwas gesucht hat, Daphne?«

»Mom hat es mir gesagt. Deshalb könne er mich nicht mitnehmen, weil er zu beschäftigt sei.«

»Hat sie dir auch erzählt, was er sucht?«

»Nein. Das ist sein Geheimnis.«

»Und trotzdem willst du mitkommen?« Wie kannst du uns helfen, wenn du gar nicht weißt, wonach wir suchen?«

»Außerdem bist du dafür nicht richtig angezogen«, setzte Bob hinzu.

»Ich habe doch meinen Badeanzug an.«

»Und was ist mit der Sonne, du kleiner, blonder Schwachkopf? Wir haben auf Apu gesucht, wo es überhaupt keinen Schatten gibt. Von dorther hast du uns doch kommen sehen, nicht wahr?«

»Und warum ist Jenny dann so naß? Ich kann jederzeit ins Wasser gehen, wenn du es mir sagst, und Sonnenschutz brauche ich nicht, ich bin Sonne gewöhnt.«

Der Jäger wurde ungeduldig. Vor zwei Jahren waren sie zum letztenmal auf der Insel gewesen, und selbst damals war Bobs kleine Schwester bei verbalen Duellen schon allen anderen gewachsen gewesen — bis auf ihre Mutter. Bob hätte sie gut genug kennen sollen, um sich auf keine Diskussion einzulassen; er hätte sofort und entschieden *nein* sagen sollen. Obwohl der Jäger kein Mensch war, besaß er doch Gefühle, von denen einige den Gefühlen seines menschlichen Gastgebers nahe verwandt waren. Schließlich konnte er seine Ungeduld nicht mehr länger zügeln.

»Um welchen kleinen Finger wickelt sie dich denn diesmal?« vibrierten seine Gedanken in Bobs Innenohr. Bob reagierte, wie der Jäger es hätte vorhersehen sollen, mit Irritation, die er an dem Kind ausließ und nicht an seinem nichtmenschlichen Kritiker.

»Hör zu, Silly, Mutter hat dir gestern abend gesagt, daß du nicht mitkommen kannst, und ich habe es dir auch gesagt, und dabei bleibt es. Wir haben zu tun. Es ist für uns sehr wichtig, dieses Ding zu finden, und ich habe keine Zeit, gleichzeitig auf dich aufzupassen.«

Daphne brach nur deshalb nicht in Tränen aus, weil Jenny sich sofort einschaltete. Sie mochte Bobs Antwort für etwas zu schroff gehalten haben, aber wahrscheinlich war sie auch bemüht, sich ihre Führungsrolle nicht entreißen zu lassen.

»Hör zu, Daphne«, sagte sie mit sanfter, eindringlicher Stimme. »Bob hat recht, wenn er sagt, daß wir dich nicht mitnehmen können, aber vielleicht könntest du uns hier an Land helfen. Ich kann dir nicht sagen, was das Ding, das wir suchen, wirklich ist, weil es ein Geheimnis ist, wie du selbst erklärt hast — ich weiß auch nicht, was es ist, weil Bob es nicht einmal mir verraten hat.« Der Jäger reagierte überrascht und enttäuscht auf diese offensichtliche Lüge. »Ich kann dir aber sagen, wie es aussieht, soweit Bob es mir beschrieben hat. Dann kannst du die Augen offenhalten und uns Bescheid sagen, wenn du es sehen solltest. Denke aber immer daran, daß es ein Geheimnis ist; du mußt versprechen, es keinem deiner kleinen Freunde zu sagen.«

»Klar. Und was ist mit Mutter und Dad?«

»Die wissen es schon. Denen kannst du es erzählen, wenn du

willst«, sagte Bob. Dem Jäger sagte es ganz und gar nicht zu, daß Bob Jennys Lüge zu akzeptieren schien, sagte ihm jedoch nichts von seiner Mißbilligung, da dieser gerade die Generator-Abdeckung beschrieb.

»Das Ding sieht aus wie ein halber Ball aus Silber, ungefähr so groß.« Er hielt seine Hände etwa acht oder neun Zoll voneinander entfernt. »Es ist nicht glänzend, wie ein Spiegel, sondern etwas matt — wie eins von unseren Küchenmessern. Die flache Seite ist zum Teil auch mit diesem silberigen Zeug bedeckt, aber man kann sehen, daß es eine Höhlung ist.«

»Oh, ich weiß, was du meinst«, rief Daphne aufgeregt. »Es ist zum größten Teil mit Korallen bewachsen, nicht wahr?«

Jenny wußte nicht, was sie darauf sagen sollte, Bob hatte es für ein paar Sekunden die Sprache verschlagen, und der Jäger fragte sich, ob er richtig gehört hatte.

»Das wäre möglich«, sagte Bob schließlich. »Hast du so etwas gesehen? Wann bist du denn auf Apu gewesen?«

»Noch nie. Da ist es auch nicht. Es ist auf einem Bücherschrank in der Bibliothek; seit Jahren schon.«

6
Die Moral einer weißen Lüge

Die Tatsache, daß weder Bob noch der Jäger Daphnes überraschende Behauptung ganz ernst nahmen, war völlig bedeutungslos; Jenny beherrschte die Situation. Ohne sich um Bobs zweifelnden Gesichtsausdruck zu kümmern, gratulierte sie Daphne zur Lösung des Problems, bat sie, die Führung zu übernehmen, schlug vor, beim Kinnaird-Haus vorbeizugehen und die Fahrräder zu holen, und erklärte, daß Bob beim Boot bleiben müßte, um auf jemanden zu warten.

Der Gleichmut, mit dem das Mädchen auf Lügen zurückgriff, wenn es ihr richtig erschien, bedrückte den Jäger mehr und mehr. Die lange Lebenserwartung seiner Spezies hatte es vor vielen Generationen zur Erfahrungstatsache werden lassen, daß selbst die trivialste Lüge früher oder später entlarvt wurde, weil sie eine unauslöschliche Spur in den Erinnerungen so vieler Menschen zurückließ.

Doch Jenny schien nicht die geringsten Hemmungen zu haben, Tatsachen zu verdrehen, selbst wenn sie damit ein nur kurzfristiges Ziel zu erreichen hoffte. Was noch schlimmer war, der Gastgeber des Jägers, obschon sichtlich verärgert, schien sich mehr daran zu stoßen, daß das Mädchen das Kommando übernommen hatte, als an ihren Unwahrheiten. Das Gefühl der Nutzlosigkeit, das noch nicht erwachsene menschliche Wesen zu Wutausbrüchen verleitet, lauerte so dicht unter der Oberfläche, wie es der Jäger noch niemals bei einem der menschlichen Wesen erlebt hatte. Da Bob noch immer sehr schwach war, konnten sie die beiden Mädchen nicht zur Bibliothek begleiten; sie konnten auch nicht das Boot benutzen, was ihnen ohnehin nichts gebracht haben würde; sie konnten auch keine Zeit einsparen und sich um den Metalldetektor kümmern, während Jenny mit Daphne unterwegs war. Und sowohl Bob als auch der Jäger waren sicher, daß sie den Detektor brauchen würden, selbst für den Schild. Sie konnten sich nicht vorstellen, was für ein Gegenstand es war, von dem Daphne gesprochen hatte, doch keiner der beiden glaubte, daß es sich um das Objekt ihrer Suche handeln könnte. Trotzdem aber, um alles noch frustrierender zu machen, würden sie selbst in die Bibliothek gehen müssen, um sich zu vergewissern. Wahrscheinlich mußte es sogar getan werden, bevor sie irgendeine nutzbringende Arbeit beginnen konnten, da Jenny den Bericht Daphnes völlig unkritisch anzunehmen schien und sich erst bereit finden würde, ihn anzuzweifeln, nachdem Bob und der Jäger das korallenbewachsene Objekt in der Bibliothek selbst geprüft hatten.

Alles, was die beiden Partner jetzt tun konnten, war warten, sich alle möglichen Fragen zu stellen und sich Sorgen zu machen. Das Schlimmste war vielleicht, daß durchaus die Möglichkeit bestand, daß das Kind recht hatte. In diesem Fall wären sie dazu gezwungen, ihren Plan grundlegend zu ändern.

Die Bibliothek lag etwa zwei Meilen entfernt, südlich der Hauptstraße und etwas östlich ihrer Kreuzung mit der zur Pier führenden Straße. Die Mädchen würden die erste halbe Meile bis zu Bobs Haus zu Fuß zurücklegen müssen. Bob hatte seine Uhr nicht angelegt, da sie nicht wasserdicht war, und so konnten sie nur raten, wie lange die beiden schon fort waren. Ohne den Gedanken laut werden zu lassen, überlegte der Jäger, ob Bobs Verärgerung wieder zu Magenkrämpfen führen würde. Damit wären sie zumindest von der Langeweile erlöst worden; doch er war nicht traurig, als nichts passierte.

Die Mädchen waren in einer knappen halben Stunde zurück, obgleich es Bob und dem Jäger natürlich viel länger vorkam. Ihre Stimmen, die zu hören waren, bevor die beiden in Sicht kamen, verkündeten, daß ihr Enthusiasmus ungebrochen war. Und Daphne schrie ihrem Bruder schon von weitem entgegen: »Es ist noch da! Jenny sagt, es muß das sein, was du suchst! Wir haben festzustellen versucht, woher es stammt, aber alle konnten uns nur sagen, daß Maeta es gefunden hat, anscheinend vor dem Bau der Bibliothek, und es als Dekoration mitgebracht, als sie dort zu arbeiten begann. Sie ist heute nicht da und zu Hause ist sie auch nicht; die Leute sagten uns, sie sei auf dem Wasser, und sie habe niemals gesagt, woher das Ding stamme, aber wir sollten zurückfahren und warten, bis sie nach Hause kommt, und sie . . .«

»Nimm mal den Fuß vom Gas, Kleine. Es gibt mindestens vier Maetas auf der Insel. Aber da sie in der Nähe der Bibliothek zu wohnen scheint, nehme ich an, daß du Charlie Teroas Schwester meinst. Ich habe nicht gewußt, daß sie in der Bibliothek arbeitet.«

»Tut sie aber«, bestätigte Jenny. »Und gelegentlich auch bei meinem Vater.«

»Aber ich will dieses Ding auf jeden Fall selbst sehen, bevor ich Maeta oder irgendeinen anderen Menschen frage, woher es stammt«, sagte Bob entschieden. »Jenny, du hast es vorher nie gesehen, deshalb kannst du nicht sicher sein, daß es wirklich das ist, was wir suchen.« Bob blickte Jenny an, während er sprach, übersah jedoch geflissentlich ihren Gesichtsausdruck — die himmelwärts gerollten Augäpfel, die, wie von der TV-Unterhaltungsindustrie festgelegt, andeuten sollen, daß jemand gerade etwas unaussprechlich Dummes gesagt hat. »Du warst zu schnell fort, als daß ich dir das hätte erklären können, Silly. Ich werde irgendwann selbst gehen müssen . . .«

»Am besten gleich«, erwiderte seine Schwester. »Wir haben André unterwegs gesehen, und Jenny sagte mir, er sei es, auf den du hier wartest. Aber er ist nicht in diese Richtung gegangen, also brauchst du nicht länger hier zu bleiben. Wir können gleich zurückgehen und . . .«

»Was? — ja, ich verstehe — aber ich denke nicht daran . . .« Bob war im Moment völlig verwirrt, und selbst der Jäger hatte nicht geglaubt, daß Jennys Lüge so bald entlarvt werden würde. Das rothaarige Mädchen fing sich jedoch sofort und demonstrierte damit eine Begabung, die dem Jäger allmählich sehr zu mißfallen begann. Schnelle Auffassungsgabe und Reaktion waren eine Sache, doch wenn sie nur dazu benutzt wurden, um Lügen mehr oder weniger aufrechtzuerhalten, waren sie vielleicht aufgebraucht, wenn sie für ernsthaftere Probleme benötigt wurden.

»Wenn Andy zum Pier gegangen ist, können Bob und ich mit dem Boot dorthin fahren und ihn treffen«, sagte Jenny rasch. »Du bringst Bobs Fahrrad nach Hause, und wenn du magst, kannst du dann bei der Bibliothek auf uns warten. Aber es könnte eine ganze Weile dauern, bis wir dort eintreffen, warte also nicht allzu lange, wenn du noch etwas anderes vorhast.«

»In Ordnung.« Das braungebrannte Mädchen mit den fast weißgebleichten Zöpfen verschwand ohne ein einziges Widerwort. Jenny wandte sich Bob und dem Jäger zu, sprach jedoch nur zu Bob.

»Steige ins Boot. Ich muß dir etwas sagen.« Ihr Ton machte es sehr deutlich — selbst für den Jäger —, daß sie äußerst verärgert war. Sie sagte kein Wort mehr, bis das Boot auf dem Wasser und außer Hörweite war. Dann sagte sie: »Du hast mir nichts davon gesagt, daß sich deine medizinischen Probleme auch auf dein Gehirn auswirken. Ich habe noch nie einen Menschen gesehen, der so begriffsstutzig ist. Willst du wirklich, daß deine Schwester uns ständig auf der Pelle sitzt?«

»Nein, natürlich nicht.«

»Warum hast du mich sie dann nicht überzeugen lassen, daß wir das Ding gefunden haben und sie losgeschickt, um Maetas Vergangenheit zu untersuchen oder was immer sonst sie amüsieren mag — und sie uns von der Pelle hält.«

»Willst du damit sagen, du weißt, daß es nicht die Abdeckung ist?«

»Woher soll ich das wissen? Das Ding paßt auf deine Beschreibung, so weit ich das beurteilen kann, aber ich habe das Original nie gesehen, wie du dem Kind sehr deutlich erklärt hast. Warum hast du nicht das Stichwort aufgenommen, das ich dir gegeben habe?«

Bob antwortete ungewohnt schnell und mit ungewohnter Vehemenz.

»Zum Teil, weil du recht hast; ich bin wirklich begriffsstutzig; zum Teil, weil ich, selbst wenn ich erkannt hätte, was du vorhast — oder besser, wenn ich dessen sicher gewesen wäre —, nicht gerne dabei gewesen wäre, wenn Daphne die Wahrheit erfährt. Ich möchte nicht, daß irgend jemand, vor allem nicht ein Mitglied meiner Familie, mich einen Lügner nennen kann.«

»Natürlich nicht.« Bobs Ernsthaftigkeit schien Jenny zu überraschen. »Natürlich mag niemand eine wirkliche Lüge erzählen, aber sie würde es doch höchstens erfahren, wenn sie erheblich älter ist, und dann könntest du ihr erklären, warum es nötig war, nicht ganz bei der Wahrheit zu bleiben. Sie würde es dann sicher verstehen. Ist es nicht vor allem wichtig, daß wir in dieser Sache weiterkommen? Falls du nicht auch gelogen haben solltest, Bob, geht es schließlich um dein Leben. Sind ein paar weiße Lügen wirklich wichtiger als das?«

Bob antwortete nicht. Der Jäger hätte ihm eine längere Rede zu diesem Thema halten können, doch Jennys letzte Feststellung brachte ihn zu der Erkenntnis, daß er es nicht unter diesem Gesichtspunkt gesehen hatte. Er selbst hatte sich schließlich dazu bereit gefunden, ein paar Regeln zu brechen, um das Leben seines Gastgebers zu retten — obwohl es andere prinzipielle Dinge gegeben hatte, die ihm bei diesem Bruch geholfen hatten —, und bei einer so kurzlebigen Spezies wie der Bobs war es vielleicht nicht *ganz* so schlimm. Er war sich seiner Antwort noch immer nicht sicher, wenn er sich auch dagegen sträubte, eine lebenslange Überzeugung zu verleugnen.

»Wir sollten wohl besser zur Bibliothek gehen«, sagte Bob schließlich. »Hast du dir schon eine Ausrede überlegt, um diese Verabredung mit André zu erklären, die wir angeblich gehabt haben — besonders für den Fall, daß sie ihn getroffen haben und danach gefragt haben sollte?«

»Nein, aber mir wird schon etwas einfallen. Sie ist nicht mißtrauisch.«

»Noch nicht.« Die letzten beiden Worte klangen ziemlich bitter, und selbst Jenny begriff, was er damit andeuten wollte. Sie sprachen sonst nichts, bis sie in die Nähe des Damms gekommen waren und Daphne am Strand warten sahen.

»Ich vermute, du wirst ihr sagen, daß es nicht das ist, was

wir suchen, wenn du es siehst«, sagte Jenny, und ihre Stimme klang mehr resigniert als indigniert.

»Ich werde ihr die Wahrheit sagen«, erwiderte Bob. »Ich bin dir dankbar, daß du dir Sorgen um meine Gesundheit machst, Jenny, aber es gibt gewisse Dinge, die ich nicht tun kann. Ich bin bereit, Silly ein bißchen anzuschwindeln, wenn es sich um Dinge dreht, von denen wir beide wissen, daß sie nicht wichtig sind, aber wirkliche Lügen — nein. Vielleicht mache ich mir zu viele Gedanken darüber, was sie von mir denken wird, wenn sie es herausfindet, aber ich fühle nun einmal so. Vielleicht habe ich zu lange mit dem Jäger gelebt.«

»Danke«, murmelte der Jäger.

»Warum sollte sie es denn jemals herausfinden?« fragte Jenny völlig ernsthaft.

»Du kennst den Jäger nicht gut genug«, war Bobs Antwort. Inzwischen waren sie an Land, und das Kind kam über den Sand auf sie zugelaufen.

Bob hatte sich noch nicht völlig erholt, war jedoch wieder so weit in Ordnung, daß er zur Bibliothek gehen konnte, ohne daß Daphne irgend etwas auffiel. Sowohl er als auch der Jäger machten sich Sorgen über die andere Möglichkeit, doch sein Magen war ruhig geblieben, seit sie Apu verlassen hatten, und außerdem war er praktisch leer.

Die Bibliothek war ein überraschend geräumiges Gebäude in dieser Umgebung. Der Grund dafür war ein anderes Prinzip von PFI: Allen Kindern der Angestellten wurde nicht nur eine freie College-Ausbildung angeboten, wenn sie anschließend sechs Jahre für die Gesellschaft arbeiteten, sondern die Gesellschaft bezahlte auch alle Bücher, die sie benötigten, unter der Bedingung, daß diese Bücher nach Abschluß des Studiums auf die Insel gebracht wurden. Thorwaldsen hatte nicht den Ehrgeiz, auf Ell ein College zu gründen, doch wollte er sich und allen anderen Menschen auf der Insel so viel von der menschlichen Kultur zugänglich machen, wie es ihm möglich war. Es wurde behauptet, daß er alles Häßliche gelesen hatte, was über die bösen Kapitalisten geschrieben worden war, und beweisen wollte, daß das nicht unbedingt so sein mußte. Was immer seine Absicht sein mochte, die Bevölkerung von Ell war eine recht belesene Gruppe, von den wenigen reinblütigen Polynesiern über die Mischlinge, welche die Majorität bildeten, bis zu den ebenfalls wenigen Europäern. Und es war auch eine wohlhabende Bevölkerung: PFI-Öl hatte die Insel zwar für alles außer Nahrung von Importen abhängig gemacht, aber darum machte sich niemand Sorgen; es würde noch sehr lange dauern, bis der Ölmarkt zusammenbrach. Selbst die Menschen, die so weit vorausschauten, um einzusehen, daß die Menschen auf Nuklearenergie umsteigen sollten, weil das Verbrennen von Kohlenstoffen das Erdklima beeinflussen würde, mußten zugeben, daß PFI mindestens so viel Kohlenstoff aus der Atmosphäre entfernte, wie seine Kunden hineinbliesen.

Auf jeden Fall war die Bibliothek geräumig und allen Bewohnern zugänglich. Sie war jeden Tag von Sonnenaufgang bis drei Stunden nach Sonnenuntergang geöffnet.

Die Bibliothekarin, die jetzt Dienst hatte, war eine Frau in mittleren Jahren, die der Jäger nicht kannte, doch Bob schien sie zu kennen.

»Hallo, Mrs. Moetua. Sind meine Bücherkisten schon hergebracht worden?«

Die Frau blickte auf und nickte, ohne die Arbeit an einer Karte zu unterbrechen, die sie mit der Maschine ausfüllte. Dann entdeckte sie Daphne und blickte zu einem der Bücherschränke. Sie war es gewesen, die den Ansturm des kleinen Mädchens vor weniger als einer halben Stunde über sich ergehen lassen mußte und sich deshalb vorstellen konnte, warum sie mit den anderen zurückgekommen war. Sie blickte wieder Daphne an, die jetzt den anderen etwas zuflüsterte und sie zu ihrer Entdeckung führte.

Sie stand ein ganzes Stück über Augenhöhe, selbst für Bob und Jenny, auf einer Reihe von Enzyklopädien, doch aus dieser Entfernung entsprach sie der Beschreibung, die Bob gegeben und seine Schwester modifiziert hatte. Sie war zur Hälfte mit Korallen bewachsen, deren komplexe Verästelungen ihre Verwendung als Dekoration durchaus rechtfertigten.

Es lag jedoch noch genügend von der Metallegierung frei, um

das Objekt wiedererkennen zu können, und Bob und der Jäger brauchten es nur ein paar Sekunden lang anzusehen. Keiner der beiden bezweifelte seine Identität. Der Jäger hätte es sich jedoch trotzdem gerne etwas genauer angesehen, da etwas, das ihm vor sieben Jahren nicht aufgefallen war, jetzt seine Aufmerksamkeit erweckte, doch entschied er sich zu warten — Bob trat jetzt wieder zum Schreibtisch der Bibliothekarin zurück, und der Alien hielt es für richtiger, ihn erst zu Ende bringen zu lassen, was er jetzt vorhaben mochte.

»Sie haben Daphne gesagt, daß Maeta Teroa das Ding hergebracht hat?«

»Ich habe gesagt, daß ich es glaube«, antwortete die Frau. »So jedenfalls habe ich es in Erinnerung. Es ist hier, seit dieses Gebäude steht, aber so lange ist auch Maeta hier, und deshalb bin ich nicht absolut sicher. Sie hat heute keinen Dienst, aber ihr solltet sie ohne Schwierigkeiten finden können. Warum seid ihr daran interessiert?«

»Ich habe etwas, das so ähnlich aussah, vor Jahren auf dem Riff gesehen und frage mich, ob es dasselbe Stück ist. Auf jeden Fall ist es sehr hübsch. Warum ist es nicht ins Museum gegeben worden?«

»Die kriegen doch nicht alles.« Die Frau lächelte. »Mache nur keine Andeutungen darüber, wenn du willst, daß Mae dir hilft. Sie sammelt sehr viel fürs Museum, und im Austausch haben wir auch eine ganze Menge von ihnen bekommen — vor allem Bücher.«

»Danke. Ich werde vorsichtig sein. Ich habe es auch nicht als Kritik gemeint; ich besitze ein paar Mineralien, die ich durch Tausch von einem deutschen Museum bekommen habe, als ich meinen Gesteins-Sammeltick hatte. Ich werde Maeta fragen, wenn ich sie treffe. Vielen Dank, Mrs. Moetua.«

Draußen wandte Bob sich an die beiden Mädchen.

»Das erspart uns eine Menge Zeit. Silly, du hast dir eine große Prämie verdient. Mach schon mal eine Liste von den Sachen, die du gerne haben möchtest.«

»Ist es wirklich das Ding?« fragte Jenny.

»Ja — wenn du mir glauben kannst.«

Das Mädchen besaß soviel Anstand, rot zu werden, stellte aber weiter ihre Fragen.

»Und was jetzt?«

»Wir müssen Maeta dazu bringen, uns so genau wie möglich zu beschreiben, wo sie es gefunden hat, damit wir seinen Weg zurückverfolgen können, so wie wir es geplant haben.«

»Was meinst du damit?« fragte Daphne, »was wollt ihr zurückverfolgen?«

»Das ist ein Teil des Geheimnisses«, antwortete ihr Bruder. »Vielleicht kann ich es dir später einmal sagen, aber sicher ist das nicht. So, und jetzt geh wieder spielen. Wir können nichts unternehmen, bevor wir mit Maeta gesprochen haben, also wirst du nichts versäumen. Die Nachbarn haben gesagt, daß sie auf dem Wasser ist?« Beide Mädchen nickten nachdrücklich. »Okay. Wir könnten natürlich wieder mit dem Boot hinausfahren und versuchen, sie zu finden, aber groß ist die Chance nicht. Sie könnte auf jeder der vielen winzigen Inseln sein, vielleicht sogar auf der Südseite, und nicht nur in der Lagune. Sie könnte auch jenseits des Riffs segeln oder fischen.«

»Aber du würdest nichts versäumen, wenn du nachsiehst — und du könntest mich mitnehmen.« Daphne blickte hoffnungsvoll zu ihm auf.

Bob blickte Jenny an, die lächelnd die Schultern zuckte.

»Also gut, kleine Schwester, wenn du dich sofort auf dein Rad schwingst, nach Hause fährst und etwas über den kleinen Fetzen ziehst, den du einen Badeanzug nennst. Ab mit dir!« Das Kind verschwand.

Der Rest dieses Tages wurde recht unproduktiv auf der Lagune verbracht. Daphne amüsierte sich natürlich blendend, und auch die beiden anderen Menschen hatten ihren Spaß, doch der Jäger war ungeduldig und gelangweilt. Trotz seines langen Lebens und einer fast unerschütterlichen Ruhe begriff er nicht, daß Bob dieses Problem, bei dem es schließlich um sein Leben ging, anscheinend auf die leichte Schulter nahm. Zugegeben, das Problem war durch den Jäger verursacht worden, doch es war *Bobs* Leben. Der Alien überlegte, daß dies vielleicht eine weitere Konsequenz der relativ kurzen Lebensspanne der Menschen sein mochte; aber das konnte nicht alles sein. Die Humanoiden des Castor-Systems, mit denen er sonst zusammenlebte, hatten eine noch kürzere Lebenserwartung, und er bezweifelte, daß einer von denen sich in der gleichen Situation genauso gleichgültig zeigen würde. Auf jeden Fall keiner von denen, die er persönlich gekannt hatte.

Da die meisten Menschen auf Ell ihr Dinner kurz nach Sonnenuntergang einnahmen, waren sie sicher, Maeta in ihrem Haus anzutreffen. Daphne war losgeschickt worden, um Bobs Eltern zu sagen, daß er etwas später kommen würde; er und Jenny gingen zum Haus der Teroas, das in der Mitte eines ausgedehnten Gartens an der Kreuzung der beiden Straßen stand, nur ein paar hundert Yards von der Bibliothek entfernt.

Bob und Jenny wurden sehr freundlich empfangen. Charles, der Sohn der Familie, war viele Jahre lang ein enger Freund Bobs gewesen. Er und sein Vater waren auf See, wie meistens, und die ältere Schwester arbeitete im PFI-Büro auf Tahiti; doch Maeta, ihre Mutter, zwei Schwestern der Mutter und ein Schwager waren zu Hause.

Mehr Zeit, als Bob lieb war, ging damit drauf, ihre Frage nach seinem Leben auf dem College zu beantworten — und es waren Fragen, die ein Provinzler aus Boston oder New York von Polynesiern nicht erwartet haben würde. Endlich einmal fühlte sich der Jäger von einem Gespräch nicht gelangweilt, obwohl es in keinerlei Beziehung zu seinem Problem stand.

Es dauerte eine Weile, bevor sie das Thema auf das Objekt in der Bibliothek bringen konnten, doch Bob gelang es schließlich. Maeta nickte, als er berichtete, daß Daphne ihn darauf aufmerksam gemacht habe, und gab, ohne durch seine Frage überrascht zu sein, sofort zu, daß sie es in die Bibliothek gebracht habe. Als er wissen wollte, wo sie es gefunden habe, zeigte sie höfliche Neugier nach dem Grund dieser Frage, und er sagte ihr die Halbwahrheit, die er schon bei anderen Gelegenheiten verwendet hatte.

»Ich glaubte, es vor vielen Jahren im Wasser entdeckt zu haben, habe aber nie versucht, es zu bergen«, sagte er. »Es lag in einer Bucht auf der Außenseite von Apu, und ich wollte mich nicht von den Korallen zu Hackfleisch verarbeiten lassen. Du mußt an einem sehr windstillen Tag dort gewesen sein, oder du bist eine meisterhafte Schwimmerin.«

Eine ihrer beiden Tanten kicherte. »Maeta schwimmt und segelt besser als jeder Mann auf Ell.« Das Mädchen akzeptierte das Kompliment mit einem Nicken, und Bob erinnerte sich, von Charles vor langer Zeit bereits Ähnliches gehört zu haben. Und es mochte durchaus stimmen; ihre Kraft fiel nicht sofort ins Auge, wohl aber ihre Kondition und Koordination, wenn sie sich bewegte. Bob war nicht bewußt, daß er sie eine Weile anblickte, doch Jenny merkte es und stellte zu ihrer eigenen Überraschung fest, daß sie darüber ein wenig verärgert war. Es war nicht überraschend, daß das Mädchen Bobs Aufmerksamkeit erregte. Maeta Teroa war vielleicht nicht hübscher als Jenny, die in diesem Punkt eine gerechtfertigt hohe Meinung von sich hatte, doch stand sie im Aussehen dem erheblich größeren, rothaarigen Mädchen um nichts nach. Maeta war nur knapp über fünf Fuß groß und wog fast genau hundert Pfund. Namen ließen auf Ell keine Rückschlüsse auf die rassische Herkunft zu; ihre dunkle Haut und das schwarze Haar verrieten polynesische Vorfahren, doch Europa — Schottland, hatte Charles einmal erwähnt — dokumentierte sich in ihren blauen Augen, der relativ schmalen Nase und dem etwas spitzen Kinn.

»Ich will mich darüber nicht streiten«, sagte sie zu dem Kompliment ihrer Tante. »Man soll seinen Älteren nicht widersprechen, auch nicht um der Bescheidenheit willen, und so bescheiden bin ich nicht. Nein, Bob, es war überhaupt nicht riskant; ich habe es nicht auf Apu gefunden, sondern es von der *Haerehaere* aus auf dem Grund der Lagune entdeckt — etwa in der Mitte zwischen den Tanks Nummer sieben und zwölf, mindestens eine Meile von Apu entfernt. Ich war ein wenig überrascht, dort eine solche Korallenformation zu sehen — es ist eine Spezies, die eigentlich nur auf dem Riff vorkommt —, also bin ich ins Wasser getaucht und habe es heraufgeholt. Es sah sehr hübsch aus, und deshalb habe ich es nicht ins Museum gegeben, sondern im Haus behalten. Als das neue Bibliotheksgebäude fertig geworden war und ich dort zu arbeiten begann, habe ich es mitgenommen — wir haben alle geholfen, die Räume ein bißchen zu dekorieren. Ich kann mir nicht denken, wie es vom Riff in die Mitte der Lagune gekommen sein kann. Anfangs nahm ich an, daß jemand versucht hat, es an Land zu bringen und es unterwegs über Bord gefallen ist, aber in dem Fall konnte ich nicht einsehen, warum er es nicht wieder herausgeholt hat. Es lag schließlich nur knapp zwanzig Fuß tief. Außerdem wäre es einem früheren Eigentümer sicher aufgefallen, als es in der Bibliothek auftauchte; es gibt sicher nur wenig Menschen, die es dort nicht gesehen haben.«

Der Jäger stellte Bob eine Frage, die diesen verwunderte, doch gab er sie als seine eigene weiter.

»Hast du es auf irgendeine Art verändert? Ich meine, hast du Korallenäste abgebrochen, damit es hübscher wirkt, oder ist es genau so geblieben, wie du es gefunden hast?«

»Natürlich ist es so geblieben. Ich kann an einem abgebrochenen Korallenast nichts Hübsches finden, und ich kann mich noch erinnern, wie glücklich ich darüber war, als ich feststellte, daß alle Äste unbeschädigt waren. So weit ich es sagen kann, ist das auch heute noch der Fall, aber ich habe es eine ganze Weile nicht genauer angesehen, muß ich zugeben. Ich wollte Dad oder Charlie fragen, was dieses Metallstück unter den Korallen sein könnte — es muß von irgendeinem Schiff stammen, denke ich — aber ich habe nie daran gedacht, wenn sie hier waren. Weißt du es vielleicht? Du hast es dir doch heute angesehen.«

»Ich habe nicht viel Ahnung von Schiffen«, sagte Bob ausweichend. Der Jäger ließ ihn eine zweite Frage stellen. »Würdest du es einmal mit mir gemeinsam ansehen und dich versichern, daß nichts verändert worden ist?«

»Natürlich.« Maeta blickte ihn verwundert an, offensichtlich überrascht von seinem Interesse, war jedoch zu höflich, nach einer Erklärung zu fragen, wenn Bob sie nicht von sich aus gab. »Jetzt geht es leider nicht — wir wollen gleich essen — aber sofort danach, wenn du willst, oder wollt ihr mit uns essen?«

Bob und Jenny entschuldigten sich mit dem Hinweis, daß sie

zu Hause erwartet würden und gingen, nachdem sie sich für den nächsten Vormittag mit Maeta verabredet hatten. Als sie das Haus verließen, fragte der Jäger Bob, warum er sich nicht an diesem Abend mit ihr treffen wollte.

»Ich glaube nicht, daß sie mit dem Dinner fertig sind, bevor die Bibliothek schließt«, antwortete er, »und ich wollte sie nicht merken lassen, wie wichtig es mir ist, indem ich sie bat, ihr Dinner zu verschieben, oder sie später vom Tisch wegholen würde.«

Jenny, die natürlich von diesem Gespräch nichts gehört hatte, fragte Bob, warum er so genaue Fragen über den Zustand der Korallen gestellt habe.

»Den Grund dafür kenne ich auch nicht«, mußte er zugeben. »Der Jäger wollte das wissen, und ich habe seine Fragen lediglich weitergegeben.«

»Ohne den Grund dafür zu kennen?«

»Ich hatte keine Möglichkeit, ihn zu fragen, ohne daß es auffallen würde. Ich muß zwar nicht laut sprechen — er kann das Vibrieren meiner Stimmbänder spüren, wenn ich nur unhörbar flüstere — aber ich hätte eine Pause in unserem Gespräch machen müssen, und das wäre den anderen sicher aufgefallen.«

»Aber jetzt könntest du ihn doch fragen.«

»Wie ist es, Jäger?« sagte Bob. Der Alien hatte keinen Grund, nicht zu antworten.

»Ich glaubte, eine gewisse Regelmäßigkeit in den Korallenformationen erkennen zu können, als wir in der Bibliothek waren«, sagte er. »Ich bin mir jedoch nicht sicher und wollte nichts weiter dazu sagen, bevor ich mir das Stück nicht noch einmal genauer angesehen und von Maeta erfahren habe, ob es sich in diesem Zustand befunden hat oder nicht, als sie es fand. Außerdem möchte ich auch feststellen, ob einem von euch etwas auffällt, wenn ihr es das nächstemal seht, also wollte ich euch nicht darauf hinweisen, worauf ihr achten sollt.« Bob gab die Worte des Jägers an das Mädchen weiter. Weder er noch Jenny waren mit der Antwort zufrieden, und das Mädchen versuchte während des ganzen Heimweges mehr aus ihm herauszubekommen. Doch Bob wußte, daß der Jäger sich nicht drängen lassen würde, und so war ihre Unterhaltung steif und gezwungen, bis sie das Haus der Kinnairds erreichten.

Wie vorauszusehen war, hatte er sich am folgenden Morgen völlig erholt. Doch trat jetzt eine neue Komplikation ein, nämlich starke Schmerzen in den Gelenken, besonders in Knien und Schenkeln. Wie immer konnte der Jäger den Grund dafür nicht finden, auf jeden Fall war es nicht etwas so Normales wie die Ablagerung von Harnsäurekristallen oder Gicht. Der Jäger untersuchte Bob sehr gründlich. Er hatte ihn während der College-Jahre dazu überredet, einen Kurs in menschlicher Physiologie zu belegen, und alle Vorlesungen und die Lektüre seines Gastgebers aufmerksam verfolgt.

Anscheinend war einer der Teller, die er balancierte — sehr wahrscheinlich handelte es sich um ein Hormon — ins Schwanken geraten, doch diese Theorie half ihm nicht weiter. Bob litt unter starken Schmerzen, schien sich jedoch mit seinem Zustand um so mehr abzufinden, je schlechter er wurde. Er war völlig ruhig und machte dem Jäger nicht die geringsten Vorwürfe. Dieser jedoch wurde von einem Gefühl der Schuld und Hilflosigkeit immer mehr in eine Art Panikstimmung versetzt. Er war sich völlig darüber im klaren, daß Panik ihnen nicht weiterhelfen würde, sondern auf einer Ebene angreift, die weit unterhalb der Intelligenz liegt.

Und Bob konnte sich bewegen, wenn auch nur unter Schmerzen, und sah deshalb keinen Grund, seiner Familie etwas von der neuen Komplikation zu erzählen. Daphne stellte an diesem Tag kein Problem dar, da sie sich mit Freunden ihrer Altersgruppe verabredet hatte.

Sofort nach dem Frühstück verließen Bob und sein Partner das Haus und fuhren mit dem Rad zur Bibliothek. Es war nicht vereinbart worden, daß Jenny mit von der Partie sein sollte, doch sie wartete vor ihrem Haus, als sie daran vorbeikamen, und schloß sich ihnen an.

Maeta war noch nicht eingetroffen, mußte sie jedoch gesehen haben, als sie an ihrem Haus vorbeigefahren waren; sie mußten nur zwei oder drei Minuten auf sie warten. Sie betraten zusammen das Gebäude, und Maeta sprach ein paar Worte mit der Bibliothekarin, die heute Dienst hatte; es war heute nicht Mrs. Moetua. Dann führte sie die anderen zu dem Bücherschrank, auf dem das korallenbewachsene Metallstück stand, und gab Bob einen Wink, es herunterzunehmen — sie selbst war zu klein, um es erreichen zu können. Es war jedoch Jenny, die aus Gründen, die sie sich selbst nicht erklären konnte, hinauflangte, es herunternahm und, wieder nach Maetas Anweisung, zu einem Tisch in der Nähe der Tür trug, wo das Sonnenlicht direkt darauf fiel. Dann beugten sie sich alle darüber und betrachteten es genau.

Weder Bob noch der Jäger hatten irgendwelche Zweifel daran, daß es dasselbe Objekt war, das sie vor Jahren auf Apu entdeckt hatten. Das war jetzt auch nicht mehr die Frage, die sie interessierte. Bob und Jenny versuchten festzustellen, was am Vortag die Aufmerksamkeit des Jägers hervorgerufen haben könnte. Maeta, die keinen Grund hatte, auf etwas Besonderes zu achten, betrachtete es lediglich mit allgemeinem Interesse.

Etwa ein Drittel der Metalloberfläche lag frei, und ein zweites Drittel war mit einer so dünnen Korallenschicht bedeckt, daß man die darunterliegende Form noch deutlich erkennen konnte. Der Rest war mit bizarr verästelten Korallen überwuchert, die selbst der Alien dekorativ fand; die Äste waren mit unzähligen gerippten Kuppen bedeckt, in denen einst winzige Polypen gehaust hatten.

Auf den nackten Metallflächen befanden sich Muster auf feinen, eingeritzten Linien, die der Jäger natürlich sofort entziffern und lesen konnte, obwohl den Menschen nur ihre essentielle Regularität auffiel.

Die bloße Tatsache, daß der Name des Herstellers, Fabrikationsnummer und verschiedene Montage- und Servicehinweise eingraviert waren, war es nicht gewesen, was am Vortag die besondere Aufmerksamkeit des Jägers hervorgerufen hatte. Das Überraschende war die Uniformität, mit der jede dieser gravierten Flächen frei lag. Es gab keine *teilweise* überwachsenen Worte, Symbole oder Ziffern. Jedes Zeichen, jede Zeichengruppe war völlig frei von Korallen oder anderem Bewuchs, ebenso Randstreifen von mehreren Millimetern Breite. Die Korallen, die dort gewachsen sein mochten, waren offensichtlich nicht abgebrochen worden, sondern schienen aufgelöst worden zu sein.

Nachdem er seinem Gastgeber einige Minuten Zeit gegeben hatte, um das zu erkennen, versuchte der Jäger Bob durch gezielte Fragen darauf aufmerksam zu machen, doch auch damit gelang es ihm nicht, daß Bob die seltsame Regularität beachtete, und der Alien gab schließlich auf und wies ihn direkt darauf hin. Jetzt war es Bob natürlich völlig klar, und er begriff nicht, daß er es nicht sofort bemerkt hatte.

»Was soll's, du siehst es ja jetzt«, sagte sein Symbiont. »Nun müssen wir feststellen, ob es sich in diesem Zustand befand, als Miß Teroa es entdeckte, oder ob es sich danach zu dieser Form verändert hat.« Er überließ es Bob, die Frage weiterzugeben.

Natürlich faßte Bob die Frage so allgemein wie möglich.

»Maeta, bist du absolut sicher, daß sich nichts an diesem Objekt verändert hat, seit du es fandest?«

»Nicht absolut sicher, aber wenn, dann kann es sich nur um sehr geringfügige Veränderungen handeln. Auf jeden Fall sind keine Korallenzweige abgebrochen worden. Ich muß zugeben, daß ich mich weder an die genaue Anordnung der Korallen noch an die Lage der freien Metallflächen erinnern kann, jedenfalls nicht gut genug, um eine Skizze davon anfertigen zu können, aber auch für diese Metallflächen gilt das gleiche: falls sie sich irgendwie verändert haben sollten, so nur äußerst geringfügig.«

»Und das Metall sieht genauso aus wie damals?«

»So weit ich mich erinnere, ja. Aber ich fürchte, Metall sagt mir nicht viel, wenn es nicht eine besondere Färbung hat, wie Kupfer oder Gold.«

Bob sah keine andere Möglichkeit, als deutlicher zu werden.

»Ich frage mich, was das für Kratzer in dem Metall sind. Sie scheinen allein auf die freien Stellen beschränkt zu sein — nirgends verschwinden sie teilweise unter Korallenbewuchs. Natürlich könnten noch andere Kratzer völlig unter ihnen liegen, doch es hat den Anschein, als ob sie gemacht worden wären, *nachdem* die Korallen gewachsen sind.«

»Ich verstehe, was du meinst.« Maeta nickte nachdenklich. »Ich kann mich nicht erinnern, diese Kratzer vorher bemerkt zu haben; vielleicht hat sie jemand gemacht, während das Ding hier in der Bibliothek gestanden hat. Aber ich bezweifle es. Der Bücherschrank ist zu hoch, als daß kleine Kinder hinauflangen könnten, und ich glaube nicht, daß Erwachsene so etwas tun würden.« Genau wie Jenny hatte auch Maeta auf die Möglichkeit einer College-Ausbildung verzichtet, und ein paar Sekunden lang war Bob über ihre Naivität verblüfft. Aber er verkniff sich jeden Kommentar, selbst gegenüber dem Jäger.

Sie traten von einer Seite des Tisches zur anderen, betrachteten das Objekt aus verschiedenen Blickrichtungen. Falls irgendwo eine Gravierung verborgen sein sollte, so war sie *vollständig* verborgen, wie Bob es bereits festgestellt hatte. Das konnte auf gar keinen Fall Zufall sein, entschied der Jäger, und trotz der Panikstimmung dieses Morgens, als Bob mit Gelenkschmerzen erwacht war, fühlte der Jäger sich plötzlich glücklicher als jemals zuvor in den letzten beiden Erdenjahren. Vielleicht war das der Grund dafür, daß er einen Fehler beging.

»Bob«, sagte er, »es gibt keinen Zweifel. Es kann kein Zufall sein. Diese Flächen sind sehr sorgfältig freigelegt worden, wahrscheinlich mit Säure, damit jemand die Gravierungen lesen kann, und nur meine Leute konnten erwarten, dort etwas zu lesen zu finden und wären in der Lage gewesen, es zu lesen, nachdem sie es freigelegt hatten.«

Es war ein verzeihlicher Fehler — nicht in der Logik, die völlig in Ordnung war, sondern in der mangelnden Einsicht, welche Folgen diese Bemerkung nach sich ziehen konnte. Schließlich hatte Bob die neue Entwicklung äußerst ruhig aufgenommen, unglaublich ruhig sogar. Wenn der körperliche Zustand des jungen Mannes normal gewesen wäre, hätte der Jäger vielleicht die emotionelle Spannung seines Gastgebers spüren können, doch da der Alien die meisten der Hormonsysteme, auf die die Gefühlsaufwallungen einen Einfluß nehmen, mehr oder weniger direkt selbst kontrollierte, spürte er nichts. Deshalb kam Bobs Reaktion völlig überraschend.

»Sie sind also hier!« rief er glücklich.

Jenny verstand natürlich, was er damit sagen wollte. Maeta verstand es genauso natürlich nicht und war verständlicherweise überrascht.

»Wer ist hier?« fragte sie. »Willst du damit sagen, du erkennst das Teil und weißt, von welchem Schiff es stammt? Das wird dir leider nicht viel nützen. Erinnere dich daran, daß ich es vor vielen Jahren gefunden habe.«

Bob versuchte hastig, seinen Fehler auszubügeln, und es gelang ihm auch einigermaßen, wenn auch nicht völlig. »Das ist wahr«, stimmte er ihr zu. »Ich habe im Moment nicht richtig überlegt. Kannst du dich noch erinnern, wann das war? Du hast uns recht genau beschrieben, *wo* du es gefunden hast.«

Maeta schwieg eine Weile, und die anderen sahen sie mit unterschiedlicher Geduld an.

»Laßt mich mal überlegen«, sagte sie schließlich. »Die Bibliothek ist Anfang 1951 fertiggestellt worden — daran erinnere ich mich noch genau, weil ich sofort nach Schulabschluß hier zu arbeiten begann, sofort, als sie eröffnet worden war, und mein erster Arbeitstag war mein sechzehnter Geburtstag. Ich hatte dieses Ding damals aber schon eine ganze Weile. Ein Jahr? Nein, länger. Ich bin nicht oft mit der *Haerehaere* draußen gewesen; beim erstenmal war ich erst zwölf, und das war in dem Jahr, als du so früh nach Hause kamst und so lange geblieben bist, und als Charlie seinen ersten Job auf einem Schiff bekam.«

Bob nickte aufmunternd, hielt es jedoch für besser, jetzt nichts zu sagen. Das Jahr, in dem er ›so lange geblieben‹ war, war das Jahr gewesen, in dem das erste Problem des Jägers gelöst worden war.

»Es muß irgendwann im März gewesen sein«, fuhr Maeta fort, »1948 oder 49 . . . o ja, jetzt erinnere ich mich. Ich habe mich damals recht oft um deine kleine Schwester gekümmert, und sie hatte gerade zu laufen begonnen, also muß es im März 1949 gewesen sein, vor etwas mehr als fünf Jahren.«

»Gut. Herrlich. Vielen Dank Maeta.«

»Also sind *sie*, wer immer sie sein mögen, damals vielleicht hiergewesen, doch heißt das nicht, daß sie auch jetzt noch hier sein müssen«, schloß Maeta.

Doch Bob und der Jäger waren sicher, es besser zu wissen.

7
Scherz

»Bob, hast du ein wenig Zeit, um mir zu helfen?«

Der Jäger und sein Gastgeber wandten sich überrascht um. Sie standen noch immer um den Tisch, auf dem die Generatorabdeckung lag, hatten jedoch mehrere Minuten lang geschwiegen. Jeder war mit seinen eigenen Gedanken beschäftigt gewesen, die sie teilweise sehr weit von Ell fortgeführt hatten. Maetas Frage war jedoch keine Unterbrechung gewesen, da weder Bob noch der Jäger auf eine Idee gestoßen waren, deren Verfolgung sich lohnen mochte.

»Ich denke schon«, sagte Bob. »Um was geht es?«

»Die Bücher, die du mitgebracht hast, sind heute morgen hergeschafft worden, und wir müssen sie katalogisieren und in die Regale ordnen. Könntest du dabei nicht helfen? Ich könnte es auch allein schaffen, aber für dich wäre es so viel einfacher. Du hast sie doch alle gelesen, nehme ich an.«

»Zum größten Teil.« Bob grinste. »Na schön, warum nicht? Jenny, willst du hierbleiben und uns helfen?«

»Nein, danke. Ich kenne mich mit Collegebüchern nicht aus — auf jeden Fall nicht genug, um eine wirkliche Hilfe zu sein. Ich werde zu Mr. Tavaké gehen und ihm die Frage stellen, zu der wir gestern nicht gekommen sind.«

»Gute Idee.« Bob hörte keine Zwischentöne, als sie sein Angebot zu bleiben ablehnte. »Bist du später zu Hause? Ich denke, es wird Zeit, daß wir einiges mit deinem Vater besprechen. Die nächste Phase unseres Jobs könnte recht schwierig werden, auch wenn Tavaké uns helfen kann.« Jenny zögerte ein paar Sekunden; der Jäger vermutete, daß sie andere Pläne gemacht hatte und ihre Wichtigkeit abwog. Bob machte sich keinerlei Gedanken über die Pause.

»Okay«, sagte sie schließlich. »Wann wirst du kommen? So in zwei Stunden, Maeta?«

»Die ganze Arbeit wird mehrere Tage dauern, aber in zwei Stunden wäre schon mal ein Anfang gemacht«, antwortete das andere Mädchen. »Wenn die Sache, über die ihr sprecht, für euch wichtig ist, kann mein Job warten — oder ich kann auch alles allein erledigen, wenn auch sicher nicht so präzise.«

»Wir hängen bei unserer Sache ohnehin fest«, erklärte Bob. Selbst der Jäger spürte, daß Bob und Maeta lediglich höflich waren. Bei Jenny war er sich da nicht so sicher. Wie vorauszusehen, blieb Bob in der Bibliothek und Jenny ging.

Maeta führte ihn in einen der Kellerräume. Die Bücherkisten waren neben einem großen, stabilen Tisch abgestellt worden. Obwohl der Keller kaum von Kunden besucht wurde, waren seine Wände mit Regalen bedeckt, die zum Teil mit Büchern gefüllt waren. Auf dem Tisch befanden sich Klebebandrollen, Scheren und anderes Material, wie es in Bibliotheken üblich ist. In einer Ecke des Raums stand ein breiter, bequemer Sessel, neben ihm ein kleiner Tisch. Maeta folgte Bobs Blick und lächelte.

»Als die Bibliothek erbaut wurde, war dieser Raum als Mr. Thorvaldsens privater Leseraum vorgesehen worden, aber er ist in dem Sessel so oft eingeschlafen, daß er beschloß, wie früher seine Privatbibliothek im Laborgebäude zu benutzen. Daraufhin haben wir diesen Raum zum Sortieren und Katalogisieren neuer Bücher umfunktioniert. Wie viele Bücher hast du mitgebracht?«

»Das kann ich nicht genau sagen. Es sind nicht alles Bände, die ich unmittelbar für mein Studium gebraucht habe. Man hat mir gesagt, ich könnte auch andere Bücher kaufen, die als zusätzliche Lektüre empfohlen würden. Deshalb kann ich auch nicht behaupten, daß ich jede einzelne Seite davon gelesen habe. Ich denke, das Einfachste wäre, das ganze Zeug auf den Tisch zu stapeln und zunächst nach Sachgebieten zu ordnen, falls Bibliothekare nicht eine bessere Methode haben sollten.«

Maeta warf ihm einen kurzen Blick zu, machte jedoch keinerlei Kommentar zu seiner letzten Bemerkung, und sie begannen, die Bücher auf den Tisch zu stapeln, wie er es vorgeschlagen hatte. Das Mädchen arbeitete schnell und kompetent und nutzte Bobs Kenntnisse der Materie gut. Sie verlor kein Wort über die Bemerkungen, die Bob und Jenny ausgetauscht hatten, als sie das korallenbewachsene Metallstück betrachtet hatten, doch der Jäger war sicher, daß sie sich Gedanken darüber machte. Das Mädchen war offensichtlich viel zu intelligent, um nicht neugierig zu sein. Immer mehr mußte der Alien über sie nachdenken, nicht nur wegen ihrer Intelligenz, sondern auch über ihre Sicherheit in und auf dem Wasser, von der am gestrigen Abend gesprochen worden war. Sie könnte ihnen sehr nützlich sein, wenn Bobs Widerstand noch einmal gebrochen werden konnte.

Doch mit jedem Helfer, den sie notgedrungen einweihen mußten, verhärtete sich seine Abneigung, noch mehr Menschen hinzuzuziehen. Vielleicht war es notwendig, ihn zu seinem eigenen Besten an die Kandare zu nehmen. Jenny würde im Prinzip dazu bereit sein; aber da ergab sich die Schwierigkeit, mit ihr sprechen zu können. Der Jäger dachte lange und gründlich nach und betrachtete die Zeit, die sie in der Bibliothek verbrachten, nicht als vergeudet.

Den größten Teil der zwei Stunden sagte Maeta nicht ein Wort, das nicht in direktem Zusammenhang mit ihrer Arbeit stand, doch kurz vor Schluß wechselte sie kurz das Thema.

»Bob, hast du irgend etwas zu Jenny gesagt, das sie so auslegen könnte, daß du dich über sie lustig machst oder sie nicht ganz für voll nimmst, weil sie kein College besucht hat?«

»Nicht, daß ich wüßte. Auf jeden Fall lag das nicht in meiner Absicht.« Bob war ehrlich überrascht. »Warum fragst du denn?«

»Ich weiß, daß sie Komplexe hat, weil sie von keinem College angenommen wurde, und irgend etwas, das sie sagte, bevor sie ging, läßt mich vermuten, daß du vielleicht Salz in die Wunde gestreut hast.«

»Warum sollte ich? Ich habe nicht einmal gewußt, daß sie sich bei einem College beworben hat. Aber warum sollte sie deshalb Komplexe haben? Eine ganze Reihe von jungen Leuten war nicht auf einem College — du, zum Beispiel, und du bist ein paar Jahre älter als sie, und dir scheint es nichts auszumachen. Shorty hat kein College besucht, und der hat deswegen ganz gewiß keine Komplexe.«

»Shorty? Ach, du meinst den Malmstrom-Jungen.« Die Wortwahl war interessant, da Malmstrom etwa drei Jahre älter war als Maeta. »Ich weiß nicht viel von ihm. Ich jedenfalls habe mich nicht um einen Studienplatz in irgendeinem College beworben und konnte deshalb auch nicht abgelehnt werden. Ich bin hier restlos glücklich. Ich lerne gerne etwas Neues, und in dieser Bibliothek habe ich ein Leben lang zu tun, um all das zu lesen, was uns zur Verfügung steht. Es gibt außerhalb dieser Insel nichts, was mich von hier forttreiben könnte. Aber Jenny ist da anders, also sei bitte vorsichtig bei allem, was du zu ihr sagst.«

»In Ordnung. Danke, daß du mich darauf hingewiesen hast.«

Bob nahm Maetas Hinweis so, wie sie ihn geäußert hatte, doch der Jäger hatte das Gefühl, daß etwas anderes dahintersteckte. Er versuchte, mehrere sich bietende Möglichkeiten gegeneinander abzuwägen, als sie wieder nach oben gingen. Vielleicht hatte Maeta wirklich das Gefühl, das andere Mädchen beschützen zu müssen; Jenny war jünger als sie, wenn auch nur um ein oder zwei Jahre. Andererseits mochte sie sich Gedanken um Bobs Neigung machen, ein wenig zu stolz auf seinen neuerworbenen akademischen Grad zu sein, eine Neigung, die dem Jäger durchaus bewußt war. Er sah jedoch keinen Grund dafür, daß Maeta sich für Bob besonders interessieren sollte — oder vielmehr, er sah schon einen Grund, hielt ihn jedoch nach einer so kurzen Bekanntschaft für unwahrscheinlich. Er hatte gehört, daß die weibliche Form der menschlichen Spezies allgemein dazu neigte, jeden greifbaren Mann umzuformen, oder es zumindest zu versuchen, doch da diese Behauptung stets von Männern aufgestellt worden war, hatte er ihr wenig Wert beigemessen. Er hatte es aus biologischen Gründen für unwahrscheinlich gehalten, daß es entscheidende psychologische Unterschiede zwischen den beiden

Geschlechtern der Menschen geben könnte, mit Ausnahme der kulturell gewachsenen.

Wahrscheinlich hätte er diese Frage ohnehin als unwichtig und unlösbar beiseite geschoben, selbst wenn seine Aufmerksamkeit nicht abgelenkt worden wäre.

Bob war mit seinem Rad zur Bibliothek gefahren. Maeta begleitete ihn bis zur Haustür, als er sich verabschieden wollte, obwohl sie sofort zurückgehen und beim Sortieren der Bücher weitermachen wollte, und Bob wandte den Kopf, um die üblichen Abschiedsworte zu murmeln, als er sich auf sein Rad schwang. Eine Sekunde später lag er auf dem Beton der Straße.

Der Jäger kategorisierte sofort die Schäden: schwere Abschürfungen am linken Knie, an der linken Schulter und am linken Ellbogen. Nicht ganz so schnell ging es zu entscheiden, welche Schutz- und Heilmaßnahmen zu treffen waren. Wenn Bob allein gewesen wäre, hätte er nicht einen einzigen Tropfen Blut verloren; doch Maeta und ein paar andere Menschen, die sofort herbeigelaufen waren, würden sich vielleicht Gedanken darüber machen, daß jemand einen solchen Sturz ohne Verletzungen überstehen konnte. Vielleicht sollte ich ihn ein wenig bluten lassen, überlegte der Jäger; nicht so stark, daß irgendwelche Schäden auftreten könnten, sondern nur so viel, daß es natürlich wirkt.

Andererseits, überlegte er, war das Konzept von ›Glück‹ bei den Menschen sehr verbreitet, und er hatte beobachtet, daß viele Mitglieder dieser Spezies die unglaublichsten Vorkommnisse mit einem Schulterzucken abtun konnten, indem sie dieses Wort gebrauchten. Der Jäger beschloß, es darauf ankommen zu lassen. Er folgte seiner natürlichen Neigung, versiegelte alle offenen Blutgefäße und nahm sich dann die Mikroorganismen vor, die in die Wunden eingedrungen waren.

Sein Partner war trotz der Überraschung sofort wieder auf den Beinen, bevor einer der anderen in seine unmittelbare Nähe gekommen war. Er fühlte sich vor allem beschämt und verlegen, und diese Gefühle wurden durch die Bemerkung eines der jugendlichen Zuschauer nicht gerade gemildert.

»Man sollte annehmen, daß einer sieht, wohin er fährt, auch wenn ein Mädchen in der Nähe steht, meint ihr nicht auch?«

»Ich habe nur ...« Bob brach den Satz sofort ab, weil er erkannte, daß alles, was er sagen mochte, für einen zehnjährigen Jungen nur neue Munition war.

»Was ist passiert, Bob?« Maeta war zurückgekehrt. »Bist du verletzt?«

»Nicht physisch. Mein Ego wird allerdings einige Pflaster brauchen. Ich kann mir überhaupt nicht erklären, was passiert ist. Das Rad ist einfach unter mir weggerutscht.« Alle Kinder drängten sich jetzt um ihn und betrachteten prüfend sein Fahrrad. Es schien völlig in Ordnung zu sein, doch als Bob vorsichtig wieder aufstieg, sah er, was los war: Vorderrad und Lenkstange standen nicht im rechten Winkel zueinander; wenn er die Lenkstange geradeaus richtete, wich das Vorderrad ein ganzes Stück nach rechts ab. Normalerweise hätte das nichts ausgemacht; die Reflexe eines Radfahrers werden vom Input der Intertialsinne und dem allgemeinen visuellen Eindruck des Geländes gesteuert. Er starrt nicht ständig auf das Vorderrad, um zu sehen, in welche Richtung es rollt. In diesem Fall aber hatte Bob das Fahrrad noch nicht richtig in Bewegung gesetzt, als er sein Körpergewicht auf das linke Pedal verlagerte und das rechte Bein über den Sattel schwang. Natürlich hatte er das Vorderrad sofort scharf nach links gerissen, als er zu fallen begann, doch das Rad rollte noch viel zu langsam, um darauf zu reagieren, und so war es einfach unter ihm weggerutscht, wie er es gesagt hatte.

»Wenn einer Grips im Kopf hat, richtet er seine Lenkstange aus«, sagte der Junge, der schon früher eine Bemerkung gemacht hatte.

»Du hast völlig recht«, stimmte Bob zu. »Alles in Ordnung, Maeta. Auf bald.« Er schwang sich wieder auf sein Rad und fuhr die Straße hinab, diesmal ohne sich umzublicken.

»Solltest du die Lenkstange nicht lieber festziehen?« fragte der Jäger. »Du hast doch Werkzeug, nicht wahr?«

»Ja, in der Satteltasche. Sie ist aber nicht locker.«

»Aber ...« Der Jäger schwieg, weil seine Gedanken den Worten weit vorauseilten.

»Richtig. Aber. Wir werden später darüber nachdenken.« Es war keine Zeit für weitere Konversation, auch wenn sie Gesprächsstoff gehabt hätten. Das Haus der Seevers war nur ein kurzes Stück von der Bibliothek entfernt, und sie hatten es schon erreicht.

Jenny kam ihnen entgegen. Falls sie über irgend etwas unglücklich gewesen sein sollte, als sie sich von ihnen getrennt hatte, so war davon jetzt nichts zu merken.

»Komm herein«, sagte sie zu Bob und lächelte ihn an. »Dad ist im Sprechzimmer, und wir müssen dir etwas zeigen.« Sie führte Bob in die Praxis ihres Vaters.

Seever saß hinter seinem Schreibtisch und blickte interessiert in eine offene Kiste, etwa einen Quadratfuß groß und einen halben Fuß hoch. Sie war aus dünnem Sperrholz, mit verpichten Stoßkanten und einer Gummidichtung auf der oberen Kante, damit der Deckel gut schloß. Offensichtlich sollte er wasserdicht sein. Er enthielt eine Anzahl elektrischer Elemente — Spulen, Röhren und Batterien —, die Bob und den Jäger vermuten ließen, um was für ein Gerät es sich handelte, obwohl ihnen die Details unbekannt waren. Bob hatte natürlich im Lauf seines Studiums eine ganze Reihe von Physikkursen belegt, und der Jäger hatte die Vorlesungen und die Lektüre zum großen Teil mitverfolgt, doch keiner der beiden hatte auch nur den leisesten Schimmer von der Funktion eines Metalldetektors.

»Das war wirklich schnelle Arbeit!« rief Bob.

»Ganz und gar nicht«, antwortete Seever. »Es war schon fertig, lange bevor dein Vater danach gefragt hat. Tavakés Jungen benutzen es seit Monaten. Der einzige Grund, warum er es deinem Vater nicht sofort gegeben hat, als der ihn danach fragte, war, daß seine Kinder es gerade benutzten. Taro war ziemlich überrascht, als Jenny heute vorbeikam und ihn ebenfalls darum bat. Er hat es ihr erst ausgehändigt, nachdem er sich versichert hatte, daß es sich um dasselbe Projekt handelte und sie es dir geben würde.«

»In ein paar Tagen weiß sicher die ganze Insel Bescheid«, knurrte Bob.

»Nein, nein«, widersprach Jenny. »Mr. Tavaké weiß nicht, um was es geht. Ich jedenfalls habe ihm nichts gesagt, und dein Vater sicher auch nicht.«

»Er weiß zumindest, daß mehrere Menschen etwas vorhaben, wozu man einen Metalldetektor braucht. Auch wenn niemand weiß, worum es sich handelt, wird sehr bald jeder auf der Insel zumindest soviel wissen — und die Namen der Leute kennen, die daran beteiligt sind. Aber das läßt sich wohl nicht vermeiden, fürchte ich. Falls wir jedoch in Zukunft wieder etwas brauchen sollten, wird sich nur einer von uns darum kümmern.«

»Hast du Maeta etwas gesagt?« fragte Jenny.

»Nein, natürlich nicht. Aber sie ahnt bestimmt, daß irgend etwas im Busch ist ...«

»Ja, vor allem durch deine unvorsichtige Bemerkung, ›sie müssen hier sein‹. Wahrscheinlich wird sie mich nicht fragen, *was* ich weiß, aber bestimmt wird sie wissen wollen, *ob* ich etwas weiß. Was soll ich ihr dann sagen? Du hast dich gestern so aufgeblasen, als es um eine kleine Lüge ging, nicht wahr?«

»Du wirst ihr natürlich die Wahrheit sagen«, knurrte Bob. »Soviel solltest du wissen. Aber denke daran, daß das Geheimnis nicht dir gehört.« Bob blickte Jenny an, als er das sagte, und der Jäger bedauerte, daß er die Reaktion des Arztes nicht beobachten konnte. Es wäre interessant gewesen, sein Gesicht zu sehen, als Bob andeutete, daß seine Tochter es mit der Wahrheit nicht immer sehr genau nahm. Jetzt beteiligte er sich an dem Gespräch, doch als Bob den Kopf wandte und ihn anblickte, war er bereits bei einem anderen Thema, und sein Gesichtsausdruck hatte wahrscheinlich nichts mit Bobs früherer Bemerkung zu tun.

»Bitte lasse mich wissen, was du ihr sagst, Jenny. Maeta arbeitet von Zeit zu Zeit hier, wie du weißt, und ich möchte keine Fehler machen, weil ich nicht weiß, was du ihr gesagt hast und was nicht. Ich bin der Meinung, daß sie ein sehr kluges Mädchen ist und uns erheblich helfen könnte; doch verstehe ich sehr gut, daß Bob nicht noch mehr Menschen einweihen will.«

»Ich habe es gewußt«, seufzte Bob. »Wen wollen Sie sonst noch dabei haben, da wir gerade beim Thema sind?«

»Ich wollte dir Maeta nicht aufdrängen, Bob, aber ich habe schon früher von Jennys Mutter gesprochen.«

»Ich dachte, das sei klar.«

»*Du* warst damals aber nicht ganz klar, und ich wollte erst etwas unternehmen, wenn du wieder richtig denken konntest.«

»Okay, sagen Sie es ihr. Aber wir wollen es wenigstens innerhalb unserer Familien lassen — vorläufig jedenfalls. Natürlich, wenn ich irgendwann zu stark geschwächt sein sollte, um Entscheidungen zu treffen, sind Sie der Boß und können tun, was Sie für richtig halten. Und jetzt zu dem Metalldetektor? Wie funktioniert er?«

»Dies ist der Hauptschalter. Wenn du ein Pfeifen in den Kopfhörern hörst, drehst du diesen Knopf, bis es verstummt. Wenn das Gerät in die Nähe von Metall kommt, setzt der Pfeifton wieder ein. Wenn du in keiner Position des Knopfes einen Pfeifton hörst, mußt du die Batterien auswechseln. Wenn das auch nicht hilft, bring es zu Taro zurück. Es ist alles ganz einfach.«

Bob nahm die kleine Holzkiste auf. »Sie ist viel zu leicht, um zum Meeresboden zu sinken. Was für einen Ballast sollen wir verwenden, wenn wir sie unter Wasser gebrauchen?«

Seever deutete auf ein aus Zement gegossenes Gehäuse, das neben dem Schreibtisch auf dem Boden stand. Eine Platte, die der Deckel zu sein schien, lag daneben. Vier Ösen ragten aus den Seiten des würfelförmigen Gehäuses hervor, und ein Elektrokabel, die anscheinend in den Zement eingegossen worden waren.

Seevers Erklärung stellte einen Irrtum richtig: der ›Deckel‹ war der Boden des Gehäuses, das Gerät wurde ziemlich hoch darüber befestigt, so daß die Luft etwa einsickerndes Wasser von den elektrischen Komponenten des Geräts fernhalten würde — zumindest bis zu einer gewissen Wassertiefe —, solange es waagerecht gehalten wurde.

»Taro sagt, bei seinen Jungen hätte es bestens funktioniert«, schloß Seever. »Sie haben niemals Schwierigkeiten mit Lecks gehabt und einen Haufen Zeug damit entdeckt, meistens Werkzeuge, die bei der Pier und um die Tanks ins Wasser gefallen waren. Es reagiert in einer Entfernung von fünf oder sechs Fuß schon auf eine Zange.

Und jetzt möchte ich noch etwas von dir wissen, Bob, um sicher zu sein, daß ich alles richtig verstanden habe. Jenny hat mir gesagt, du seist sicher, daß Leute des Jägers auf der Erde gewesen seien, und sogar auf Ell.«

»Richtig.« Bob nickte nachdrücklich. »Sie haben die Generatorabdeckung gefunden und anscheinend auch die eingeätzten Daten gelesen, die das Schiff als das des Kriminellen identifizieren, den der Jäger verfolgt hat. Aus irgendeinem Grund, den niemand von uns erkennen kann, haben sie die Abdeckung von Apu aus eine Meile in die Lagune gebracht, wo Maeta sie dann gefunden hat. Das war vor mehreren Jahren, doch der Jäger ist sicher, daß sie die Erde nicht verlassen haben, zumindest nicht für immer. Sie könnten von dieser Insel aus in andere Teile der Erde gezogen sein, um nach ihm und dem Kriminellen zu suchen, als sie keinen der beiden hier fanden, oder um den Planeten etwas genauer zu erforschen. Aber er ist sicher, daß sie von Zeit zu Zeit zurückkommen, um das Schiff zu überprüfen, das sie bestimmt entdeckt haben — vielleicht sogar beide Schiffe. Alles, was wir zu tun haben, ist, zumindest eins von ihnen zu finden und dort eine Botschaft zu hinterlassen.«

»Zwei Fragen.« Seever sprach langsam und wählte seine Worte sehr sorgfältig. »Erstens, aus welchem Grund könnten sie die Generatorabdeckung von Apu in die Lagune gebracht haben? Ich habe den Eindruck, daß du dir um diesen Punkt so gut wie gar keine Gedanken machst, und du gibst zu, keine Antwort darauf gefunden zu haben. Zweitens, warum mußt du die beiden Schiffe finden, oder zumindest eins davon, damit der Jäger eine Nachricht hinterlassen kann? Ich könnte das einsehen, wenn die Leute sich irgendwo auf der Erde aufhalten könnten, aber sowohl du als auch der Jäger scheinen ziemlich sicher zu sein, daß sie sich wenigstens zeitweise auf Ell befinden. Warum pinselst du nicht einfach eine Botschaft unauffällig unter die Pier?«

Bob seufzte. »Die Antwort auf die zweite Frage ist dieselbe wie immer: Wir müssen nach wie vor vermeiden, die Aufmerksamkeit von Menschen zu erregen. Eine Botschaft mit den nötigen Details müßte so groß und so komplex sein, daß sie nicht nur Aufmerksamkeit erregen würde, sondern erhebliche Neugier. Und sowohl der Jäger als auch ich sind der Meinung, daß wir uns das nicht leisten können. Was Ihre erste Frage betrifft, gebe ich zu, daß sie vielleicht wichtig sein mag, doch sehe ich nicht ein, auf welche Weise sie unsere Pläne beeinflussen könnte. Es wäre natürlich schön, wenn wir eine Antwort finden könnten, oder wenn ein anderer uns einen überzeugenden Grund nennen könnte. Aber bis es soweit ist, können wir nur raten.«

Der Arzt saß mindestens eine Minute lang schweigend.

»Mir gefällt es noch immer nicht«, sagte er schließlich. »Ich hatte gehofft, daß der Jäger es als eine bei seiner Polizei übliche Routinemaßnahme identifizieren würde. Vielleicht ist es überhaupt nicht wichtig, aber ich mag nun einmal keine Puzzlespiele, in denen große Lücken klaffen, besonders, wenn keine Steine mehr übrig sind. Ich fürchte jedoch, daß wir uns mit der Situation abfinden müssen. Kannst du dir wirklich keinen Grund dafür vorstellen, Jäger?«

»Sogar mehrere«, ließ der Alien durch Bob antworten. »Es ist nicht nur eine Polizeiroutine, die selbst wiederum nicht nur darin besteht, daß man bestimmten Regeln folgt. Es gibt Dutzende oder Hunderte von Situationen, bei denen die Verlagerung des Schilds sich zwingend ergeben würde. Ich hatte es ja selbst vor, wenn wir es auf Apu gefunden hätten, um zu versuchen, auf diese Weise das Schiff zu finden. Aber derjenige, der es entdeckt hat, wollte bestimmt nicht das Schiff finden.«

»Und warum nicht?« fragte Jenny. »Weißt du *bestimmt*, daß das andere Schiff nicht in die Lagune gestürzt ist?«

»Natürlich nicht«, antwortete der Jäger, »doch den Weg des

Schildes in die Lagune zurückzuverfolgen, wäre ziemlich sinnlos; bei dem offenen und glatten Meeresboden der Lagune könnte man von jeder Stelle aus ohne jede Schwierigkeit nach Apu gelangen. Ich hatte gehofft — wenn es auch nur eine geringe Hoffnung war —, daß es außerhalb des Riffs nur wenige Stellen gäbe, von denen aus man auf die kleine Insel gelangen könnte. Auf jeden Fall, Doktor, habe ich nicht den geringsten Zweifel, daß es einen guten, logischen Grund dafür gegeben hat, den Schild von der Insel in die Lagune zu verlagern, aber ich werde keine Komplexe bekommen, wenn ich ihn nicht schon jetzt weiß. Es gibt einfach zu viele logische Möglichkeiten.«

Seever nickte zustimmend und sprach weiter.

»Okay. Das bringt uns zu der Frage, wie es weitergehen soll. Wir haben die Diagnose gestellt und müssen jetzt die Operation planen. Sie scheint sich darin zu erschöpfen, dieses Ding von einem Boot aus in die Tiefe zu lassen und alle Stellen abzusuchen, die uns aus irgendeinem Grund erfolgversprechend scheinen. Das schließt unglücklicherweise auch das offene Meer westlich des Riffs ein, das heißt, wir müssen darauf achten, daß das Gerät sich nicht in den Korallen verfängt, und auch verhindern, daß das Boot auf das Riff läuft. Falls du glauben solltest, daß das Schiff außerhalb des Riffs liegt, habe ich keine Ahnung, was du tun könntest. Ehrlich gesagt ist mir nicht sehr wohl bei der Vorstellung, Jennys Boot auf die Windseite des Riffs zu bringen, und auf der Westseite weht fast immer ein Wind. Ihr müßt sehr vorsichtig sein. Ich will es nicht verbieten, hoffe jedoch, daß ihr euch vorher überlegt, was ihr tut.

Ich persönlich wäre sehr dafür, ein stabileres Boot zu besorgen — bitte, fasse das nicht als Kritik an deinem Kajak auf, Jenny, aber mir wäre wohler, wenn ihr ein Boot mit einem Motor hättet. Da ich der Ansicht bin, daß es wenig Sinn hat, den Detektor einfach außerbords zu hängen und auf gut Glück zu suchen, solltet ihr besser auf die Tauchausrüstungen warten, die Arthur bestellt hat; inzwischen könntet ihr versuchen, ein Motorboot zu finden und eine Absprache zu treffen, daß ihr es ausleihen könnt, wenn die Ausrüstung eintrifft. Außerdem solltet ihr versuchen, eure Arbeitszeiten mit denen der Menschen abzustimmen, die euch helfen sollen. Denke daran, Bob, daß du nicht so viel freie Zeit haben wirst, wie du gerne möchtest. Du fängst am Montag an, vermute ich?«

»Oh, das hätte ich fast vergessen«, sagte Bob. »Sie haben keinen Grund gefunden, um das noch etwas hinauszuschieben?«

»Keinen, den man anerkennen würde, wenn man dich mehrere Stunden pro Tag tauchen sieht. Natürlich könntest du den alten Toke einweihen und dir von ihm den Job zuteilen lassen, nach abgestürzten Raumschiffen zu suchen.«

»Darüber haben wir bereits gesprochen. Nein, danke.«

»Okay. Über den nächsten Punkt haben wir ebenfalls gesprochen, und ich erwähne ihn trotzdem noch einmal. Ich glaube, daß ihr mehr Helfer braucht, um den Job durchführen zu können. Dein Vater und ich können nicht viel tun; einfach aus Zeitgründen. Deine Mutter hat wahrscheinlich tagsüber etwas mehr Zeit, aber sie muß sich um Daphne kümmern. Ich könnte natürlich Jenny jederzeit frei geben, wenn sie gebraucht wird, aber ich möchte nicht, daß sie oder sonst jemand allein dort draußen ist.«

»Sie ist nicht allein. Ich bin bei ihr.«

»Und was ist, wenn dein interessantes medizinisches Problem sich wieder meldet — besonders, wenn du unter Wasser bist?«

»Nun ja . . .« Bob schwieg.

»Denke daran, wenn *ich* einen Helfer für dich finde und ihn über deinen Zustand aufkläre, wird niemand an *deinem* Verstand zweifeln. Und ich nehme gerne das Risiko auf mich, daß sie an meinem zweifeln.«

»Das wäre falsch. Sie sind der einzige Arzt auf Ell. Wenn die Leute das Vertrauen in Sie verlieren . . .«

»Ich kann jedes Wort, das ich sage, beweisen.«

»Das könnte ich auch«, erwiderte Bob, »wenn jemand auf mich hören würde. Aber man kann nicht mit Leuten reden, die nur den Kopf schütteln und weitergehen.«

»Ist dir das schon einmal passiert?«

»Nein. Ich weiß aber, wie ich selbst reagieren würde. Seien Sie doch ehrlich, Doc, und erinnern Sie sich an den Tag, als ich zum erstenmal vom Jäger erzählt habe; was hätten Sie getan, wenn Sie es nicht für Ihre ärztliche Pflicht gehalten hätten, mich aufzumuntern?« Jetzt schwieg Seevers.

»Okay«, sagte er schließlich. »Aber es gibt auch Menschen, die *mich* aufmuntern würden.«

»Ihre Frau natürlich«, gab Bob zu. »Aber wer noch?«

»Sie reicht mir fürs erste. Außerdem würde ich es riskieren, mit dem Teroa-Mädchen zu sprechen, das sich ohnehin schon Gedanken über dich macht. Sie ist sehr kompetent auf und in dem Wasser. Ich bin sicher, sie könnte einen großen Teil des in Frage kommenden Seegebietes absuchen, schon bevor die Tauchausrüstung eintrifft.«

Der Jäger hatte sich über diesen Punkt ebenfalls einige Gedanken gemacht und bekräftigte Seevers Ansicht, doch Bob stand nach wie vor unter dem Druck einer siebenjährigen Konditionierung. Er hatte sich zwar nicht dazu bringen können, Seevers Bitte, seine Frau einweihen zu dürfen, abzuschlagen, und Jenny hatte er, aus Gründen, die ihm noch immer nicht ganz klar waren, sogar selbst alles berichtet, aber das war im Moment die Grenze; weiter wollte er auf keinen Fall gehen. Er formulierte es zwar nicht so, doch sowohl der Arzt als auch der Symbiont erkannten die Situation. Sie gaben fürs erste auf, und man wandte sich wieder dem Problem zu, wie Bob die normalen Arbeitstage hinter sich bringen konnte, ohne daß jemand etwas von seinen gesundheitlichen Problemen merkte. Und das war Seevers Job.

»Ich habe noch immer kein Argument gefunden, das dich ganz von der Arbeit befreit und dich andererseits stundenlang tauchen lassen würde«, sagte der Arzt langsam. »Mit Ausnahme des einen, das du ablehnst. Aber vielleicht gelingt es mir, dich von schwerer körperlicher Arbeit freizustellen. Die Blutuntersuchung hat genügend seltsame Abweichungen ergeben, um eine eindrucksvolle Monographie darüber schreiben zu können. Mit deinem Kalzium stimmt etwas nicht. Der Jäger achtet auch nicht richtig auf deinen Zuckerspiegel. Ich glaube, ohne ihn würdest du an einem Nadelstich verbluten, und Adrenalin scheinst du überhaupt nicht zu haben. Er muß dir anscheinend etwas geben oder etwas tun, um das auszugleichen, denn sonst wärst du längst tot, aber es ist kein Adrenalin. Ich kann also wahrheitsgemäß berichten, daß der Test recht eigenartige Ergebnisse gebracht hat, aber ...« Seevers Stimme erstarb.

»Aber PFI könnte darin einen Grund sehen, mich nach Tahiti zu schicken, oder sogar nach Japan oder in die Staaten, um gründlichere Untersuchungen durchführen zu lassen, nicht wahr?«

»Richtig.«

»Könnten Sie ihnen nicht nur einen Teil davon berichten? Daß die Bluntersuchungen einige Anomalitäten ergeben hätten, die weitere Tests erforderlich machten, und daß man mir einen Schreibtischjob oder sowas geben soll, damit ich immer für Sie erreichbar bin? Wenn ich keine schwere körperliche Arbeit machen muß, kommt es vielleicht gar nicht mehr zu diesen Erschöpfungszuständen, oder zumindest könnte ich sie tarnen, und auch die Gelenkschmerzen.«

»Das ist alles, was wir im Moment tun können«, stimmte Seever ihm zu. »Ich werde meinen Bericht in diesem Sinn abfassen, und du meldest dich morgen zur Arbeit und wirst sehen, was passiert. Auf jeden Fall ist es einen Versuch wert. Was die andere Sache betrifft, so sehe ich keine Möglichkeit, etwas zu unternehmen, bevor die Tauchausrüstungen eintreffen, da du es ablehnst, Maeta mit hinzuzuziehen.«

»Da bin ich anderer Meinung.« Jenny meldete sich zum erstenmal zu Wort, seit sich das Gespräch um das medizinische Problem gedreht hatte. Beide Männer blickten sie fragend an, und ihr Vater wollte wissen, was sie damit sagen wollte.

»Meinst du, wir könnten etwas tun, damit die Ausrüstung eher hier eintrifft? Oder weißt du, daß es auf der Insel schon so etwas gibt?«

»Weder — noch. Ich glaube, ich habe eine Idee, wie wir etwas tun können, bevor die Tauchausrüstung hier eintrifft.

Aber ich bin noch nicht ganz sicher und will noch etwas darüber nachdenken. Bob, wenn du morgen nach der Arbeit herkommst — du mußt ohnehin zu Dad, damit er sieht, wie es dir geht —, habe ich mir vielleicht etwas überlegt, womit wir eine Weile auch ohne die Tauchausrüstungen weitermachen können.«

»Warum kannst du es uns nicht gleich sagen?« fragte Bob. »Wir könnten so einen Tag gewinnen!«

»Weil ich die Sache noch nicht genau durchdacht habe und keine Lust habe, mich lächerlich zu machen.« Bob blickte ihren Vater an, der aber nur die Schultern zuckte.

»Ich denke, wir können die Tagung abschließen«, sagte er. »Bob, geh jetzt nach Hause und versuche, möglichst viel zu schlafen. Jäger, dir kann ich nichts weiter sagen. Jenny, setze deinen Denkapparat in Schwung, und wenn ich dir irgendwie helfen kann, ohne mich in dein Geheimnis zu drängen, sage mir Bescheid. Noch etwas, Bob: Komm bei mir vorbei, *bevor* du zur Arbeit gehst und hole dir meinen Bericht ab. Ich werde mein Bestes tun, aber erwarte nicht zu viel. Der alte Toke neigt zu der Ansicht, daß man den Graduierten so bald wie möglich klarmachen sollte, daß sie nicht unersetzlich sind, und nicht einmal besonders wichtig.«

Sie trennten sich. Bob fuhr nach Hause, ohne sich vorher die Mühe gemacht zu haben, die Fahrradlenkstange gerade zu richten, und aus der Ruhe, die Seever ihm verordnet hatte, wurde vorerst nichts, weil Daphne über ihn herfiel, als er ins Haus trat.

Nachdem sie endlich zu Bett gegangen war, berichtete er seinen Eltern von den Ereignissen dieses Tages, verschwieg jedoch den Sturz mit dem Fahrrad.

Der Jäger verbrachte die Nacht mit biochemischen Arbeiten, die nutzvoll sein mochten oder auch nicht; Bob hatte am nächsten Morgen jedenfalls keine Gliederschmerzen mehr. Seevers Bericht schien seine Wirkung getan zu haben, denn Bob und sein Gast verbrachten den nächsten Tag in der Raffinerie, und ihre einzige Aufgabe bestand darin, Kontrollgeräte zu überwachen und ab und zu ein Ventil zu betätigen.

Die Arbeit war nicht zu anstrengend. Bobs Muskeln hielten durch und trugen ihn am späten Nachmittag ohne Schwierigkeiten zum Haus des Arztes.

Jennys Idee war eine von der Sorte, bei der man sich am liebsten in den Hintern treten möchte, daß sie einem nicht selbst eingefallen war.

8
Routine, leicht abgeändert

Es mochte nicht ganz sicher sein, doch der Jäger fand es durchaus erträglich. Ein Rohr von drei Zoll Durchmesser und einer Länge von eineinhalb Fuß war mit Draht an einer Seite des Zementgehäuses festgebunden worden, in dem der Metalldetektor steckte. Das obere Ende des Rohrs war mit einem Holzpfropfen verschlossen. An der Innenseite dieses Pfropfens befand sich ein improvisierter elektrischer Schalter, der den Stromkreis eines aus zwei Leitungen bestehenden Kabels schloß, das an dem Halteseil des Geräts befestigt war. Der Jäger konnte auf diese Weise elektrische Signale nach oben senden, doch bis jetzt war dazu noch kein Anlaß gewesen.

Das untere Ende des Rohrs war offen und erlaubte dem Jäger, den Meeresboden zu beobachten; dazu verwandte er ein Auge, das er aus seiner Körpersubstanz geformt hatte. Sie hatten ihm ein Auge aus einer Linse und einem kurzen Zylinder aus einem undurchsichtigen Material machen wollen, doch das war noch nicht fertig geworden. Es würde auf jeden Fall gewisse Vorteile haben; die Substanz des Jägers war nicht völlig transparent, also ließ sich aus ihm keine wirklich gute Linse formen, und es war auch nicht völlig opak, so daß das ›Auge‹ Streulicht nicht ganz abschirmen konnte. Er konnte auf diese Weise zwar sehen, bevorzugte jedoch im allgemeinen die Augen anderer als Medium.

Der Meeresboden war sehr unregelmäßig geformt, und der Korallenbewuchs sogar noch mehr, also mußte er ständig ›Aufwärts‹- und ›Abwärts-Signale‹ nach oben geben. Das Störendste aber war, daß sich auch die Kopfhörer des Detektors im Boot befanden, und Bob und Jenny keine Möglichkeit hatten, dem Jäger Nachricht zu geben, wenn das Gerät ansprach. Sie hatten versucht, einen Eisenring, der an einer langen Schnur hing, in der Substanz des Jägers zu befestigen, doch hatte sich herausgestellt, daß mechanische Signale äußerst unzuverlässig waren, da sich jede Bewegung des Bootes auf so eine Verbindung übertrug, also hatte man den Versuch aufgegeben. Bob hatte vorgeschlagen, eine Taschenlampenbirne in der Röhre zu befestigen, die mit einem Schalter und über eine zweite Leitung betätigt werden konnte, doch die Anlage war noch nicht fertig.

Über eine Woche war vergangen, seit Jenny diesen Vorschlag gemacht hatte. Aufgehalten von der Arbeit und von schlechtem Wetter, hatten sie nur wenige Stunden mit der Suche verbringen können. Es gab eine ungenaue Karte des Seebodens jenseits des Riffs, doch stellte sie nur einen schmalen Ausschnitt der Riffkarte dar, die Arthur Kinnaird im Büro der Gesellschaft kopiert hatte.

Die Überprüfung der Position des Bootes, die sie alle ein oder zwei Minuten vornehmen mußten, um das Gebiet abzustecken, das sie bereits untersucht hatten, war äußerst lästig, obwohl bei einer Besprechung dieses Themas, an der alle Beteiligten teilgenommen hatten, eine relativ simple Technik der Positionsbestimmung entwickelt worden war, die die horizontalen Winkel bestimmter Tankpaare in der Lagune als Meßpunkte verwendete. Der Jäger gab über die Leitung eine Ziffer nach oben, wenn er einigermaßen deutlich erkennbare markante Punkte am Meeresboden entdeckte, und notierte Einzelheiten mit einem Stück Graphit auf ein Stück Papier, das an die Innenseite des Rohrs geklebt worden war; bei jedem Signal berechneten die Menschen im Boot die Position. An den Abenden der Tage, an denen sie überhaupt zum Arbeiten kamen, trugen Bob und der Jäger die entsprechenden Daten in die Karte ein.

Es gab eine Menge Metall auf dem Meeresboden; Menschen schienen die Angewohnheit zu haben, Dinge über Bord zu werfen. Bis jetzt waren alle zu klein gewesen, um das Gerät so stark reagieren zu lassen, daß man vermuten konnte, es handele sich möglicherweise um das Raumschiff, außer einem

Objekt, das sie gleich in der ersten Stunde ihrer Suche gefunden hatten. Festzustellen, um was es sich handelte, war eine langwierige und schwierige Angelegenheit gewesen. Sie konnten dem Jäger erst von ihrem Fund Mitteilung machen, als das Kajak an der North Beach lag, wo Jenny und Bob sich ausruhten und etwas aßen. Anschließend mußte die Stelle wiedergefunden und der Jäger auf den Meeresboden hinabgelassen werden, damit er ein Pseudopod in den Meeresgrund stecken und den Gegenstand untersuchen konnte. Wie es sich herausstellte, handelte es sich um einen stark verrosteten, extrem großen Anker. Alles, was der Jäger tun konnte, war, den beiden im Boot ein klares ›Nein‹ zu signalisieren. Als er ihnen später die Einzelheiten berichtete, kamen sie zu dem Schluß, daß der Anker wahrscheinlich im vergangenen Jahrhundert von einem Segelschiff verloren worden war; vermutlich hatte man ihn ausgeworfen, um das Schiff bei einem Sturm vom Riff fernzuhalten.

Die Suchmethoden wurden weiter verbessert, während die Tage vergingen, doch das überprüfte Gebiet erweiterte sich nur mit quälender Langsamkeit. Es gab keine wirklichen Gefahren, obwohl der Jäger ständig von winzigen Fischen und Arthropoden belästigt wurde. Biochemisch war seine Substanz dem Fleisch irdischer Lebewesen so ähnlich, daß sie von irdischen Organismen verdaut werden konnte, und umgekehrt. Während er unter Wasser war, fand ein ständiger Wettkampf statt, bei dem es darum ging, wer mehr von wem fraß. Durch den Schutz der Röhre war es dem Jäger immer gelungen, eine Länge Vorsprung zu wahren, doch kam er immer mehr zu der Erkenntnis, wieviel Glück er gehabt hatte, daß er so bald nach seinem Absturz in der Nähe dieser Insel auf den Hai gestoßen war und in ihm Aufnahme gefunden hatte.

Für Bob verliefen die Tage recht erträglich; das Schicksal schien sich zur Zeit zurückzuhalten. Seit fast zwei Wochen war es nicht mehr zu den unerklärlichen Schwächeanfällen gekommen, ob wegen oder trotz der kombinierten Bemühungen Seevers und des Jägers, konnte er nicht sagen. Damit er nicht übermütig wurde, waren sie jedoch von immer stärker werdenden Gelenkschmerzen abgelöst worden, zu denen in den letzten Tagen auch noch Muskelschmerzen getreten waren, vor allem in Waden und Hüften, und manchmal fiel es ihm sehr schwer, seinen Zustand vor den Arbeitskollegen zu verbergen; sie traten plötzlich und ohne Warnung auf. Malmstrom, den er hin und wieder traf, ließ zwar einige Bemerkungen über den Zustand seines Freundes fallen, sie schienen aber nicht sehr ernst gemeint zu sein.

Die Arbeit war jedoch insofern störend, als sie ihm einen großen Teil seiner Zeit nahm. Ansonsten machte sie ihm Spaß, und sogar der Jäger fand sie interessant. Jenny hatte vorgeschlagen, daß sie den Jäger allein mit aufs Meer nehmen würde, oder in Begleitung ihrer Mutter, wenn Bob keine Zeit hatte, doch der Jäger hatte dagegen ernsthaften Einspruch erhoben. Vom Standpunkt des Alien aus war es schlimm genug, wenn er seinen Gastgeber für ein paar Stunden verlassen mußte, obwohl er in seiner unmittelbaren Nähe blieb und sich innerhalb weniger Minuten wieder mit ihm vereinigen konnte. Wenn sie durch die drei oder vier Meilen voneinander getrennt sein würden, die die Raffinerie von dem Suchgebiet trennte, konnte er vielleicht erst nach Stunden erfahren, wenn Bob ihn brauchte.

Etwa am fünften Tag tatsächlicher Suche — wie Seever es vorausgesagt hatte, verhinderte zu starker Wind fast zur Hälfte der Zeit jede Sucharbeit, und bei ihren Bemühungen, ein motorgetriebenes Boot zu finden, hatten sie bisher keinen Erfolg gehabt — tauchte ein Problem auf, mit dem niemand ernsthaft gerechnet hatte, und das ihnen klarmachte, daß jede auch nur kurzfristige Trennung von Gastgeber und Symbiont zu ernsthaften Schwierigkeiten führen konnte.

Es war etwa eine halbe Stunde vor Sonnenuntergang. Der Jäger begann bereits Mitleid mit den beiden jungen Menschen im Boot zu empfinden, die sich tödlich langweilen mußten, ganz im Gegensatz zu ihm, dem einzig wirklich aktiven Teilnehmer an dieser Operation, als sich die Situation plötzlich grundlegend veränderte.

Der Jäger brauchte mehrere Minuten, um zu begreifen, was

geschehen war. Die Bewegungen des Bootes verursachten ständig eine leichte vertikale Beschleunigung, und kein Schock verriet ihm, daß das Halteseil riß. Der Jäger spürte lediglich, daß der Metalldetektor und er langsam tiefer sanken. Ein leichter Ruck sagte ihm, daß das elektrische Kabel das Gewicht aufgefangen hatte. Erstaunlicherweise hielt es die Belastung aus und brach nicht, sondern riß den Holzpfropfen aus der Röhre, nahm den elektrischen Schalter mit, und beinahe auch einen Teil der Substanz des Jägers. Als er sich von der Überraschung erholt hatte, waren er und der Detektor zur Hälfte im schlammigen Meeresboden vergraben.

Dreieinhalb Faden über ihm herrschte Verwirrung. Bob hatte das Seil gehalten, während Jenny die Position des Bootes mit dem Paddel dirigierte; doch sie merkten fast gleichzeitig, was passiert war. So gering das Gewicht des Detektors auch war, veränderte sein Verlust doch den Trimm des Kajaks, und Jenny kannte ihr Boot sehr gut.

»Hast du ihn fallen lassen?« fragte sie besorgt. »Haben deine Muskeln wieder versagt?«

»Nein. Das Seil scheint gerissen zu sein, oder der Knoten hat sich gelöst. Wenn mir das Seil aus der Hand gerutscht wäre, hätten wir ihn noch. Ich habe das lose Ende des Seils an einer Öse im Dollbord befestigt.«

»Nimm das Paddel und halte die Position!« sagte das Mädchen. Er wandte den Kopf und sah, daß sie bereits Jeans und Hemd auszog.

»Nein! Warte!« sagte er. »Wir müssen zuerst unsere Position festlegen!« Er griff nach dem Sextanten, fixierte die Position des Bootes nach den Kultur-Tanks, die sie als Markierungspunkte festgesetzt hatten, und notierte die Gradzahlen der Winkel. Dabei begann er, Hemd und Hose auszuziehen. »Wir brauchen eine Markierungsboje, die wir über Bord werfen können, wenn so etwas passiert.«

»Was hast du vor? Du darfst nicht tauchen!« sagte Jenny scharf. »Du bist nicht einmal ein so guter Schwimmer wie ich, wenn du völlig in Ordnung bist, und in deinem jetzigen Zustand ...«

»Ich bin auch kein so guter Paddler wie du, und wenn du hinabtauchst und das andere Ende des Seils irgendwo auf dem Meeresgrund findest, wäre ich sicher nicht in der Lage, das obere Ende in deiner Reichweite herabhängen zu lassen.«

»Versuche es wenigstens. Gib mir das Seilende und nimm das Paddel.« Bob tat, was sie ihm sagte, nicht aus Überzeugung, sondern weil dies nicht der richtige Zeitpunkt für einen Streit zu sein schien, und Jenny verschwand im Wasser.

Der Jäger konnte den Boden des Kajaks erkennen und sah das Mädchen ins Wasser springen. Weder das eine noch das andere wirkte sehr ermutigend auf ihn. Das Kajak war mindestens zwanzig Yards abgetrieben, und Jenny, die möglichst senkrecht hinabzutauchen versuchte, hatte nicht die geringste Chance, auch nur in seine Nähe zu kommen. Tatsächlich erreichte sie nicht einmal den Meeresgrund. Etwa zwei Faden über ihm wurde sie langsamer und stoppte schließlich ganz. Sie hing ein paar Sekunden in dieser Höhe und versuchte anscheinend, etwas erkennen zu können, doch dann setzte der natürliche Auftrieb ein, und ein paar Sekunden später half sie ihm nach und schoß nach oben.

»Gefunden?« fragte Bob. Sie kletterte ins Boot, bevor sie antwortete.

»Nein. Ich bin nicht ganz auf Grund gekommen. Wir brauchen Taucherbrillen; ich konnte nicht klar genug sehen, um den Detektor und das Rohr entdecken zu können, von dem Seil ganz zu schweigen. Die Sonne wird gleich untergehen, wir haben keine Chance, ihn heute noch zu finden. Wir werden jetzt zurückfahren, und du wirst dich mit den entsprechenden Leuten in Verbindung setzen und einen Austausch von Arbeitsschichten arrangieren, damit du morgen den ganzen Tag hier draußen sein kannst.«

»Ich will jetzt noch nicht ...«

»Ich auch nicht, aber es geht darum, was wir tun können, nicht, was wir tun wollen.«

»Aber der Jäger könnte doch das Rohr verlassen und zum Boot schwimmen, wenn wir eine Weile hier warten.«

»Und dabei gegen all die kleinen Fische und anderen Tiere

kämpfen, von denen er uns erzählt hat? Ich halte ihn für zu intelligent, um das zu riskieren. — Könnte er uns bei Dunkelheit überhaupt finden?«

»Ich glaube nicht. Seine Augen sind nicht sehr gut.«

»Gut. Wir werden einen Kompromiß schließen. Wir bleiben bis Sonnenuntergang und versuchen, das Boot in Position zu halten. Wenn er bis dahin nicht aufgetaucht ist — und ich bin nach wie vor überzeugt, daß er nicht so dumm ist, das zu versuchen, weil er weiß, daß wir das Gerät ohne große Schwierigkeiten finden können —, fahren wir zurück, und du wirst tun, was ich dir gesagt habe.«

»In Ordnung. Und was wirst du tun?«

»Nach Hause gehen und Dad alles berichten, ein paar Markierungsbojen herstellen, wie du es vorgeschlagen hast, und nachdenken.«

Sie erwähnte nicht, daß sie bereits nachgedacht hatte und entschlossen war, etwas anderes zu tun.

Der Jäger starrte zum Boot hinauf, bis es dunkel wurde, und fragte sich, warum niemand mehr tauchte, und was da oben vor sich gehen mochte. In einem Punkt hatte Jenny völlig recht: nicht einen Augenblick dachte er daran, das schützende Rohr zu verlassen und zum Kajak zu schwimmen. Er wartete. Als es dunkelte und er weder die Wasseroberfläche noch das Boot noch sonst etwas mehr erkennen konnte, bis auf einige leuchtende Lebensformen, wartete er noch immer. Es blieb ihm nichts anderes zu tun, als nachzudenken, und das mußte er ohnehin tun.

Bob und Jenny ließen das Kajak an der North Beach zurück, einem Strand an der Spitze von Ells längerem Arm, wo der Jäger vor fast acht Jahren an Land gekommen war und Bob gefunden hatte. Sie hatten ihre Fahrräder dort abgestellt, da sie diesen Strand seit einigen Tagen als Treff- und Abfahrtpunkt festgelegt hatten, um Zeit einzusparen. In dieser Nacht schien jedoch kein Mond, und sie mußten langsam fahren, um nicht von der Straße abzukommen; es dauerte also eine Zeit, bis sie Bobs Haus erreichten. Er ging nur kurz hinein, sagte seiner Mutter, daß sie von der Lagune zurück seien und er gleich wieder fort müsse, um zu telefonieren. Dann fuhr er weiter, um den Auftrag zu erfüllen, den Jenny ihm gegeben hatte.

Das Mädchen war nicht abgestiegen, sondern ohne Aufenthalt weitergefahren. Sie fuhr zum Haus der Teroas und fragte nach Maeta. Das Mädchen habe an diesem Abend Dienst in der Bibliothek, erfuhr sie von einer der Tanten. Jenny fuhr dort hin und fand Maeta im Keller, wo sie neu eingetroffene Bücher sortierte und katalogisierte — Bobs Bücherkisten waren nicht die einzigen, die in diesem Juni auf der Insel eingetroffen waren. Jenny bat sie, mit ihr nach draußen zu kommen, wo niemand sie hören konnte, und erzählte ihr die ganze Geschichte.

Maeta hatte sich natürlich über die Bemerkung, die Bob unbedacht entschlüpft war, Gedanken gemacht, doch fiel es ihr dadurch nicht leichter, Jennys Worten zu glauben. Jennys Hartnäckigkeit und Überredungskunst gelang es jedoch schließlich, Maetas Zustimmung für eine Unterredung mit Dr. Seevers zu erreichen. Dort löste der Bericht über den Verlust des Jägers bei dem Arzt und seiner Frau so offensichtliche und tiefe Bestürzung aus, daß Maetas Skeptizismus in Wanken geriet. Seever bestätigte ihr dann ausdrücklich, daß Jennys Bericht in allen Punkten der Wahrheit entspräche, und fügte noch Details über den alten Detektiv hinzu, die Jenny unbekannt waren. Schließlich erklärte Maeta sich — wenn auch noch immer mit einigen Vorbehalten — bereit, ihr schwimmerisches Können dafür einzusetzen, das Suchgerät wiederzufinden, und, falls er existierte, auch den Jäger. Sie versprach auch, ihr Auslegerboot zur Verfügung zu stellen, ein stabileres und geräumigeres Gefährt als Jennys Kajak. Da sie am nächsten Tag dienstfrei hatte, ergab sich nicht das Problem, einen Ersatz finden zu müssen.

Als Maeta gegangen war, blickte Seever seine Tochter an und sagte: »Welche Erklärung wirst du Bob für diese Eigenmächtigkeit geben?«

»Falls er eine Erklärung dafür verlangt, leidet er wirklich an Gehirnerweichung. Wenn es ihm nicht paßt, soll er doch im eigenen Saft schmoren. — Hast du etwa auch etwas dagegen?«

»Im Gegenteil«, sagte ihr Vater. »Es war das Klügste, was du in dieser Situation tun konntest. Ich fürchte, mir mangelt es an ... äh ... dem Durchsetzungsvermögen, das dazu nötig ist, sonst hätte ich es vielleicht selbst getan. Aber du kannst mir glauben, daß Bob geistig völlig in Ordnung ist.«

Jenny wollte sich nicht auf dieses Thema einlassen.

»Haben wir ein paar Rollen starken Bindfaden im Haus, oder muß ich ihn morgen früh im Laden kaufen?« fragte sie. »Ich muß ein paar Markierungsbojen machen.«

Der Jäger verbrachte eine Nacht, die für einen Marinebiologen, der sich auf Krustentiere spezialisiert hat, faszinierend gewesen wäre. Er kam niemals ernstlich in Gefahr, gefressen zu werden, da das Rohr mehr als ausreichenden Schutz bot, doch mußte er selbst eine Menge essen, zum größten Teil aus Selbstverteidigung. Er registrierte interessante Details in Struktur und Physiologie der Tiere, die er ingestierte. Es waren die relativ groben Details der Gewebe, bis hinab zum Niveau des optisch-mikroskopisch Erfaßbaren, die sich als besonders interessant herausstellten; auf der molekularen Ebene war alles genauso, wie bei Bob und seinem Vater und, vermutlich, allen anderen vielzelligen Lebensformen der Erde.

Ein Marinebiologe wäre vielleicht verärgert gewesen, als sich ein Boot näherte, nicht jedoch der Jäger. Der fühlte sich unermeßlich erleichtert, und selbst als er erkannte, daß es nicht das Kajak war, hatte er nicht die geringsten Zweifel, daß sie gekommen waren, um nach ihm zu suchen. Er machte sich große Sorgen um den Zustand seines Gastgebers. Er war jetzt seit fast fünfzehn Stunden von ihm getrennt. Vor ein paar Jahren wäre das noch völlig belanglos gewesen, jetzt aber mochte Bobs Leben in Gefahr sein. Gespannt blickte er zu dem Boot hinauf.

Er konnte den Ausleger erkennen und sah, daß das Boot von drei Paddeln vorwärtsbewegt wurde. Die Schläge wurden langsamer, eins der Paddel wurde aus dem Wasser gezogen, und dann kam das Boot zehn oder zwölf Yards seitlich von ihm zum Stehen. Es hielt seine Position etwa eine Minute lang, und dann klatschte etwas ins Wasser. Im ersten Moment dachte der

Jäger, es sei ein Taucher, doch dann erkannte er, daß es ein Stein oder ein Korallenstück war. Wahrscheinlich wollten sie es als Anker benutzen, obwohl sein improvisiertes Auge nicht scharf genug war, um festzustellen, ob ein Tau daran befestigt war.

Ein zweites Objekt klatschte durch die wellige Oberfläche des Wassers. Dieses war kleiner als das andere, und er brauchte eine ganze Weile, um zu erkennen, daß es nichts als eine Boje war, eigentlich nur ein hellrot angestrichener Stock, der mit einem langen Bindfaden an einem kleinen Stein befestigt war. Bevor er zu diesem Schluß gekommen war, befand sich schon ein drittes Objekt im Wasser.

Dieses verursachte weitaus weniger Geräusch und Bewegung als die beiden anderen. Der Jäger konnte eine menschliche Gestalt ausmachen, war jedoch nicht in der Lage, sie zu identifizieren. Diesesmal hatte der Taucher keinerlei Schwierigkeiten, den Meeresgrund zu erreichen, und schwamm in immer weiter werdenden Kreisen eine halbe Minute lang unter Wasser, bis er wieder emporschoß. Einmal kam die Gestalt dem Jäger so nahe, daß er das Gesicht erkennen konnte, und er war glücklich, als er sah, daß es das Teroa-Mädchen war. Ihm fiel ein, was man über ihre Schwimmleistungen gesagt hatte, und er war überzeugt, daß er schon so gut wie gerettet war.

Als sie zum zweitenmal tauchte, war er sich dessen jedoch nicht mehr so sicher. Sie blieb genauso lange unten wie beim erstenmal und suchte eine genauso große Fläche des Meeresbodens ab, aber sie entfernte sich dabei von ihm.

Wahrscheinlich würde sie früher oder später in dieser Richtung weitersuchen; doch das mochte sehr viel später sein. Er wußte nicht, wie es Bob ging, und war wieder einer Panik so nahe, wie es seiner Spezies möglich war.

Er fragte sich, wie weit das Mädchen die Dinge unter Wasser klar erkennen konnte; er selbst war nicht in der Lage zu sehen, ob sie eine Tauchbrille trug oder nicht, obwohl er es für sicher hielt. Er hoffte es zumindest, da das menschliche Auge unter Wasser Schwierigkeiten hatte, den richtigen Fokus einzustellen. Ihre Sehschärfe konnte er nicht verbessern, aber vielleicht war es ihm möglich, das Zementgehäuse des Detektors oder das Rohr oder das Seil besser sichtbar zu machen? Und wenn nicht, konnte er irgend etwas tun, um ihr Suchprogramm in seine Richtung zu lenken?

Der Stein oder das Korallenstück, mit dem die Markierungsboje verankert war, ließ sich wahrscheinlich bewegen, war jedoch über zehn Yards entfernt. Das Rohr zu verlassen und durch den Schlamm zu kriechen, war unangenehm und wahrscheinlich auch gefährlich, doch das spielte keine Rolle; die Frage war nur, ob er in der Lage sein würde, den Anker zu bewegen, wenn er ihn erreicht hatte.

Nachdem sich dieser Gedanke in seinem Kopf festgesetzt hatte, wußte er, würde ihm wahrscheinlich nichts anderes mehr einfallen, bevor er nicht wenigstens einen Versuch unternommen hatte. Dies war ein Charakteristikum, das er auch bei den Menschen beobachtet hatte. Also blieb ihm gar nichts anderes übrig, als es zu versuchen.

Er hatte fast drei Viertel der Strecke hinter sich gebracht, als ihm ein anderer Gedanke kam, doch zu dem Zeitpunkt schien es ihm richtiger, sein Vorhaben zu Ende zu führen. Kurz darauf erreichte er den kleinen Verankerungsstein der Boje.

Er stellte sich als eine dieser frustrierenden Halb-Möglichkeiten heraus: Er war leicht genug, daß er ihn anheben *konnte*, doch so schwer, daß es sehr viel Mühe und Zeit kosten würde, ihn über eine gewisse Strecke zu transportieren. Er probierte es eine Weile, bewegte den Stein etwa einen Fuß weiter und entschied schließlich, daß es zu lange dauern würde, ihn bis zu dem Gerät zu schleppen. Er glitt zu seinem Rohr zurück und begann, seine zweite Idee in die Tat umzusetzen.

Der schwierigste Teil seines Plans war, die Luft aus dem Zementgehäuse zu drücken und sie festzuhalten. Er hatte keinerlei Schwierigkeiten, einen Teil seiner Substanz zwischen Rand und Deckel hindurchzuzwängen, obwohl das Gehäuse angeblich wasserdicht war. Da die Dichtung gehalten hatte, war der Luftdruck in dem Gehäuse niedriger als der von außen einwirkende Wasserdruck, und es erforderte mehr Arbeit, als er angenommen hatte, mikroskopisch kleine Luftblasen gegen diesen höheren Druck hinauszupressen. Später, als die so gesammelte Luftmenge immer weiter anwuchs, wurde das Rohr zu klein, um sowohl der Luft, als auch ihm Platz zu bieten, und außerhalb des Rohrs mußte er einen Teil seiner Energie darauf verwenden, jägerfressendes Zooplankton abzuwehren.

Gleichzeitig zog er langsam das gerissene Seil zu sich heran, bis das ausgefaserte Ende vor ihm lag.

Er hörte auf, Luft zu sammeln, als das Wasser, das er in das Gehäuse einsickern lassen mußte, um den Druckunterschied soweit auszugleichen, daß er ihn überwinden konnte, den elektrischen Teilen des Geräts zu nahe zu kommen drohte. Wenn sie naß wurden, konnte ihn das noch mehr aufhalten, und außerdem schien die Luftblase jetzt groß genug.

Maeta hatte in der Zwischenzeit ihre Suche fortgesetzt und tauchte jetzt so weit von seiner Position entfernt, daß er sich Sorgen zu machen begann, ob selbst diese Idee ausreichend sein würde. Eine andere Möglichkeit schien es jedoch nicht zu geben; als sie also wieder zum Meeresboden hinabtauchte, löste er seinen Halt an dem Rohr und dem Detektor und ließ sich und das Seil von der Luftblase aufwärts tragen.

Die Auftriebskraft der Luftblase erwies sich als ausreichend, um das Seil in ganzer Länge zu spannen, und der Jäger hing etwa auf halber Höhe zwischen Meeresgrund und Wasseroberfläche. Die Sonne stand noch nicht sehr hoch — das Auslegerboot war kurz nach Sonnenaufgang eingetroffen —, doch die Wellen brachen ihre Strahlen in regelmäßigen und häufigen Intervallen abwärts — und das war wahrscheinlich günstiger, überlegte der Jäger, als regelmäßiges, nicht unterbrochenes Licht. Er wartete. Und er fragte sich, ob Bob sich noch an die Vorlesung über totale interne Reflektion erinnerte, die sie beide zu Beginn seiner Studienzeit gehört hatten.

Die immer wieder aufzuckenden Reflektionen der Luftblase konnte Maeta natürlich nicht übersehen, obwohl sie zwanzig Yards von ihr entfernt war. Sie schwamm sofort darauf zu, um sie genauer zu betrachten, da sie vorher nicht dagewesen und auf jeden Fall etwas Ungewöhnliches war. Zufrieden stellte der

Jäger fest, daß sie eine Taucherbrille trug, und daß sie das Seil bemerkte; was sie von ihm und seiner Luftblase hielt, konnte er jedoch nicht einmal erraten. Sie folgte dem Seil bis zum Meeresboden, sah und identifizierte das Gerät.

Sie schwamm nach oben, um Luft zu holen, tauchte wieder herab und versetzte den Ankerstein der Markierungsboje unmittelbar neben das Gerät. Als sie wieder zur Oberfläche emporschoß, ließ der Jäger seine Luftblase los und glitt zum Meeresboden zurück; und bevor die neue Leine an das abgerissene Ende verknotet wurde, war er wieder in seinem sicheren Rohr.

9
Scherz Nummer zwei

Zur Überraschung des Jägers zeigten weder Jenny noch Maeta Ekel beim Anblick der grünen Gallertmasse, die durch die Poren in Bobs Hand eindrang, als er sie in das offene Rohr steckte.

Maeta erbot sich, den Tag über bei ihnen zu bleiben und bei der normalen Suche nach dem Raumschiff mitzuhelfen, doch der Jäger wollte vorerst bei Bob bleiben, um all die Körperfunktionen zu untersuchen, die während seiner Abwesenheit in Unordnung gekommen sein mochten. Das bedeutete, daß ein Taucher einen guten Teil seiner Zeit damit verbringen mußte, das Gerät von den Korallen fernzuhalten, und das schien zuviel Aufwand vor dem Eintreffen der Cousteau-Tauchausrüstungen. Seever, der dritte Paddler an Bord des Auslegerbootes, hatte auch etwas dazu zu sagen.

»Du bist über eine Stunde lang mehr unter als über Wasser gewesen, Maeta. Ich weiß, daß du dich weder kalt noch müde fühlst, aber du solltest dich jetzt ein wenig ausruhen.« Das Mädchen lachte.

»Ich könnte den ganzen Tag im Wasser sein; ich habe es auch schon getan«, sagte sie und wandte sich dem Arzt zu, ohne den Rhythmus ihrer Paddelschläge zu unterbrechen. »Ich *fühle* mich nicht nur nicht müde, ich *bin* auch nicht müde.«

»Normalerweise würde ich dir zustimmen, junge Lady«, antwortete Seever, »aber diesmal bist du nicht *im* Wasser gewesen, sondern den größten Teil der Zeit *unter* Wasser. Ich weiß, auch dafür bist du trainiert und wahrscheinlich in besserer Kondition, als jeder andere auf Ell — ja, ich kenne deinen Ruf; wer kennt ihn nicht? Trotzdem, es gibt Belastungen, die man einem Körper nicht unbegrenzt zumuten kann.«

Maeta lachte. »Wollen Sie mir nicht auch noch sagen, daß ich etwas über meinen Badeanzug ziehen soll, um meinem Körper nicht zuviel Sonne zuzumuten?«

»Nein. Ich bin ein Profi, der versucht, seine Pflicht zu tun, kein alter Narr, der sich mit Gewalt lächerlich machen will. Wenn meine Tochter oder Bob so herumlaufen würden wie du, wäre ich ihnen schon längst auf die Zehen getreten. Ich weiß genausogut wie du, daß dir Sonne nichts ausmacht. Willst du bei einem alten Mann nach Komplimenten fischen? Es gibt sicher eine Menge anderer, bei denen es sich mehr lohnt.«

Maeta sagte nichts, und auch Jenny schwieg, doch sie blickte ihren Vater an, wie Teenager ihre Eltern seit Generationen angeblickt haben. Bob achtete nicht darauf. Er hörte dem Jäger zu, der einen im großen und ganzen zufriedenstellenden Bericht über Bobs körperlichen Zustand gab, und schwor sich, vor jeder zukünftigen Operation alle Seile, Drähte und andere Teile der Ausrüstung sehr sorgfältig zu überprüfen.

Das zerrissene Seil war von allen sehr gründlich untersucht worden. Jenny hatte sofort den Verdacht geäußert, daß Malmstrom es angeschnitten hätte. Bob hatte erwidert, daß es genausogut das ›Ekel‹, André desChenes, gewesen sein konnte. Die Untersuchung des Seils ergab nichts, das einen Verdacht in dieser oder jener Richtung hätte erhärten können. Es war jedenfalls nicht angeschnitten worden. Es gab auch keinen ersichtlichen Grund dafür, daß es gerissen war, und das sinnlose Argumentieren über mögliche Gründe dauerte noch immer an, als sie North Beach erreichten.

»Wenn der Jäger mit deiner Untersuchung fertig ist, würde ich gerne wieder hinausfahren«, sagte Maeta, als das Auslegerboot auf den Strand gezogen worden war. »Ich bin gerne auf dem Wasser, und dies ist der beste Grund, den man sich wünschen kann — nicht, daß ich dafür einen Grund bräuchte. Und ich werde sicher nicht so oft tauchen, daß Sie sich Sorgen machen müssen, Doktor, wenn man davon ausgeht, wie oft die beiden größeren Metallstücke gefunden haben. Ich kann mich auch in euer Kajak quetschen, wenn euch das lieber ist; ich gebe zu, es ist erheblich leichter.«

Jenny reagierte mit gemischten Gefühlen. Die Suche begann sie zu langweilen, und sie mußte sich ständig daran erinnern, was sie für Bob bedeutete. Und selbst dann war sie eher eine Pflicht als ein Vergnügen. Außerdem kamen ihr jetzt, aus Gründen, die sie selbst nicht artikulieren konnte, gewisse Zweifel, ob es klug gewesen war, Maeta in ihre Gruppe aufzunehmen.

Bob hielt es jedoch für eine großartige Idee, und auch der Jäger war sehr einverstanden; also gingen sie jetzt zu dem Kajak, Seever und Maeta trugen das Zementgehäuse mit dem Metalldetektor und dem daran befestigten Rohr. Das andere Ende des Seils, das am Vortag gerissen war, lag noch immer auf dem Boden des Kajaks. Jenny hob es auf und warf es in den Sand. Dann rief sie plötzlich: »He! Seht euch das an!«

Die anderen traten neben sie und sahen sofort, was sie meinte. An der Stelle, wo das Seil gelegen hatte, waren eine Bodenlatte und die Bootsleinwand dunkel verfärbt. Jenny berührte die Leinwand und stieß einen leisen Schrei aus, als das braunverfärbte Stück, etwa drei mal drei Zoll groß, zu winzigen Fetzen zerfiel.

Ihr Vater beugte sich vor und zog Luft in die Nase.

»Mit Bestimmtheit kann ich es nicht sagen, aber es sieht wie Säure aus — Batteriesäure, vermute ich.«

»Shorty, dieser Bastard!«

»Oder André?« fragte Bob.

»Warum der?« konterte Jenny. »Er hat mich gefragt, ob er mitkommen dürfe, und ich habe ihm gesagt, ja, in ein paar Tagen.«

»Vielleicht waren ihm das ein paar Tage zuviel. Ich kann mir nicht vorstellen, daß Shorty so etwas tun würde; er ist eher von dem Typ, der Kreide auf den Tafelschwamm streut.«

»Ich vermute, die Säure ist auf das Seil gegossen worden; daß etwas davon auf die Leinwand getropft ist, war wohl nur Zufall«, sagte Seever langsam. »Ich kann mir nicht vorstellen, warum jemand so etwas tun sollte, aber ich fürchte, ich muß mich Bobs Meinung anschließen: es ist etwas, das man André zutrauen könnte.«

»Auf jeden Fall ist es ein ernstes Problem«, stimmte Maeta zu, »aber wir haben ein noch ernsteres, oder wollt ihr dadurch das wirkliche Projekt aufhalten lassen? Ist es nicht noch immer wichtig, die beiden Schiffe zu finden, wenn das möglich ist? Oder wollt ihr warten, bis die Tauchausrüstungen eintreffen — falls sie jemals eintreffen sollten?«

»Es würde damit so viel schneller gehen, daß ich fast dafür bin, bis dahin zu warten«, gab Bob zu. »Wir verwenden eine Menge Zeit und Mühe darauf, eine sehr kleine Fläche Meeresboden abzusuchen. Vielleicht halte ich so lange durch, bis diese Lufttanks hier eintreffen.«

»Aber vielleicht auch nicht«, sagte Jenny hart. »Maeta hat völlig recht. Wir müssen die Dinge unbedingt in Bewegung halten.«

»Wir können meinen Ausleger benutzen, bis dein Kajak wieder in Ordnung ist«, fügte Maeta hinzu. »Und später natürlich auch, wenn ihr wollt. Meine Familie hat sicher nichts dagegen — und ich muß niemandem erklären, was ich vorhabe, Bob.« Der Jäger war sehr beeindruckt; er hatte nicht geahnt, daß dieses kleine Mädchen Bobs Gefühle so gut kannte. Hatte sie sie am Gesichtsausdruck seines Gastgebers abgelesen, oder hatte Jenny es ihr gesagt? Maeta fuhr mit ihren Überlegungen fort. »Hört zu, ich muß nicht jeden Tag in der Bibliothek arbeiten. Jenny, wir beide könnten erledigen, was zu tun ist, während Bob in der Raffinerie arbeitet ...«

Bob unterbrach mit dem Einwand des Jägers, daß er nicht so lange von seinem Gastgeber getrennt sein wolle.

»Das ist auch nicht nötig. Wir brauchen den Jäger nicht. Ich kann alle paar Minuten hinuntertauchen und nachsehen, wie weit das Gerät über dem Meeresboden ist, und wir können uns die Positionsfeststellung wesentlich erleichtern, indem wir eine Menge von diesen Markierungsbojen benutzen. Es ist doch keine Arbeit, ein Dutzend oder mehr davon herzustellen. Wir könnten das Gebiet drei- oder viermal schneller absuchen, als ihr es jetzt tut. Also los, fangen wir gleich an. Sie werden sicher nicht mitkommen wollen, Doktor; Bob ist jetzt völlig in Ordnung, und Sie können nicht allzu lange ihrer Praxis fernbleiben. Aber wenn Sie wollen, können Sie natürlich dabeisein; auf dem Ausleger ist eine Menge Platz.«

Der Jäger, der während Bobs College-Jahren nur relativ wenige weibliche Exemplare der menschlichen Spezies gesehen hatte, begann sich zu fragen, ob die Tendenz, sofort die Führungsrolle zu übernehmen, nicht bei ihnen allgemeingültig war. Aber einige von Bobs Freunden auf dem College waren auch recht dominierend gewesen, fiel ihm dann ein.

»Danke. Ich werde zur Praxis zurückgehen«, sagte Seever, »aber gib auf dich acht, wenn du dort draußen bist, Maeta. Vor Sonnenbrand und einem Herzschlag bist du wahrscheinlich sicher, aber es gibt auch andere Gefahren unter Wasser, und du bist allein.« Maetas Gesicht verlor den etwas schelmischen Ausdruck, und sie blickte Seever gerade in die Augen.

»Ich weiß, Doktor. Ich werde vorsichtig sein — ich verspreche es Ihnen.« Sie wandte sich an die anderen. »Also los.«

Die nächsten zwei Tage verliefen ohne Zwischenfälle, abgesehen von Bobs Gesundheitszustand; Gelenk- und Muskelschmerzen wurden immer stärker, und weder Seever noch der Jäger konnten etwas dagegen tun. Das Neostigmin, das Seever bestellt hatte, schien gegen seine Schwächeanfälle wirksam zu sein, die seit einiger Zeit nicht mehr aufgetreten waren, und die Magenkrämpfe waren auch abgeklungen. Sowohl der menschliche als auch der nicht-menschliche Experimentator hätten das Verdienst dafür gerne sich zugeschrieben, wagten es jedoch nicht; keiner der beiden war sicher, daß die Symptome nicht wiederkehren würden.

Das Wetter erlaubte es den Mädchen, außerhalb des Riffs zu arbeiten, und eine ermutigend große Fläche konnte auf der Karte abgehakt werden.

Der Jäger war schockiert, als er feststellte, daß er den Erfolg mit gemischten Gefühlen betrachtete. Ihm wäre wohler gewesen, wenn er selbst auf dem Meeresgrund hätte sein können. Er verbrachte jetzt sehr viel von der Schlafenszeit seines Gastgebers damit, darüber nachzudenken, was sie tun würden, wenn das ganze Gebiet abgesucht worden war, ohne daß sie eins der beiden Schiffe gefunden hatten. Sollten sie dann das

Gebiet ausweiten oder das bereits abgesuchte Areal noch einmal überprüfen? Wo lag die bessere Chance? Sie hatten ohnehin mehr geraten, als sie das Suchgebiet festgelegt hatten, aber es war ihnen damals alles so logisch erschienen.

Manchmal gab er diese Fragen an Bob weiter, hatte aber nur wenig davon. Der junge Mann befand sich entweder in einer seiner philosophischen Stimmungen und antwortete, daß er sich mit diesen Fragen auseinandersetzen würde, wenn sie akut wurden, oder er wurde wütend und drohte, sie beide mit Alkohol außer Gefecht zu setzen, wenn der Jäger nicht aufhörte, ihn zu bedrängen. Der Alien glaubte nicht, daß diese Drohung ernst gemeint war, hatte jedoch gelernt, sich vor Menschen in acht zu nehmen, die sich zu laut in eine Ecke redeten.

Die wirkliche, entscheidende Schwierigkeit ergab sich fünf Tage, nachdem sie den Jäger vom Meeresgrund emporgeholt hatten. Es war nicht nur ein Sonntag, sondern auch ein bedeutender Feiertag — der vierte Juli —, durch den es zu einigen Abweichungen im normalen Arbeitsablauf kam. Die Raffinerie arbeitete natürlich, doch Bob mußte sich erst gegen Mitte des Vormittags zum Dienst melden. Sein Vater hatte das Haus schon sehr früh verlassen, Daphne und seine Mutter waren etwas später gegangen, zum Strand oder zur Pier, wo der größte Teil der Bevölkerung diesen Tag feierte, und Bob war im Bett geblieben. Er machte sich sein Frühstück selbst und fuhr dann mit dem Rad auf die Straße zu. Seine Gelenke schmerzten heute weniger als sonst, doch empfand er jede Bewegung noch immer als unangenehm.

Das Kinnaird-Haus stand nur etwa zweihundert Yards von der Hauptstraße enfernt. Dieses Ende der Insel war dicht mit den Pflanzen überwuchert, die PFI in seinen Anfangsjahren als schnellwachsendes Material für die Kulturtanks gezüchtet hatte. Der Zufahrtsweg hatte mehrere Biegungen, so daß Bob nicht weit sehen konnte. Es war ihm deshalb glücklicherweise auch nicht möglich, sehr schnell zu fahren.

Er befand sich in der letzten Biegung, zehn oder fünfzehn Yards vor der Einmündung in die Hauptstraße, als das Rad plötzlich stoppte. Bob aber nicht. Er stieß einen erschrockenen Schrei aus, als er über die Lenkstange schoß, doch das war alles, was seine Reflexe leisteten. Der Jäger verengte die Blutgefäße und verstärkte die Gelenke, um die Gefahr von Blutungen und Verstauchungen zu mildern. Keins von beiden erwies sich als besonders erfolgreich.

Die Zufahrt war nicht gepflastert — sie war nicht mehr als ein Sandweg, gerade noch für Jeeps befahrbar. Anderseits aber war der Boden alles andere als weich. Bob versuchte, seinen Sturz mit der linken Hand abzufedern, schlug jedoch trotzdem mit der linken Schulter und der linken Kopfseite auf. Beide Unterarmknochen brachen, seine linke Wange wurde von dem steinigen Boden aufgeschrammt, und sein linkes Ohr wurde fast abgerissen. Der Jäger hatte plötzlich sehr viel zu tun, doch Anästhesie brauchte er nicht anzuwenden; Bob war vollkommen bewußtlos.

Zuerst merkte der Alien nicht, daß sich noch jemand in dieser Gegend aufhielt, und machte sich an die Arbeit, ohne sich um Tarnung zu kümmern. Er blockierte sofort die geöffneten Kapillaren und die größeren Gefäße, die ein durch die Haut getretener Knochen zerrissen hatte; es trat praktisch kein Blut heraus. Er war gerade dabei, das abgerissene Gewebe von Gesicht und Kopf wieder an die richtigen Stellen zu bringen, als er ein Geräusch hörte.

Zuerst konnte er es nicht identifizieren; dann glaubte er zu erkennen, daß ein Körper sich durch das Gebüsch zwängte. Plötzlich erstarb das Geräusch, und statt dessen hörte er leise Schritte auf dem harten Boden der Zufahrt. Der Jäger verspürte im ersten Moment Erleichterung; es war offensichtlich notwenig, Bob möglichst rasch zum Arzt zu bringen, und genauso offensichtlich war der Symbiont dazu nicht in der Lage. Wer immer jetzt auf sie zukam, würde ihnen helfen können oder zumindest Hilfe holen. Bobs Augen waren geschlossen, also konnte sein Partner nichts sehen, obwohl Bob flach auf dem Rücken lag.

Der Alien versuchte, ein Lid aufzudrücken, um zu sehen, wer es war, der jetzt vor ihnen stand und sich über sie beugte, doch es gelang ihm nicht, und plötzlich fuhr ein dünnes Metallstück durch die Brust seines Gastgebers und nagelte ihn auf den Boden. Der Jäger vergaß, daß er Bobs Lid empordrücken wollte, und achtete kaum auf die fliehenden Schritte. Er hatte plötzlich sehr viel zu tun.

Das Metall war dicht unterhalb des Brustbeins in Bobs Brust eingedrungen, leicht nach oben abgewichen, hatte die rechte Herzkammer durchbohrt und war dicht neben dem Rückgrat wieder aus dem Körper ausgetreten. Das Herz schlug weiter, doch der Symbiont mußte es mit Gewebe seiner eigenen Substanz umhüllen, damit kein Blut aus den beiden Stichwunden austrat und den Herzbeutel füllte, was die Arbeit des Herzens erheblich erschwert hätte. Das Metall steckte noch im Körper und half, die Wunden zu schließen, war jedoch sonst ziemlich lästig. Im Augenblick konnte der Jäger nichts weiter tun, als Blutdruck und Blutkreislauf aufrechtzuerhalten, bis Hilfe kam. Und das war im Augenblick nicht sehr wahrscheinlich.

Es dauerte etwa fünfzehn Minuten, bis Bob aus seiner Bewußtlosigkeit erwachte. Der Jäger spürte das, bevor sein Gastgeber sich zu bewegen begann und erklärte ihm langsam und behutsam, was passiert war, um zu verhindern, daß er sich durch eine unbedachte Bewegung Schaden zufügte. Bob hörte ihm zu und begriff schließlich.

»Was können wir tun?« fragte er. »Ich weiß, daß du mich am Leben halten kannst, aber ich möchte auf keinen Fall, daß jemand von meiner Familie mich so findet.«

»Ich bin derselben Meinung, wenn auch sicher aus völlig anderen Gründen«, antwortete der Jäger. »Ein normaler Mensch, der dich so sieht, wird wahrscheinlich sofort versuchen, dieses Metallstück herauszureißen, und das sollte nur unter meiner Anleitung oder der von Dr. Seevers erfolgen. Glaubst du, daß du schon kräftig genug bist? Um einen Schock brauchst du dir keine Sorgen zu machen. Ich kümmere mich um deinen Blutdruck.«

»Ich denke schon«, sagte Bob und tastete vorsichtig nach seiner Brust und dem herausragenden Ende der Waffe. »Ich würde sagen, es ist ein Grillspieß, einer von denen, die wir neulich beim Picknick gebraucht haben.«

»Das war auch mein Eindruck«, sagte der Jäger, »obwohl ich nur den Teil fühlen konnte, der in dir steckt. Glücklicherweise ist es einer von der geraden Sorte, und nicht einer von den gedrehten. Sonst hättest du mehr Blut verloren, dein Herz wäre schwerer verletzt worden und du würdest einige Schwierigkeiten haben, ihn herauszuziehen. Also los — den Griff umklammern, und dann langsam ziehen. Ich kümmere mich um alles hier drinnen. Gut, gut — so ist es richtig — ganz langsam — besonders, wenn du die Spitze aus dem Boden ziehst — und vor allem nicht wackeln — ja, so ist es richtig . . .«

Der Jäger sprach ständig weiter. Irgendwann würde Bob bewußt werden, was er tat, doch dieser Zeitpunkt sollte so lange hinausgeschoben werden, bis er den Grillspieß aus seinem Körper gezogen hatte, oder zumindest aus seinem Herzen. Falls ihm vorher übel werden sollte — eine durchaus normale Reaktion —, würde die Arbeit des Jägers sehr viel komplizierter werden. Er hielt Bobs Augen geschlossen; denn obwohl er die Gefäße an den Rändern der Wunde so fest verschloß, daß nicht ein einziger Blutstropfen mit dem Metall heraustrat, war doch der Anblick eines Grillspießes, der aus der eigenen Brust ragte, etwas, das man vermeiden sollte. Der Jäger konnte die Operation mit professionellem Interesse beobachten; von Bob war so viel Distanziertheit jedoch nicht zu erwarten.

Sie dauerte mehrere Minuten, doch gelang es ihnen, sie durchzuführen, ohne noch mehr Schaden anzurichten. Trotz des Blutdruckes und der ständigen Bewegung hatte der Jäger keinerlei Schwierigkeiten, die Wunden im Herzen Bobs geschlossen zu halten; wahrscheinlich würden sie innerhalb weniger Tage zuheilen, falls keine Komplikationen durch Bobs andere Probleme es verhinderten. Er erklärte es seinem Gastgeber und setzte hinzu: »Bis dahin tue aber nichts, was deinen Blutdruck zu sehr in die Höhe treiben könnte.«

»Schließt das auch Aufstehen und Gehen ein?« fragte Bob. »Ich denke, ich sollte zu Seevers gehen, bevor einer von meinen

Leuten nach Hause kommt. Jetzt, wo du mich wieder die Augen öffnen läßt, habe ich den Eindruck, daß jemand meinen Arm gerade richten sollte. Danke, daß du mir den Schmerz erspart hast, übrigens.«

»Dieses eine Mal war es nicht dein Leichtsinn, der dich in eine solche Lage gebracht hat«, erwiderte der Jäger. »Ich habe nicht genug Kraft, um deine Knochen wieder in die richtige Lage zu bringen. Wir wollen erst sehen, was deinen Sturz verursacht hat, und dann gehen wir ganz langsam zu Seevers Haus.«

Der Jäger hatte inzwischen alle Verletzungen Bobs genau untersucht. Der Aufprall, der ihn bewußtlos geschlagen hatte, schien dem Hirn nicht geschadet zu haben. Sein Schädel war jedenfalls intakt; in das Gewebe des Gehirns wagte der Jäger nicht einzudringen; er beschränkte sich auf die Blutbahnen dieses Organs, und dort konnte er keine Schäden feststellen, es war also kein Blut in die Gehirnflüssigkeit gesickert.

Bob stand auf. Die Bewegung tat ihm nicht mehr weh als vorher. Er ging zu seinem Fahrrad, und mit einem Blick wurde ihm klar, was passiert sein mußte.

Der Reifen des Vorderrades war bis zum Felgenrand zerschnitten; sonst war das Rad in Ordnung.

»Jemand hat in Achsenhöhe einen Draht über die Straße gespannt«, folgerte er. »Nachdem ich gegen den Draht gefahren und gestürzt war, hat er den Draht wieder entfernt und mich aufgespießt — vielleicht auch in umgekehrter Reihenfolge. Das Wie scheint also klar. Aber ich verstehe nicht, warum jemand das tun sollte. Für Andrés Späße ist es ein wenig extrem — nicht der Stolperdraht, aber der Grillspieß — findest du nicht auch?«

Der Jäger mußte zustimmen, obwohl auch er an das Kind gedacht hatte.

Sie konnten keine Spuren entdecken, die darauf hinwiesen, wo das Drahtseil befestigt gewesen sein mochte, doch gab es dafür eine ganze Reihe Möglichkeiten. Der Jäger fragte sich, ob es einem elfjährigen Kind möglich war, alle Spuren so sorgfältig zu verwischen, behielt diesen Gedanken jedoch für sich.

Er konnte zu keinem Ergebnis kommen, außer der Schlußfolgerung, daß irgend jemand sich sehr wenig Gedanken um Bobs Gesundheit machte; dabei war er nicht einmal sicher, ob der Anschlag Bob gegolten hatte, er war vielleicht nur zufällig sein Opfer geworden. Der Jäger war seit über sieben Jahren nicht mehr in seinem Beruf tätig gewesen und begann sich zu fragen, ob sein Wissen einzurosten begann. Er hätte wenigstens *etwas* wissen müssen.

Gegen den Einspruch seines Partners bestand Bob darauf, sein Fahrrad zum Haus zurückzuschieben und in den Schuppen zu stellen, bevor er zu Seever ging.

»Wenn meine Leute nach Hause kommen, bevor ich zurück bin, und das Fahrrad in diesem Zustand auf der Zufahrt liegen sehen, drehen sie durch«, erklärte er. »Dir macht es sicher nichts aus, mein Herz ein paar Minuten länger abzudichten.«

»Es geht nicht um die Zeit, sondern um den Blutdruck«, sagte der Jäger. »Denke daran, daß ich nicht genug Kraft hatte, um den Grillspieß selbst aus deinem Körper zu drücken.«

»Ich werde langsam gehen«, versprach Bob, und damit mußte sein Partner sich zufrieden geben.

Die Hauptschwierigkeit beim Gehen waren nach wie vor Bobs schmerzende Gelenke. Sie begegneten niemandem unterwegs. Es schien, als ob sämtliche Bewohner der Insel — vielleicht sogar der Übeltäter, der den Stolperdraht gespannt hatte — am Strand waren, um den Unabhängigkeitstag zu feiern. In zehn Tagen, am Bastille-Tag, würde es genauso sein, da es fast so viele Menschen französischer wie amerikanischer Abstammung auf Ell gab, und diejenigen, die sich ausschließlich oder vorwiegend als Polynesier fühlten, waren immer bereit, jede sich bietende Möglichkeit zum Feiern auszunutzen.

Unglücklicherweise war auch in Seevers Haus niemand, als sie dort eintrafen. Bob benutzte das Telefon; zunächst rief er in der Raffinerie an, um die Leute dort von seinem Unfall zu informieren, dann rief er an einigen Stellen an, wo der Arzt sich aufhalten mochte. Es war durchaus möglich, daß er und seine Familie draußen auf dem Riff waren, wo die Menschen von Ell gerne Picknicks abhielten, doch im Store und in der

Bibliothek wollte er es trotzdem versuchen. Von den privaten Häusern der Insel hatte kaum eins Telefon.

Doch bevor er sich mit jemand in Verbindung setzen konnte, der ihm sagen konnte, wo Dr. Seever sich aufhalten mochte, wurde die Tür geöffnet und Jenny trat herein. Weder sie noch Bob fragten: »Was machst du denn hier?«, doch stand diese Frage deutlich in ihren Gesichtern. Bob und der Jäger hatten angenommen, daß sie draußen in ihrem Suchgebiet wäre, und sie war natürlich überzeugt gewesen, daß Bob arbeitete.

»Wind ist zu stark und landwärts«, beantwortete sie seine unausgesprochene Frage. »Aber schließlich haben wir bis jetzt mit dem Wetter mehr Glück gehabt, als wir es erwarten konnten.«

Bob erklärte seine Anwesenheit, indem er seinen linken Arm hob. Der Jäger hielt das für keine sehr gute Idee, doch das Mädchen hatte so etwas in der Praxis ihres Vaters schon öfter gesehen und reagierte sehr ruhig. Sie warf einen Blick auf den durch die Haut gedrungenen Knochen und sagte dann sachlich: »Du solltest dich setzen oder besser hinlegen. Dad wird sich um die Sache kümmern; ich nehme an, daß der Jäger alles andere in Ordnung gebracht hat.«

»Ich denke schon. Wo ist dein Vater? Ich wollte gerade nach ihm telefonieren.«

»Am Strand, mit einem Eimer Brandsalbe. Feuerwerkstag. Kannst du dich nicht mehr erinnern?«

»Diesen Aspekt habe ich völlig vergessen. Aber selbst mit der Hilfe des Jägers ist der gebrochene Arm sehr lästig. Kannst du ihn herholen oder soll ich zu ihm gehen?«

»Du bleibst hier. Ich hole ihn her.« Das Mädchen ging hinaus, ohne Zeit für die Frage zu verschwenden, wie er zu der Verletzung gekommen sei. Zehn Minuten später war sie wieder da, mit ihren Eltern und Maeta, die mit den beiden am Strand gewesen war. Erst viel später fanden sie jedoch Zeit, sich die Geschichte von Bob berichten zu lassen.

Der Arzt und der Jäger überlegten, ob man eine Lokalanästhesie verwenden sollte, die den Alien zwingen würde, sich aus Bobs linkem Arm zurückzuziehen, oder es dem Jäger überlassen sollte, die Nerven des linken Unterarms zu blockieren. Die letztere Möglichkeit erschien beiden als die bessere, doch war sich der Jäger nicht sicher, ob er auch die allgemeine Krepitation ausschalten könnte, das Aneinanderreiben der Knochenenden, wenn sie zusammengefügt wurden, die sich durch das ganze Skelett verbreiten würde und unmöglich zu verhindern war. Seever erklärte dem Jäger, daß eine Lokalanästhesie dieses Phänomen auch nicht ausklammern könnte, und daß es besser wäre, wenn der Jäger im linken Arm bliebe, um Blutungen und Infektionen zu bekämpfen. Seever würde sein bestes tun, um das Aneinanderreiben der Knochen zu verhindern.

Der Jäger stimmte dem Vorschlag zu. Bob mußte als Kommunikationsrelais wirken, als sein Gast Seevers bei seinen Manipulationen half. Schließlich aber, als der Arzt den Gipsverband anlegte, konnte Bob den anderen die Geschichte erzählen.

Beide Mädchen dachten sofort an André, zweifelten jedoch auch beide, daß er es wirklich getan haben könnte. Den Stolperdraht würden sie ihm ohne weiteres zugetraut haben, doch der Grillspieß war, wie auch Bob es gesagt hatte, eine andere Sache.

»Du hast den Draht also nicht gesehen, und schon gar nicht den Menschen, der ihn gespannt hat?« fragte Maeta.

»Nein«, antwortete Bob. »Alles, was ich gesehen habe, war der zerschnittene Reifen, und der Grillspieß, nachdem ich ihn aus meiner Brust gezogen hatte. Der Jäger hat Schritte gehört, als ich noch bewußtlos war, aber gesehen hat auch er nichts. Auf jeden Fall war es kein Unfall. Jemand wollte mich töten — oder, wie es der Jäger sieht, irgend jemand töten. Vielleicht war es ihm egal, wen er umbrachte.«

»Vielleicht«, sagte Maeta, »aber es war dein Fahrrad, dessen Lenkstange jemand vor der Bibliothek gelockert hat.« Bob hatte diese Sache gegenüber den anderen niemals erwähnt. Er gab jetzt dieselbe Antwort, die er damals dem Jäger gegeben hatte.

»Sie war nicht gelockert. Sie war in eine etwas andere

Stellung gebracht und wieder festgezogen worden.« Er gab den anderen die notwendigen Details.

»Das war sicher auch kein Zufall«, sagte Mrs. Seever.

»Richtig. Wenn die Lenkstange locker gewesen wäre, vielleicht. Aber von selbst konnte sie sich nicht in einer anderen Stellung festziehen.«

»Also hat schon damals jemand versucht, dich zu verletzen.«

»Nicht unbedingt. Auf jeden Fall wäre es eine schlechte Methode gewesen. Normalerweise hätte ich nach vorn gesehen, als ich anfuhr, und hätte so unmöglich stürzen können. Wahrscheinlich hat jemand versucht, mich zu *ärgern*.«

»War André dort?« fragte Jenny.

»Nein. Ein Rudel Kinder war natürlich sofort da, um über mich zu lachen, aber André war nicht dabei.«

»Aber du warst in der Bibliothek, und dein Fahrrad stand draußen — stundenlang«, sagte Jenny. »Er hätte also jede Menge Zeit gehabt, es zu tun.«

»Genau wie jeder andere auf dieser Insel, mit der Ausnahme von Maeta, die mit mir zusammen Bücher sortiert hat. Über diese Lappalie mache ich mir keine Gedanken; so etwas würde ich jedem Jungen zutrauen. Aber was heute passiert ist, ist eine andere Geschichte. Ein kleiner Scherz und der Versuch, mir das Genick zu brechen und mir dann noch einen Bratspieß in die Brust zu jagen, gehören einfach nicht in dieselbe Kategorie.«

»Da bin ich nicht so sicher«, sagte der Arzt bedächtig. »Beide haben eines gemeinsam.«

»Und das wäre?« Die Stimme des Jägers klang gleichzeitig mit denen der anderen in Bobs Innenrohr.

»In beiden Fällen bestand die Möglichkeit, daß du verletzt oder getötet werden konntest; doch dank des Jägers bist du essentiell unbeschädigt davongekommen.« Bob warf einen Blick auf seinen Arm und hob die Brauen. »Du weißt, was ich damit sagen will. Der Jäger hat seine Arbeit getan. Ganz egal, wer vor einer oder zwei Stunden einen Grillspieß in deine Brust gestoßen hat, er hat faszinierende Informationen zu verbreiten, wenn er dich heute wieder auf den Beinen sieht. Könnten beides nicht *Experimente* gewesen sein? Ich könnte mir eine

Person vorstellen, die sehr interessiert wäre, solche Tests mit dir anzustellen, Bob.«

»Und wer wäre das?« fragte Jenny. Die anderen schwiegen. Bob und der Jäger erkannten im selben Moment, wen Seever meinte, und keiner der beiden war von der nächsten Frage des Arztes überrascht.

»Jäger, bist du völlig sicher, daß der Verbrecher, den du verfolgt hast, tatsächlich im Feuer getötet worden ist?«

10
Scherz Nummer drei

»Ich habe nie daran zweifeln müssen«, vermittelte Bob die Antwort des Jägers. »Ich bin völlig sicher, daß ich unter denselben Umständen gestorben wäre. Wir haben ihn auf dem Boden liegen sehen. Bob hat Schweröl auf ihn und um ihn herum gegossen und es angesteckt. Der Boden war steinhart und feucht, so daß eine Penetration eine langwierige Angelegenheit gewesen wäre.«

»Hast du es selbst versucht?«

»Nicht an dieser Stelle«, mußte der Alien zugeben, »aber ...«

»Trotzdem aber bist du sicher«, unterbrach Seever Bobs Übermittlung der Antwort. »Okay, vielleicht hast du recht. Erfahrung hat ein Gewicht, das niemand bestreiten kann, auch wenn mir wohler wäre, wenn du den Boden damals sofort untersucht hättest. Außerdem sollten wir etwas mehr über den desChenes-Jungen erfahren, der damals zugesehen hat. Am besten wäre es natürlich, wenn du ihn selbst überprüfen würdest, Jäger, aber das ist sicher sehr schwer durchführbar. Ich werde es natürlich selbst versuchen, aber falls du bessere Vorschläge haben solltest ... dies klingt wie unser Gespräch vor mehr als sieben Jahren, nicht wahr?«

Bob gab zu, daß dem so war, und damit kamen sie zum Thema zurück.

»Ich gebe zu, es könnte recht interessant sein, herauszufinden, was dieser junge Clown getrieben hat, und ob Ihr Verdacht irgendeine Basis hat«, sagte er. »Aber wir haben nach wie vor unsere Suche. Wie steht es damit? Du hast gesagt, es ist zu windig, Jenny?«

»Ja.« Das Mädchen nickte nachdrücklich. »Selbst wenn wir

noch zwei Paddler an Bord hätten, wären sie nicht in der Lage, das Boot lange in Position zu halten, wenn Maeta taucht. Und es wird sicher einen oder zwei Tage so bleiben, fürchte ich.«

»Hm.« Bob runzelte die Stirn. »Und wir haben noch nicht einmal die Hälfte des Gebietes abgesucht. Na schön, dann können wir eben vorerst nichts tun — schade. Ich denke, der gebrochene Arm wird mir ein oder zwei Wochen Krankenurlaub einbringen, und in der Zeit hätten wir eine Menge schaffen können. Ich wünschte, die Tauchausrüstungen würden endlich eintreffen.«

»Wir brauchten trotzdem ein Boot, um hinaus zu kommen«, erklärte Maeta, »falls du nicht vorhaben solltest, von der North Beach aus eine Meile oder so zu schwimmen, so lange unter Wasser zu suchen, bis du völlig erledigt bist, und dann wieder zurückzuschwimmen.«

»Du könntest es schaffen.«

»Sicher, aber ich würde es nicht tun, weil ich keinen Hirnschaden habe. Wenn es nicht wirklich um Leben und Tod geht . . . ich meine . . .« Sie wußte nicht, was sie so sagen sollte und lief so rot an, daß es selbst bei ihrer dunklen Haut sichtbar war.

Bob lachte herzlich und ohne Bitterkeit. »In Ordnung, Maeta, ich weiß, daß dies nicht dasselbe ist, als ein Kind vor dem Ertrinken zu retten. Wir alle wissen, daß diese Suche nur auf einer Hoffnung basiert, die nicht einmal so aussichtsreich ist, wie ich es glauben möchte, und es wäre Irrsinn, dafür ein so großes Risiko auf sich zu nehmen. Ich mache mir schon genug Vorwürfe wegen der Risiken, die du bereits auf dich genommen hast. Es kommen manchmal Haie in die Lagune, und sie wahren oft nicht die Anstandsregel, ihre Rückenflosse zu zeigen, bevor sie angreifen. Eine Frage: Könnte ein Motorboot bei diesem Wind und Wellengang Position halten? Wenn ja, könnten wir den Jäger hinabschicken, wie wir es vorher getan haben.«

»Sicher, solange der Motor in Ordnung ist«, sagte das Mädchen langsam. »Ich jedenfalls wäre bereit, bei dieser wichtigen Sache ein so geringes Risiko auf mich zu nehmen. Vielleicht können wir die *Vaevae* der Paukés ausleihen, falls sie das Boot nicht selbst brauchen. Wir müßten allerdings durch den Kanal auslaufen; sie hat zu viel Tiefgang, um die North Beach anlaufen zu können. Bist du sicher, daß man dir frei geben wird? Du hast schließlich noch einen gesunden Arm.«

»Was meinen Sie dazu, Doc?« wandte Bob sich an Seever. »Wie verhält sich PFI in einem solchen Fall?«

»Ziemlich großzügig«, antwortete Seever. »Wenn der Jäger nicht wäre, würdest du mit Sicherheit eine Woche lang im Bett liegen und natürlich von der Arbeit befreit sein.«

»Wenn der Jäger nicht wäre, würde ich jetzt tot auf der Straße liegen. Entschuldigen Sie die Unterbrechung; ich weiß, was Sie sagen wollen.«

»Natürlich kann ich nicht alle deine Verletzungen berichten, zum Teil, weil sie unglaublich sind und der Jäger sie unbeweisbar gemacht hat. Aber der gebrochene Arm dürfte dich für einige Tage von der Arbeit freistellen; ich denke, daß du fast damit rechnen kannst, etwas Zeit für deine Suche zu haben.«

»Falls sich das Wetter nicht noch weiter verschlechtert«, wandte Jenny ein.

Das tat es jedoch nicht, obwohl es auch nicht besser wurde. Die Paukés waren bereit, ihr Boot auszuleihen, unter der Bedingung, daß Maeta das Kommando übernahm, und für einige Tage konnte die Suche fortgesetzt werden.

Bis zum Mittwoch war der Wind soweit abgeflaut, daß es möglich war, wieder Maetas Ausleger-Boot zu benutzen. Jenny hatte noch keine Zeit gefunden, ihr Kajak zu flicken. Am Donnerstag ging Bob wieder zur Arbeit in der Raffinerie. Am Samstag, dem zehnten Juli, entdeckten die beiden Mädchen eine große Metallmasse.

Sie waren an diesem Tag weiter hinausgefahren, und das Wasser war so tief, daß Maeta Schwierigkeiten hatte, auf Grund zu kommen, selbst wenn sie einen Gürtel mit Bleigewichten trug, was den Fortgang der Suche natürlich erheblich beeinträchtigte. Das drückte natürlich stark auf die Stimmung, und selbst die ruhige Entschlossenheit des Teroa-Mädchens begann zu bröckeln. Jenny war oft versucht gewesen, nicht hinauszufahren, und nur die Möglichkeit, daß Maeta das Raumschiff während ihrer Abwesenheit finden mochte, hatte sie dazu gebracht weiterzumachen.

Sie hatten jetzt ein zweites Paddel, da Mrs. Seever häufig mit ihnen hinausfuhr, doch für die Taucherin wurde die Arbeit von Tag zu Tag schwerer. Sie mußten ständig auf den Detektor achten; der Meeresboden war hier so unregelmäßig, daß sich das Gerät entweder im Dschungel der Korallen und Meerespflanzen verfangen oder so weit vom Meeresgrund entfernen konnte, daß es nicht mehr aufzeichnete.

Als sie an diesem Samstag ein starkes Signal des Geräts auffingen und durch gründliche Tests festgestellt hatten, daß wirklich eine größere Metallmasse an dieser Stelle liegen mußte, beschlossen sie, Bojenmarkierungen auszubringen, und dann, obwohl es erst früh am Nachmittag war, zur North Beach zurückzukehren und Bob und den Jäger von ihrem Fund zu benachrichtigen. Jenny sagte, dadurch würde sie auch endlich Zeit finden, ihr Kajak zu reparieren.

Als sie mit ihren Rädern zurückfuhren, stellte Jenny fest, daß ihre Bremse nicht funktionierte. Es war nur eine geringfügige Unbequemlichkeit, da die Straße hier völlig eben war, doch ließ es sie alle ein wenig nachdenklich werden.

Die Gruppe trennte sich bei Seevers Haus. Mrs. Seever blieb dort zurück, Jenny ging zum Strand, wo ihr Kajak lag, und Maeta fuhr über den Damm zur Raffinerie, um Bob und dem Jäger von ihrem Fund zu berichten. Sie fand sie ohne jede Schwierigkeit, da Erwachsene sich überall auf der Insel frei bewegen konnten. Ihr Erscheinen ließ die beiden vermuten, warum sie hergekommen war; doch es waren zu viele andere Menschen da, um offen sprechen zu können. Es dauerte fast zwei Stunden, bevor Bob die Raffinerie verlassen und mit Maeta zurückgehen und ihren Bericht hören konnte. Sie begann zu sprechen, sobald sie außer Hörweite der anderen waren.

»Wir haben eine Stelle entdeckt, wo der Detektor stark anspricht, wenn er einen Fuß über dem Meeresgrund ist«, begann sie. »Die Fläche ist ungefähr fünfunddreißig Fuß lang und zehn Fuß breit, und wenn der Detektor über dem Zentrum steht, spricht er sogar in zwei oder drei Fuß Höhe noch an.«

»Das klingt gut«, antwortete der Jäger über Bob. »Das Schiff, das ich gejagt habe, war etwa fünfundzwanzig Fuß lang — in euren Maßen — und hatte einen Durchmesser von vier Fuß.«

»Es könnte aber auch eines von diesen japanischen Zwerg-Unterseebooten aus dem Weltkrieg sein«, sagte Bob. »Ich habe allerdings niemals gehört, daß sie auch in diesem Gebiet eingesetzt worden wären. Der alte Toke hat immer erklärt, daß seine geheimen Kriegsmaßnahmen während der dreißiger Jahre, falsche ›Korrekturen‹ in Seekarten und so weiter, die Japaner davon abgehalten haben, ein Kommando herzuschikken, um diese Ölquellen sicherzustellen. Ich weiß, daß diese Insel auf den amtlichen Seekarten nicht eingetragen ist, doch es hätte mich sehr überrascht, wenn die Marine irgendeiner bedeutenden Nation nichts von ihrer Existenz gewußt haben sollte. Ich bin der Meinung, daß wir zu Beginn des Krieges einfach zu bedeutungslos waren, um eine größere Operation zu rechtfertigen. Auf jeden Fall, selbst wenn wir das Unterseeboot als Möglichkeit betrachten, so kann das leicht überprüft werden. Vielen Dank, Maeta.«

»Aber nicht mehr heute«, antwortete das Mädchen und deutete mit einer Kopfbewegung auf die tiefstehende Sonne. »Bis wir hinauskommen, ist es dunkel geworden.«

»Das macht nichts. Ich habe morgen ohnehin frei«, sagte Bob lächelnd. »Wir werden den Jäger hinablassen, damit er das Ding abtasten und sich überzeugen kann, ob es eins der beiden Schiffe ist oder nicht, und dann . . . dann kann er uns sagen, was für eine Art Zeichen oder Nachricht wir anfertigen und dort hinterlassen sollen, damit seine Leute sie finden, wenn sie zurückkommen. Vielleicht kann er sogar feststellen, wann ungefähr sie wieder auf der Insel sein werden.«

»Du bist ziemlich sicher, daß sie zurückkommen, nicht wahr, Bob?« fragte das Mädchen leise.

»Natürlich. Nachdem wir erfahren haben, wo du die Generatorabdeckung gefunden hast, sind wir überzeugt, daß sie hier gewesen sind.«

»Hätte das nicht auch der andere — der Mann, den der Jäger verfolgt hat — tun können?«

»Du meinst, daß der Doc recht hat und er doch nicht getötet worden ist? Ja, er hätte es natürlich auch tun können, aber warum sollte er?«

»Warum sollte es irgend jemand tun? Seever hat das auch gefragt, und du hast ihm keine sehr erschöpfende Antwort gegeben. Ich muß ihm zustimmen, daß dies ein entscheidender Schwachpunkt dieser Geschichte ist.«

»Weißt du, ich verlasse mich da auf den Jäger. Er kennt seine Leute schließlich besser als wir. Wie käme ich dazu, seine Meinung anzuzweifeln? Ich denke, wir haben einen Grund zum feiern.«

»Du meinst, daß wir einen Grund zum Feiern haben *werden*, wenn das, was wir entdeckt haben, sich tatsächlich als eins der Schiffe herausstellt.«

»Ja, natürlich. Aber ich habe schon jetzt das sichere Gefühl, daß es eins der Schiffe ist — es muß so sein —, und das ist ein verdammt gutes Gefühl.«

»Ich verstehe, daß du daran glaubst. Ich hoffe nur, dich niemals sagen zu hören, Wunschdenken sei eine typisch weibliche Eigenschaft. Ich wünschte, ich könnte so sicher sein, wie du es anscheinend bist.«

»Der Jäger nennt es eine allgemein menschliche Eigenschaft. Warum willst du nicht menschlich sein, Maeta?«

Trotz der ein wenig herabsetzenden Bemerkung, die ihm eben zugeschrieben worden war, teilte der Jäger im Moment die Gefühle seines Gastgebers. Auch er fühlte mit einer logisch nicht zu begründenden Sicherheit, daß das Objekt, das die beiden Mädchen entdeckt hatten, sich als eins der beiden Schiffe herausstellen würde. Er wußte, daß es bei der metallverschwendenden Zivilisation der Erde auch sehr gut etwas anderes sein konnte, war sich jedoch trotzdem sicher, daß er innerhalb von dreizehn oder vierzehn Stunden das Innere eines mehr oder weniger beschädigten Überlichtgeschwindigkeits-Schiffes abtasten würde.

Als sie das uferseitige Ende des Dammes erreichten, blickte Bob den Strand entlang. Jennys Kajak lag umgedreht auf dem Sand, wie seit mehreren Tagen, doch Jenny war nirgends zu entdecken. Viele andere Boote waren auf der Lagune, die meisten von ihnen mit Kurs auf die Insel, um vor Dunkelwerden das Ufer oder den Hafen zu erreichen.

»Vielleicht ist sie schon fertig«, beantwortete Maeta Bobs unausgesprochene Frage. »Sie hatte immerhin zwei Stunden Zeit, um einen simplen Flicken aufzukleben.«

»Wahrscheinlich«, gab Bob zu. Maeta hatte von Jennys versagender Fahrradbremse nichts erwähnt und kam auch nicht auf den Gedanken, daß dem Mädchen noch etwas zugestoßen sein könnte. Bis jetzt war Bob das Ziel gewesen. Maeta hatte deshalb die Fahrradbremse völlig vergessen. Schweigend legten sie die letzten paar hundert Yards zum Haus der Seevers zurück.

Was geschehen war, erfuhren sie vor der Haustür, wo Jennys Mutter sie erwartete.

»Ich dachte schon, ihr würdet überhaupt nicht mehr kommen«, rief sie. »Du bist sicher gerade mit der Arbeit fertig geworden, Bob. Hört zu, ihr werdet jetzt zu Jennys Boot gehen und euch dort sehr genau nach irgendeinem scharfen Gegenstand umsehen. Wir müssen feststellen, was es war.«

Bob und Maeta wollten die auf der Hand liegenden Fragen stellen, doch die Frau hob ihre Hand, um sie zu stoppen. »Entschuldigt. Ich weiß, daß ich unhöflich war, aber ich bin völlig durcheinander. Als Jenny vor etwa einer Stunde zu ihrem Boot ging — sie ist vorher eine Weile im Haus gewesen —, ist sie in etwas getreten, das unter dem Sand verborgen war und ihr den Fuß dicht hinter dem Ballen der großen Zehe bis auf den Knochen aufgeschnitten hat. Ihr Vater ist immer noch dabei, die Sehnen zusammenzunähen. Zwei junge Leute haben sie nach Hause gebracht, und sie hat viel Blut verloren, so daß sie uns nicht viel erzählen konnte. Ben und ich wollen wissen, in was sie getreten ist. Und ihr sicher auch. Wir sind hier schließlich nicht in den Staaten, wo alle Strände mit zerbrochenen Flaschen gepflastert sind; dies ist eine zivilisierte Gemeinde.«

»Kommt sie wieder in Ordnung?« fragte Bob. Und Maeta setzte hinzu: »Hat sie viel Blut verloren?«

»Ja, als Antwort auf deine Frage, Bob, und was die deine betrifft, Maeta, so glaube ich nicht, daß es eine allzu große Menge war. Und jetzt geht zum Strand und stellt fest, in was sie getreten ist, bitte.«

Ohne ein weiteres Wort wandten sich die beiden um und liefen zum Strand, wobei sie die Straße vermieden und die Abkürzung über Trampelpfade zwischen Häusern und Gärten nahmen. Immer wieder stießen sie auf Flecken von getrocknetem Blut; offensichtlich war Jenny auf diesem Weg nach Hause gebracht worden.

Es waren noch einige Dutzend Menschen am Strand, obwohl die Sonne fast untergegangen war. Die meisten Boote waren jetzt an Land gezogen worden oder lagen vor Anker. Niemand schien jedoch etwas von Jennys Unfall bemerkt zu haben; jedenfalls hatte sich keine Menschenmenge um ihr Boot versammelt, und nirgends sahen sie diskutierende Gruppen herumstehen, wie es für solche Gelegenheiten typisch ist. Es war ein völlig normaler Samstagabend auf Ell, kurz vor der Dinnerzeit.

Bob und Maeta trugen solides Schuhwerk, also zögerten sie nicht, auf Jennys Kajak zuzugehen. In einer Entfernung von einem Yard oder so war der Sand blutdurchtränkt, und das schien die Stelle zu sein, an der sie logischerweise mit der Suche beginnen sollten. Bob sagte: »An die Arbeit, Jäger, und spar dir große Reden«, als er sich neben den braunen Blutfleck kniete und im losen Sand zu graben begann. Der Jäger mußte zugeben, daß sein Gastgeber dabei unter Berücksichtigung der Umstände einigermaßen vorsichtig zu Werke ging, doch er behielt es für sich und machte sich an seine Arbeit, das heißt, er bereitete sich auf die notwendigen Hilfsmaßnahmen vor, falls Bob den Gegenstand, den er suchte, auf schmerzhafte Weise finden sollte.

Etwa eine Minute später, als Bob die unmittelbare Umgebung des Blutflecks in einer Tiefe von sechs oder acht Zoll durchwühlt hatte, begann auch Maeta zu graben. Nachdem sie Bobs Einspruch zurückgewiesen hatte, der so ähnlich klang wie der, den der Jäger gegenüber seinem Gastgeber anwandte, wenn er das Gefühl hatte, daß Bob unvorsichtig oder leichtsinnig handelte, durchwühlte sie den Sand entlang der Bootsseite, die geflickt werden sollte. Dann begann sie auf Bob zuzuarbeiten. Sie hatte ihn noch längst nicht erreicht, als die Sonne unterging.

»Wir müssen morgen früh weitermachen«, sagte Bob und richtete sich stöhnend auf. »Ich frage mich nur, wann wir Zeit haben werden, das Schiff zu untersuchen, oder was es sonst sein mag, das ihr gefunden habt.«

»Bleibe hier«, sagte Maeta. »Ich gehe nach Hause und hole eine Lampe. Unser Haus liegt näher als das des Doktors.«

»Glaubst du, daß es die Mühe wert ist? Bis morgen früh wird sich bestimmt niemand verletzen.«

»Ja, das glaube ich«, sagte das Mädchen mit fester Stimme, und der Jäger, ziemlich überrascht über Bobs Begriffsstutzigkeit, fügte hinzu: »Natürlich ist es die Mühe wert, Bob. Erinnere dich an den Stolperdraht, in den du hineingefahren bist. Wir müssen entweder feststellen, in was Jenny hineingetreten ist, oder sicher sein, daß es wirklich verschwunden ist.« Maeta war gegangen, bevor der Jäger den Satz zu Ende gesprochen hatte, doch Bob antwortete trotzdem laut.

»Oh — natürlich. Daran habe ich nicht gedacht. Ich bin von der Annahme ausgegangen, daß ich das einzige Opfer sei, falls es überhaupt so etwas wie ein Opfer geben sollte. Wenn dies wirklich nicht nur ein Unfall gewesen sein sollte — und darauf scheint Jennys Mutter hingedeutet zu haben —, wo könnte es dann vergraben worden sein?«

»Unmittelbar neben dem Boot, wo jeder, der den Flicken aufkleben wollte, unfehlbar hineintreten mußte«, sagte der Jäger ein wenig ungeduldig.

»Oh, deshalb also hat Maeta auf der anderen Seite zu graben begonnen.«

»Das ist wohl anzunehmen.« Der Jäger hielt sich zurück, doch es kostete ihn erhebliche Mühe, obwohl er einsah, daß sein Gastgeber sich nicht in einem normalen Zustand befand, und außerdem hatte er offen zugegeben, daß er manchmal ein wenig begriffsstutzig war.

Sie setzten die Suche fort, bis Maeta zurückkam, doch obwohl die Venus das Licht des abnehmenden Mondes verstärkte, kamen sie nur sehr langsam voran. Glücklicherweise war das Mädchen wenige Minuten später wieder zurück und brachte eine starke Taschenlampe mit; und zu Bobs Erleichterung war sie bereit, zu leuchten und ihm die Arbeit des Grabens zu überlassen. Er arbeitete umsichtig und und gründlich, wobei die Sehkraft des Mädchens und des Jägers seine eigene verstärkte, und eine Stunde später waren alle drei bereit zu schwören, daß sich innerhalb eines Fünfzehn-Fuß-Radius um die schadhafte Stelle im Bootsleinen nichts befand, das die Haut eines Menschen durchbohren konnte, mit Ausnahme von ein paar kleinen Meeresmuscheln, und an denen konnte keiner von ihnen auch nur die geringste Blutspur entdecken, nicht einmal der Jäger.

Dieses Resultat war äußerst interessant, da menschliche Haut erwiesenermaßen durchbohrt worden war.

»Wenn er klug gewesen wäre, hätte er das Ding hier liegenlassen«, sagte Bob. »Dann hätte es tatsächlich nur ein Unfall sein können.«

»Es war genauso dumm, wie deine Lenkstange wieder festzuschrauben«, bemerkte Maeta. »Es muß jemand sein, der nicht allzu clever ist, und das läßt mich sofort an André denken, oder vielleicht hat er einen Grund, auf den wir bisher noch nicht gekommen sind, um uns klarzumachen, daß es *keine* Unfälle sind.«

An diese Möglichkeit hatte Bob noch nicht gedacht und konnte Maeta deshalb auch keine Antwort geben. Sie waren sehr nachdenklich, als sie zu Seevers Haus zurückgingen, um über ihre vergebliche Suche zu berichten.

Der Arzt hatte seine Arbeit beendet, und Jenny lag auf der Couch, den verletzten Fuß dick bandagiert und geschient, damit sie Zehen und Knöchel nicht bewegen konnte. Während der folgenden Diskussion, an der sich der Jäger kaum beteiligte, erfuhren Bob und er zum erstenmal von der defekten Bremse an Jennys Fahrrad. Jeder von ihnen war der Überzeugung, daß es ein wenig zuviel verlangt sei, jetzt noch an Zufälle zu glauben. Bob sträubte sich am heftigsten gegen die Erkenntnis, daß hier planmäßig versucht wurde, das Projekt zur Rettung seines Lebens zu sabotieren, doch selbst er meinte seine Frage nicht ganz ernst, als er sich bei Seever erkundigte, ob auch bei anderen Inselbewohnern eine höhere Unfallrate festzustellen gewesen sei. Die Antwort war ein qualifiziertes Nein; wie Seever es ausdrückte, habe er nichts davon bemerkt.

»Natürlich ist bei einer so kleinen Bevölkerungszahl ...« begann Bob, als Jenny sich zum erstenmal in das Gespräch einmischte.

»Rede doch keinen Blödsinn, Bob«, sagte sie scharf. »Du weist genausogut wie ich, daß dies keine Unfälle waren. Es sind genau die Art von Streichen, die André seit Jahren praktiziert, an seiner Familie, an mir, und an anderen Menschen. Der einzige Unterschied ist, daß sie ernsthafter sind als seine früheren, und daß du auf seiner Liste hinzugekommen bist. Ich gebe zu, daß ich nicht sicher bin, ob er es war, aber ich bin davon fast überzeugt; und morgen werde ich es wissen.«

»Du wirst morgen nirgendwohin gehen«, sagte ihr Vater entschieden.

»Okay, dann wird eben er herkommen. Sage seinem Vater, daß André mit einer Impfung dran ist, oder so etwas. Ich habe mir von dem Bengel eine Menge gefallen lassen, ob er nun hinter dieser Sache steckt oder nicht, und eben das will ich morgen feststellen.«

»Du hast also Shorty von deiner Liste gestrichen?« fragte Bob.

»Nicht ganz. Aber er würde niemals etwas tun, was dich ernsthaft in Gefahr bringen könnte, glaube ich. Sorge dafür, daß André morgen hier ist, Dad, und laß ihn dann mit mir allein. Ich habe schon einmal ernsthaft mit ihm gesprochen und war der Ansicht, daß diese Angelegenheit nun geregelt sei. Ich nehme an, daß Bob und Maeta morgen hinter das Riff fahren, und du läßt mich sicher nicht mit ihnen fahren; ich will wenigstens *etwas* erledigen.«

»Selbst, wenn es nichts mit unserem Job zu tun hat?« fragte Bob.

»Selbst dann, falls es wirklich nichts damit zu tun haben sollte. Aber das glaube ich nicht. Warum sonst sollte er sich ausgerechnet für dich interessieren?«

»Ich begreife noch immer nicht, aus welchem Grund du so sicher bist, daß er es war«, sagte Maeta.

»Ein Kunststudent würde es sicher als Stilidentifizierung bezeichnen«, antwortete Jenny. »Aber lassen wir das. Kümmert euch um das Schiff und sagt mir Bescheid, sobald ihr wißt, was da unten liegt.«

»Wie sicher bist du, daß es eins der Schiffe ist?« fragte Bob.

»Nicht so sicher, wie ich es gerne wäre. Wir werden morgen einander berichten, wie der Tag verlaufen ist. Dad, ich bin müde, und der Fuß tut weh. Kannst du etwas dagegen tun?«

Bob und Maeta verstanden den Wink. Draußen vor der Tür blieben sie noch einen Augenblick stehen, da ihre Häuser in entgegengesetzten Richtungen lagen.

»Glaubst du, daß Jenny recht haben könnte wegen des desChenes-Jungen?« fragte Bob. »Wie gut kennst du ihn?«

»Ziemlich gut. Du bist sicher fast der einzige Mensch auf der Insel, der nicht jeden anderen kennt. Er ist wirklich ein Ekel; da haben Jenny und Shorty völlig recht. Es scheint ihm ausgesprochen Spaß zu machen, anderen lästig zu fallen, und sogar anderen weh zu tun. Ich selbst habe mit ihm kaum Ärger gehabt, es sei denn, er ist es gewesen, der einige Male meine Paddel versteckt hat. Vor etwa drei Jahren hat er einige Bücher in der Bibliothek willkürlich beschädigt, und ich habe ihm dafür seine Benutzerkarte für ein paar Monate weggenommen. Kurz darauf waren meine Paddel zum erstenmal verschwunden, aber ich habe sie sofort wiedergefunden, und auch beim zweitenmal, und mich nie darum gekümmert, wer es getan haben könnte.«

»Ich hätte mich schon darum gekümmert.«

»Damit er noch mehr Spaß gehabt hätte?« erwiderte Maeta. Der Jäger war völlig ihrer Meinung, behielt es jedoch für sich.

»Wo wohnt er?« fragte Bob. »Ich weiß, wie er aussieht — ein wenig dick für seine Größe.«

»Östlich der Pierstraße, in der Nähe des Strandes. Ja, du hast recht, er ist ein bißchen dick. Er ist nicht sehr aktiv; ich sehe ihn oft in der Bibliothek sitzen. Er scheint nicht viel mit Kindern seiner eigenen Altersgruppe zusammen zu sein.«

»Mag er sie nicht oder mögen sie ihn nicht?«

»Darüber habe ich mir noch keine Gedanken gemacht. Aber ich glaube, daß er es so will. Wie gesagt, er verbringt sehr viel Zeit mit lesen — zumindest leiht er immer mehrere Bücher gleichzeitig aus, und ich habe ihn auch häufig in der Bibliothek über einem Buch hocken gesehen. Jenny mag recht haben, aber sicher bin ich dessen nicht. Ihr Vater lastet alles, was dir und ihr geschehen ist, jemand anders an, wie du dich erinnerst; er glaubt, daß du diese Kreatur, die der Jäger verfolgte, nicht wirklich getötet hast, und ich bin fast der Ansicht, daß er recht hat. Würde es deiner männlichen Würde schaden, wenn ich dir anbiete, dich nach Hause zu begleiten?«

Bob fühlte sich unbehaglich, und er hätte ihr Angebot vielleicht etwas scharf zurückgewiesen, wenn der Jäger ihn nicht genauso scharf zurechtgewiesen hätte.

»Bob, selbst wenn du nicht glaubst, daß sie dich vor irgend etwas beschützen könnte, wäre sie zumindest ein Zeuge. Allein ihre Anwesenheit könnte verhindern, daß etwas geschieht, oder uns zumindest eine bessere Chance geben herauszufinden, wie es geschah. Versuche doch einmal, das zu vergessen, was sie deine männliche Würde genannt hat, und benutze dein menschliches Gehirn.«

»Okay, Maeta«, sagte Bob. »Der Jäger steht auf deiner Seite. Ich wollte gerade vorschlagen, daß ich *dich* nach Hause begleite, da die Unfälle sich anscheinend auf einen größeren Personenkreis auszudehnen beginnen, aber bis jetzt gibt es ja noch keinerlei Anzeichen dafür, daß man auch an dir interessiert ist. Also gut, gehen wir.«

Unterwegs geschah nichts. Sie sprachen nur wenig miteinander; alle drei lauschten sie sorgfältig auf irgendwelche Geräusche, die darauf hingedeutet hätten, daß auch noch andere auf der Straße waren. Der Mond gab nur wenig Licht, obwohl er jetzt hoch im Nordosten am Himmel stand; dies war der Dschungelteil der Insel, und die Bäume warfen tiefe Schatten auf die Straße und auch auf das Unterholz zu beiden Seiten. Und als sie die Schule passiert hatten, gab es auch keine Straßenlampen mehr.

Bob zeigte Maeta die Stelle, wo er mit dem Fahrrad in den Stolperdraht gefahren war, obwohl es bei dem fahlen Licht nichts zu sehen gab. Er und der Jäger hatten diese Stelle am Tag nach dem Unfall bei hellem Tageslicht gründlich nach Spuren abgesucht, doch selbst der erfahrene Detektiv hatte nichts Informatives, ja nicht einmal einen noch so geringen Hinweis entdecken können. Sein Stolz litt noch jetzt darunter.

Maeta verabschiedete sich vor der Tür des Kinnaird-Hauses und wies Bobs Einladung, auf einen Sprung hereinzukommen, höflich zurück. Bevor sie ging, schlug sie vor, daß Bobs Vater mit ihnen hinausfahren sollte, wenn er frei sei. Wie immer mußte Bob dies und alles andere, was er seinen Eltern mitzuteilen hatte, so lange aufschieben, bis seine Schwester sich für die Nacht in ihr Zimmer zurückgezogen hatte. Als er seinen Bericht beendet hatte, kam es zu einer Diskussion, die mit einer energischen Feststellung der Dame des Hauses beendet wurde.

»Arthur hat bis jetzt den ganzen Spaß gehabt«, erklärte sie. »Ich liebe unsere Tochter, aber ich denke, daß ich jetzt einmal dran bin, mit euch aufs Wasser zu fahren, und es morgen Vater überlasse, Daphne zu unterhalten. Einverstanden, Darling?«

Der Jäger hatte den Verdacht, daß der ältere Kinnaird damit nicht ganz einverstanden sei. So weit er wußte, hatte Arthur Kinnaird bei dem Projekt bisher keinerlei ›Spaß‹ gehabt. Doch waren weder er noch Bob überrascht, als der Mann keine Einwände gegen den Vorschlag seiner Frau hatte.

Er ging gleich nach dem Frühstück mit dem Kind aus dem Haus, und die anderen fuhren die in nordwestlicher Richtung führende Straße entlang, sowie Vater und Tochter außer Sicht waren. Bobs Rad war noch nicht repariert worden, und er benutzte das seines Vaters. Wenige Minuten später erreichten sie die North Beach, wo Maeta bereits auf sie wartete. Nach einer kurzen aber gründlichen Untersuchung des Auslegerbootes und ihrer Ausrüstung brachen sie auf.

Die beiden Frauen paddelten, während Bob die Drähte löste, mit denen das Rohr an dem Zementgehäuse des Detektors befestigt war. Der Pfropfen und die Leitung mit dem Schalter waren wieder eingesetzt worden, doch überprüfte er beides noch einmal. Dann knotete er das neue Seil, das das Gewicht des Geräts tragen sollte, sehr sorgfältig um das Rohr und steckte seine linke Hand in das offene Ende.

Der Jäger trat durch die Haut von Bobs Hand aus, ein Prozeß, der wie immer mehrere Minuten dauerte, und gab ein Zeichen mit dem elektrischen Summer, als er beendet war. Bob sagte es den anderen. Der Alien konnte ihre Stimmen hören, hatte sich jedoch noch nicht die Mühe gemacht, ein Auge zu formen.

»Wir sind fertig«, sagte Bob. »Sind wir schon in der Nähe deiner Markierungsbojen, Maeta?«

»Ziemlich. Wir müssen Tank Nummer vier deckungsgleich hinter Tank Nummer sieben bringen, und die Nordkante von Nummer elf auf die Mitte von Nummer neun peilen. In ein paar Minuten ist es soweit.«

Sie hatte diese Koordinaten am Vortag festgelegt, und der Jäger hatte sie in seinem Gedächtnis gespeichert. Er wußte deshalb, ohne hinzusehen, daß sie etwa eine Meile nördlich und etwas westlich von North Beach waren, nicht ganz genau westlich von Apu, und etwa eine halbe Meile von den nächsten Brechern entfernt.

Schließlich rief Maeta: »Hier ist es! Du bist dran, Bob.« Der Jäger fühlte, daß seine Röhre angehoben wurde. »Jetzt sind wir genau darüber«, sagte Maeta dann, und eine Sekunde später schloß sich warmes Wasser um ihn und seine schützende Röhre.

Er formte ein Auge; doch gab es nur wenig zu sehen, bis er den Meeresgrund erreichte. Das Rohr hing fast horizontal und drehte sich langsam; hin und wieder konnte er die Taue der

Markierungsbojen sehen, manchmal wies das offene Ende des Rohrs in die entgegengesetzte Richtung. Das Boot konnte er nicht sehen, da er das Auge ein Stück innerhalb des Rohrs geformt hatte, um den Einfall von Streulicht herabzusetzen, und das offene Ende des Rohrs war ein wenig nach unten geneigt.

Bob spürte, daß der Zug der Leine aufhörte, als der Jäger den Meeresgrund erreicht hatte, und gab keine Lose mehr nach. Doch der Alien fand sich fast völlig in dem weichen Schlamm und gab das Signal, ihn ein Stück nach oben zu ziehen. Die Drehbewegung hatte natürlich aufgehört, setzte jedoch wieder ein, als das Seil sich spannte und seine Torsion sich zu entlasten suchte, und er konnte dadurch einen Rundumblick auf seine neue Umgebung werfen.

Das Licht war mehr als ausreichend, und er konnte einen langgestreckten, schmalen Hügel im Sand und Schlick des Meeresbodens ausmachen, dessen Ausmaße in etwa Maetas Beschreibung entsprachen. Es gab so weit vom Riff weniger Korallen, doch war neben und auf dem Hügel einiger Bewuchs zu finden; was immer unter dem Schlick liegen mochte, mußte zumindest seit einigen Jahren dort vergraben sein.

Er befand sich zehn oder zwölf Fuß seitlich des nächsten Teils dieser Erhebung. Er streckte sekundenlang sein Auge aus der Röhre, um zu sehen, in welcher Richtung das Boot lag, gab Richtungskorrekturen nach oben durch und befand sich eine knappe Minute später über der Mitte der Erhöhung. Dann gab er das ›Abwärts‹-Zeichen, und kurz darauf befand er sich wieder auf dem Meeresgrund, diesesmal allerdings nicht so tief im Schlamm.

Er fühlte sich mindestens genauso angespannt wie die anderen, als er ein Pseudopod in den schleimigen Schlamm vorschob. Selbst auf diesem Hügel lag er mindestens sechs Zoll dick, doch unter diesen sechs Zoll ertastete er Metall. Er war versucht, das Rohr ganz zu verlassen, tat es jedoch zu seinem Glück nicht. Er tastete weiter, mit haarfeinen Fasern seiner Substanz, und fügte dem Bild, das in ihm entstand, eine Einzelheit nach der anderen hinzu. Ja, die Mädchen hatten recht. Es war das Schiff, das er verfolgt hatte, und zumindest sein oberer Teil schien einigermaßen intakt zu sein. Er konnte Symbole fühlen und lesen, die Serviceanschlüsse markierten, und fand schließlich eins der kleinen Ventile, die von seiner Spezies zum Betreten und Verlassen des Schiffes benutzt wurden. Die größeren Klappen, die für Fracht und für die dressierten Tiere verwendet wurden, die sie manchmal gebrauchten, um die manuellen Geräte zu bedienen, befanden sich im unteren Teil des Rumpfes, der tief im Schlamm vergraben war.

Das Zugangsventil war geschlossen. Er tastete nach dem Knopf für die automatische Öffnung und drückte ihn nieder, war jedoch nicht besonders erstaunt, als nichts geschah. Es war weitaus schwieriger, die manuelle Bedienung zu betätigen, doch wenige Minuten später hatte er das Ventil so weit aufgebracht, um einen Teil seiner Substanz hineinfließen zu lassen. Wieder dachte er daran, das Rohr völlig zu verlassen und seine ganze Substanz in das Schiff zu bringen, doch wieder beschloß er, noch zu warten. Es war keine wirkliche Vorahnung, jedenfalls keine bewußte Vorahnung, doch war es ein glücklicher Beschluß.

Er gab das Zeichen für ›ja‹ nach oben und machte sich Vorwürfe, daß er sie so lange im Unklaren gelassen hatte. Dann glitt er durch das teilweise geöffnete Ventil tiefer in den Körper des Raumschiffes.

Ihm blieb soviel Zeit, um zu erkennen, was mit ihm geschah, doch nicht genug, um irgend etwas dagegen zu unternehmen.

11
Erste Hilfe

Die drei im Auslegerboot erhielten das Signal des Jägers und interpretierten es auch richtig, und während der nächsten Minuten waren sie zu aufgeregt und zu sehr in Siegerstimmung, um darauf zu achten, was auf dem Grund des Meeres geschah. Keiner von ihnen war später sicher, wieviel Zeit vergangen war, bevor sich jemand fragte, warum der Jäger keine Signale mehr zu ihnen hinaufschickte; und bei Bob dauerte es noch etwas länger, bevor aus reiner Neugier Sorge wurde.

Schließlich ruckte er ein paarmal an dem Seil — die Signalverbindung vom Boot zum Meeresgrund war noch immer nicht mehr als ein Plan. Natürlich erfolgte keine Antwort. Bob schloß daraus, daß sein Symbiont das Rohr verlassen hatte und das Schiff genauer durchsuchte. Sie hatten für diesen Fall keinerlei Absprachen über Signale oder irgendwelche anderen Details in einer solchen Situation getroffen, und Bob verbrachte einige Zeit damit, sich wegen dieses Versäumnisses Vorwürfe zu machen. Der Jäger stellte später fest, daß sie beide sehr dumm und leichtsinnig gehandelt hätten, bestand jedoch darauf, den größeren Teil der Schuld auf sich zu nehmen, da er schließlich besser hätte voraussehen können, was dann tatsächlich eintraf. Seever hatte einmal von »normaler Polizeiroutine« gesprochen.

Etwa eine halbe Stunde verging, während der sie warteten und gelegentlich am Seil zogen, bevor die drei Menschen ernsthaft beunruhigt wurden. Maeta ging schließlich über Bord und tauchte hinab, um nachzusehen, was geschehen war, doch selbst mit der Tauchbrille konnte sie nicht alle Details des Rohrs erkennen. Sie war jedoch sicher, daß sich der Jäger noch darin befand, dessen hatte sie sich vergewissert, indem sie ihre Hand in das Rohr gesteckt hatte.

Aus zweierlei Gründen bemerkte sie die Fasern nicht, die der Jäger von der Masse seiner Substanz in das Schiff hatte fließen lassen; sie waren zerrissen, als sie das Rohr aus dem Schlamm gehoben hatte, und sie waren ohnehin zu fein, um sie unter Wasser erkennen zu können. Die Verletzung, die der Jäger erlitt, als sie rissen, war unerheblich; die Erinnerungsmuster, die seine Identität bildeten, waren vielfach in seiner ganzen Körpersubstanz gespeichert. Nur wenn man ihn in zwei gleichgroße Hälften zerschnitten hätte, wäre es unangenehm gewesen, es sei denn, die beiden Hälften hätten sehr bald wieder zusammengefügt werden können, doch die wenigen Milligramm, die im Schiffe zurückgeblieben waren, machten ihm nichts aus, oder hätten ihm nichts ausgemacht, wenn er bei Bewußtsein gewesen wäre.

Man hatte das Schiff in eine Falle verwandelt, mit einer halblebendigen Substanz, die entwickelt worden war, um Mitglieder seiner Spezies zu immobilisieren; doch auf die viel gröberen menschlichen Zellen hatte sie keinerlei Wirkung, so daß Maeta zur Oberfläche zurückkehren, Luft schöpfen und berichten konnte.

Bob vergeudete nicht noch mehr Zeit und zog das Rohr sofort herauf. Bis jetzt hatte er gehofft, daß die abgerissene Verbindung lediglich auf eine Panne in der Anlage zurückzuführen sei, doch als er seine linke Hand in das Rohr streckte und sie mehrere Minuten lang in Kontakt mit der grünen Gallertmasse ließ, ohne daß ihm die Anwesenheit des Jägers durch irgendein Wort oder Zeichen bewußt wurde, begriff er, daß eine sehr viel ernsthaftere Störung aufgetreten war. Sie fuhren sofort zum Ufer zurück und verschwendeten nicht einen Gedanken an den Menschen, der ihnen laufend Streiche spielte. Glücklicherweise waren ihre Fahrräder in Ordnung. Maeta transportierte das Rohr, da Bob nur einen brauchbaren Arm hatte und keiner der Gepäckträger dafür ausreichend war. Das Mädchen fand diese Aufgabe ziemlich anstrengend; sie mußte das Rohr mit dem offenen Ende nach oben unter den Arm klemmen, nachdem sie erkannt hatte, daß die bewußtlose Gestalt des Jägers — wenn man diesen Ausdruck anwenden darf — langsam hinausfloß, wenn sie sie waagrecht hielt.

Keiner von ihnen hatte viel Hoffnung, daß Seever würde helfen können, doch sie wußten nicht, was sie sonst tun sollten.

Sie waren etwas überrascht, als sie Jenny im Vorzimmer von Seevers Praxis sitzen sahen. Sie saß wie immer hinter ihrem Schreibtisch, den verletzten Fuß auf einem Hocker, und unterhielt sich anscheinend recht freundschaftlich mit André des-Chenes, der beim Eintritt der anderen keinerlei Reaktion zeigte. Sonst befand sich niemand im Raum.

Jenny sah das Rohr, doch glaubte sie im ersten Moment nicht, daß es besetzt sein könnte. Ihr erster Gedanke war, wie sie später erklärte, daß etwas mit dem Detektor passiert sei. Dann jedoch überlegte sie, daß sie in dem Fall sicher nicht zu ihrem Vater kommen würden, und schloß, daß etwas Ernsteres geschehen sein mußte; doch diese Verzögerung hielt sie davon ab, irgendwelche voreiligen Fragen zu stellen, solange der Junge anwesend war. Sie sei, gab sie später zu, drauf und dran gewesen zu fragen, ob der Fund, den sie am Vortag gemacht hatten, sich als Fehler des Detektors herausgestellt habe.

»Ist jemand bei deinem Vater?« fragte Maeta rasch, bevor einer der anderen etwas Voreiliges sagen konnte.

»Nein; er ist im Sprechzimmer, oder wenn er nicht dort sein sollte, ruft ihn«, antwortete Jenny.

Die drei gingen ins Sprechzimmer und trafen dort Seever, der gerade durch eine andere Tür hereintrat. Er warf einen Blick auf das Rohr, das Maeta in den Händen hielt, und runzelte die Stirn.

»Habt ihr Schwierigkeiten?«

Bob schilderte ihm die Situation mit kurzen Worten, und Seever blickte prüfend in das Rohr mit seinem reglosen Bewohner.

»Du hast ihn berührt, und nichts ist geschehen?« fragte er Bob.

»Ich habe während der ganzen Rückfahrt meine Hand in dem Rohr gehalten, und er hat sich nicht gerührt.«

»Hmmm.« Der Arzt hatte natürlich keine direkten Erfahrungen für einen solchen Fall, doch war er ein logisch denkender Mann. »Ich kann nicht sofort feststellen, ob er bewußtlos, paralysiert oder tot ist. Nehmen wir an, daß es sich um eine der beiden ersteren Möglichkeiten handelt, da uns für die dritte jede Erfahrung fehlt. Wenn er also am Leben ist, wäre es das Wichtigste, ihn in diesem Zustand zu erhalten. Wir wissen, daß er Sauerstoff benötigt. Vielleicht bekommt er genug durch diese sechs oder acht Quadratzoll, da er im Moment sicher nicht viel braucht, doch würde ich vorschlagen, daß wir ihn in irgendein anderes Gefäß gießen, in dem mehr seiner Oberfläche exponiert wird. Wie groß ist sein Volumen? Ein paar Liter? Eine Kuchenplatte würde dann nicht ausreichen, und ich glaube nicht, daß es eine gute Idee wäre, ihn auf mehrere zu verteilen. Er braucht irgendein einheitliches Gefäß, das seine Struktur zusammenhält, selbst wenn Form für ihn keinerlei Bedeutung hat. Hier, das könnte reichen.« Er hatte ein großes Metallgefäß gefunden, und sie hielten das Rohr mit dem offenen Ende nach unten darüber. Bob schlug vor, den Pfropfen am anderen Ende zu entfernen. Seever zog den Holzstöpsel heraus, während Maeta das Rohr über das Gefäß hielt.

Die Substanz des Alien war sehr zäh und floß äußerst langsam. Seever glaubte, darin ein gutes Zeichen zu sehen, da die Kräfte, die diesem Wesen erlaubten, seine Form zu kontrollieren, noch funktionieren mußten. Er hatte recht, wie es sich herausstellte, doch jetzt konnte keiner von ihnen dessen gewiß sein. Bobs Bemerkung über Totenstarre war auch nicht dazu angetan, ihre Stimmung zu heben.

Schließlich befand sich die ganze Masse in dem Gefäß und floß langsam zu seinen Rändern.

»Bob, du bist der Chemiker hier«, sagte Seever. »Was braucht er noch? Er hat dir sicher etwas darüber gesagt. Ich nehme an, daß Wasser dazugehört.«

»Er braucht Wasser nicht wie wir. Es befindet sich kein Wasser in seinen Zellen; es sind auch keine wirklichen Zellen, jedenfalls nicht in unserem Sinn, sondern nur komplexe, einzelne Moleküle. Es gibt natürlich Wasser in seiner Substanz, doch das ist zum größten Teil an der Oberfläche gebunden und bildet keinen Teil seiner inneren Struktur.«

»Dann gibt es also kein Osmose-Problem — es hilft ihm nicht, wenn wir ihm frisches Wasser oder Salzwasser geben?«

»Nein. Er kann in beidem existieren, genauso wie in unserer Körperflüssigkeit. Vielleicht brauchen Sie ihm keins zu geben, aber es kann auf keinen Fall schaden und ist vielleicht sicherer. Ich würde mir jedoch mehr Sorgen um seine Ernährung machen. Da hat er wirklich keinerlei Reserven. Er kann außerhalb eines Gastgeberkörpers eine Weile ohne Brennstoffzufuhr überleben, doch die Zeitspanne ist ziemlich eng begrenzt. Er besitzt nichts, das sich mit den menschlichen Fett- oder Glycogenreserven vergleichen ließe. Als er unter Wasser in dem Rohr war, hat er ständig kleine Organismen gefangen und gegessen, die versucht haben, ihn zu fressen, hat er mir erzählt.«

»Verstehe. Ich nehme an, daß jede seiner sogenannten Zellen Verdauungsvorgänge durchführen kann, so wie sie auch alle anderen Funktionen übernehmen können. Na schön, alles, was wir im Moment tun können, ist, ihn mit etwas Wasser zu übergießen und ein wenig Käse darin aufzulösen — Protein hat sicher einige der Bestandteile, die er chemisch verwerten kann — und hoffen. Es scheint logisch zu sein, doch irgendwie widerspricht es jeder medizinischen Praxis.«

Trotzdem wurde es getan. Sie nahmen nur eine kleine Wassermenge, um die Oberfläche ihres Patienten nicht völlig von der Luft zu isolieren. Das war ein unglücklicher Entschluß, da eine größere Wassermenge die paralysierende Substanz rascher aufgelöst hätte. Ihr Verteilungskoeffizient zwischen Wasser und dem Gewebe der Spezies des Jägers war sehr klein — er mußte klein sein, um so rasch zu wirken — doch war er bei weitem nicht null.

Das ließ den Menschen nichts anderes tun, als abzuwarten und zu theoretisieren. Die meisten von ihnen machten sich Sorgen um den Jäger. Bobs Mutter hatte bereits darüber nachzudenken begonnen, welche Folgen diese längere Trennung des Alien für ihren Sohn mit sich bringen mochte, doch sie sprach nicht mit den anderen darüber.

Maeta schlug vor, daß sie ins Wartezimmer zurückgehen sollten, um zu erfahren, was Jenny aus dem Jungen herausgebracht hatte, doch die älteren Mitglieder der Gruppe rieten davon ab, da André noch bei ihr sein mochte, und Bob wollte seinen Symbionten nicht allein lassen. Seine Mutter bot sich an, bei dem Patienten zu bleiben, während Bob nach Hause gehen und etwas essen sollte, doch während sie noch über diese Frage diskutierten, wurde die Tür geöffnet, und Jenny humpelte auf ihren Krücken herein.

Ihre Fragen nach dem, was auf dem Riff passiert sei, kollidierten mit denen der anderen, die wissen wollten, was sie aus dem jungen Verdächtigen herausbekommen habe, doch Jenny gewann, und Bob und Maeta berichteten von den Ereignissen dieses Vormittags. Jenny hatte zum erstenmal Gelegenheit, den Jäger gründlich und eingehend anzusehen, und der Anblick faszinierte sie so, daß es einiger Überredungskunst bedurfte, um sie von dem Gefäß zu trennen und von ihrem Interview mit André zu berichten. Ihre Worte waren suggestiv, doch nicht sehr aufschlußreich.

»Ich kann nichts wirklich beweisen«, gab sie zu, »doch bin ich jetzt sicherer als jemals zuvor, daß er die meisten dieser Sachen auf dem Kerbholz hat. Der Junge ist schwerer zu fassen als eine Qualle. Er hat nichts wirklich abgestritten, aber auch nichts zugegeben.«

»Wonach hast du ihn denn gefragt?« sagte Bob. »Nach der Sache mit dem Boot? Dem Seil? Der Lenkstange? Deinem Fuß?«

»Nicht nach allem. Ich habe mit meinem Fuß begonnen, da ich ihm den schließlich demonstrieren konnte, und ihm klarzumachen versucht, daß ich verblutet sein könnte, wenn nicht gerade Menschen in der Nähe gewesen wären, die mir halfen. Er gab zu, daß so etwas sehr schlimm sei; die Leute sollten wirklich vorsichtiger sein und kein zerbrochenes Glas auf der Insel wegwerfen, sonst müßten am Ende alle Schuhe tragen, wie in Europa und in den Staaten. Ich habe ihn nicht gefragt, wieso er glaube, daß es eine Glasscherbe war und nicht ein Gegenstand aus Metall oder eine Muschel; ich wollte seine Versprecher, falls dies einer gewesen sein sollte, sozusagen sammeln und sie ihm später dann gebündelt an den Kopf werfen.

Ich habe dann von deinem gebrochenen Arm gesprochen, und er meinte, du hättest anscheinend das Radfahren verlernt, während du in den Staaten warst. Wie vielen Menschen hast du gesagt, wie es passiert ist, Bob?«

»Ich habe niemand die ganze Geschichte erzählt, außer euch natürlich, und Dad. Den Leuten in der Raffinerie sagte ich, daß ich gestürzt sei.«

»Und du hast nicht erwähnt, daß dieser Sturz von einem Fahrrad erfolgt ist?« fragte sie nachdrücklich. Bob saß eine Weile schweigend und dachte nach.

»Ich glaube nicht. Ich wollte den Eindruck vermeiden, daß ich nicht mehr radfahren könne, und vor allem wollte ich nichts von dem Draht erwähnen, besonders, da wir keine Spur davon finden konnten.«

»Nun, André weiß oder nimmt es als selbstverständlich an, daß du mit deinem Rad gefahren bist, als es passierte. Ich habe ihn nicht gefragt, woher er es weiß. Als ich von dem gerissenen Seil und dem Leck in meinem Boot sprach, fragte er nur, was wir die ganze Zeit auf dem Wasser getrieben hätten, und ob wir nach etwas Bestimmtem suchten, und wann ich mein Versprechen einlösen würde, ihn mitzunehmen. Als ihr dann mit diesem Rohr hereinkamt, fragte er, ob es das sei, wonach wir gesucht hätten. Ich sagte, nein, das sei es nicht, und dann fiel mir ein, daß ich damit zugegeben hatte, *daß* wir etwas suchten. Ich habe euch doch gesagt, daß er schlüpfrig ist wie eine Qualle.«

»Und was hat er zu meiner Lenkstange und deiner Bremse gesagt?«

»Ich bin nicht mehr dazu gekommen, ihn danach zu fragen. Aber an den Versprechern, die ihm herausgerutscht sind, erkenne ich, daß er hinter all diesen Dingen steckt.«

»Vielleicht hat er von Silly erfahren, daß ich mit dem Rad unterwegs war, als es passierte. Sie weiß es, und ich wage nicht einmal zu raten, wie vielen ihrer kleinen Freunde sie inzwischen davon erzählt hat«, bemerkte Bob.

»Und ich bezweifle nach wie vor, daß er *dahinter* steckt«, sagte Seever. »Ich gebe jedoch zu, daß er sehr wahrscheinlich darin verwickelt ist. Ich wünschte, ich wüßte, was dem Jäger heute geschehen ist; ich kann mir nicht vorstellen, wie dieser Junge irgend etwas damit zu tun haben könnte. Waren auch andere Boote draußen?«

Bob und seine Mutter sagten, daß keine anderen Boote in ihrer Nähe gewesen seien; Maeta sagte einschränkend: »Kein Boot ist in unserer Nähe *geblieben*. Zwei- oder dreimal sind Fischer oder andere Leute, die aus dem Hauptkanal kamen, vorbeigefahren, haben ›Hallo‹ gerufen und gefragt, was wir trieben; aber sie sind immer sofort weitergefahren.«

»Was habt ihr ihnen gesagt?«

»Nur, daß wir etwas sammelten. Das hätte alles mögliche bedeuten können: für Pauhérés Sammlung oder fürs Museum oder daß wir uns nur ein wenig amüsieren wollten.«

»Kannst du dich an sie erinnern?«

»An die meisten, denke ich. Ist das wichtig?«

»Ich wünschte, ich wüßte es. Ich frage mich, ob jemand auf Ell eine luftunabhängige Tauchausrüstung hat, ohne daß andere davon wissen.«

»Wenn ja, dann ist es das bestgehütete Geheimnis der Insel«, sagte Maeta. »Wie Sie schon sagten, weiß normalerweise jeder ziemlich genau über alles Bescheid, was hier auf der Insel geschieht. Aber ich verstehe, worauf Sie hinauswollen. Nur sehe ich keine Möglichkeit, da wirklich sicher zu gehen, außer, ich könnte beschwören, daß kein Boot lange genug in unserer Nähe geblieben ist, um einen Taucher abzusetzen, der unter Wasser an Land zurückgeschwommen sein müßte. Falls inzwischen ein Außenbordmotor für Taucher erfunden worden sein sollte, wäre das natürlich möglich, aber sie mußten doch damit rechnen, daß ich jede Sekunde selbst tauchen würde und sie dabei unweigerlich entdeckt hätte.«

»Das Risiko hätten sie auf sich nehmen können, und vielleicht hätte das Risiko nicht einmal auf ihrer Seite gelegen«, sagte Seever ernst. »Aber wir verrennen uns wieder einmal in Spekulationen. Mache eine Liste von allen Leuten, die an euch vorbeigefahren sind, sowie du Zeit dazu findest, und gib sie mir. Wenn man nicht weiß, wie man weitermachen soll, muß man all das aufzeichnen, was man weiß, sage ich immer. Mir ist natürlich völlig klar, daß ein Puzzle ständig schwieriger wird, je mehr Mosaiksteine man hat; aber wenn die Steine in das Puzzle gehören, braucht man sie eben. Irgendwelche anderen Pläne, Bob?«

»Was den Jäger betrifft, können wir anscheinend nichts anderes tun, als abwarten«, antwortete Bob. »Falls Ihnen etwas Besseres einfallen sollte, Doc, tun Sie es, ohne mich vorher zu fragen.«

»Das halte ich für falsch«, sagte Maeta. »Bob hat seit vielen Jahren mit dem Jäger gelebt und muß mehr über ihn wissen, als jeder andere, vielleicht sogar mehr, als er selbst ahnt. Wenn der Doktor eine Idee hat, könnte sie Bob etwas in die Erinnerung zurückrufen, woran er bis jetzt noch nicht gedacht hat — oder es könnte ihn an etwas erinnern, das den Vorschlag als schlecht oder sogar gefährlich erkennen läßt.«

»Sehr gut gesagt«, stimmte Seever zu. »Aber was ist mit eurem eigentlichen Job? Ihr deutet das ›Ja‹-Signal vom Meeresgrund als Beweis dafür, daß es sich tatsächlich um das Raumschiff handelt. Können wir daraufhin irgend etwas unternehmen, auch ohne den Jäger?«

Weder Bob noch Jenny fiel etwas ein, doch Maeta hatte sofort eine Idee.

»Soweit ich verstanden habe, war vorgesehen, daß der Jäger eine Botschaft an oder in diesem Schiff hinterlassen sollte — wobei ihr davon ausgeht, daß seine Leute tatsächlich auf der Erde sind und das Schiff von Zeit zu Zeit überprüfen. Sollten wir nicht selbst dort eine Nachricht hinterlassen? Wir wissen nicht, ob er Gelegenheit dazu hatte, bevor er bewußtlos wurde.«

»Wir kennen die Sprache nicht«, sagte Jenny.

»Das ist wohl auch nicht nötig. Wenn sie diesen Planeten wirklich untersuchen, besteht die Wahrscheinlichkeit, daß sie inzwischen Englisch und Französisch lesen können.«

»Ein guter Gedanke«, sagte Bob zustimmend. »Wir könnten die ganze Geschichte auf ein Papier schreiben, das wir in eine sandbeschwerte Flasche stecken und direkt auf dem Schiff hinterlassen. Dort müssen sie es finden.«

»So einfach ist es vielleicht nicht«, wandte Maeta ein. »Das Schiff liegt unter einer dicken Schlammschicht, und da kann eine Flasche leicht übersehen werden. Vielleicht achten sie ohnehin nicht auf Dinge, die *nicht*, wie das Schiff, unter Schlamm vergraben sind. Der Jäger wäre sicher in der Lage, die Nachricht *im* Schiff zu hinterlassen, wir können sie wahrscheinlich nicht einmal genau in der Mitte plazieren. Erinnert euch daran, daß der Jäger uns aufforderte, das Boot ein Stück zu versetzen, bevor er es fand — falls sein Signal bedeutete, daß es wirklich das Schiff ist.«

»Was hätte es denn sonst bedeuten können?« fragte Bob indigniert. »Und können wir uns nicht mehr erinnern, in welche Richtung er das Boot versetzt haben wollte?«

»Nichts anderes, hoffe ich«, beantwortete Maeta seine erste Frage. »Weil mir sonst auch nichts Logisches einfällt. Ja, ich denke, daß wir die Stelle wiederfinden können. Ich möchte nur nicht, daß ihr euch einbildet, alle unsere Sorgen seien vorüber.«

»Keine Angst«, versicherte ihr Bob. »Ich habe nicht einmal die Chance, mir so etwas einzubilden.«

»Entschuldige. Immer noch Schmerzen?«

»Ja. Muskeln, Gelenke, Arm und Gesicht, obwohl da die Wunden recht gut verheilt sind. Aber es wird mich sicher ein wenig davon ablenken, wenn ich die Nachricht für die Leute des Jägers abfasse. Je eher wir sie zum Schiff bringen, desto besser. Wenn sie das Schiff hin und wieder aufsuchen, wie wir hoffen, so sicher während der Nacht, und bei dem Glück, das ich in letzter Zeit entwickele, könnte es ausgerechnet heute nacht geschehen, wenn wir am Nachmittag nicht hinausfahren. Ich frage mich, in welchen Abständen sie dort nachsehen?

Oder ob irgend etwas, das der Jäger am Schiff getan hat, ein Signal ausgelöst hat, das sie zurückruft?«

»Das wäre durchaus möglich«, stimmte Seever zu. »Aber warum sollten sie während der Nacht kommen? Sie könnten sich dem Wrack doch jederzeit unter Wasser nähern — oder können sich ihre Raumschiffe nur in der Senkrechten bewegen?«

Bob blickte ihn überrascht an. »Daran habe ich überhaupt noch nicht gedacht«, gab er zu, »und von ihren Schiffen weiß ich kaum etwas. Auf jeden Fall aber sollten wir die Nachricht sofort zum Schiff bringen. Besorgt mal eine Flasche.«

Die Nachricht wurde so kurz wie möglich gehalten und mit Bleistift auf ein einziges Blatt Papier geschrieben, das der Arzt dann mit Wachs imprägnierte. Nachdem man eine passende Flasche gefunden hatte, berechnete der Arzt die Menge Sand, die benötigt wurde, sie im Wasser sinken zu lassen, und die dann hineingefüllt wurde. In den Korken wurde ein winziges Loch gebohrt, durch das einem der Leute des Jägers der Zugang erleichtert werden sollte. Nachdem die Flasche fest verschlossen worden war, wurde ihr Inhalt so lange geschüttelt, bis das Papier weit aus dem Sandballast herausragte.

»Das sollte reichen«, sagte Jenny zufrieden, als sie fertig geworden waren. »Ich wünschte, ich könnte mit euch hinausfahren.«

»Aber du bist natürlich zu intelligent, um ernsthaft daran zu denken«, setzte ihr Vater hinzu. Jenny antwortete nicht.

»Tut mir leid, Jenny«, sagte Bob tröstend, »aber es ist wirklich nichts dabei. Bis es wieder wirklich etwas zu tun gibt — falls das jemals eintreten sollte —, bist du sicher wieder auf den Beinen. Wir brauchen nur noch eins, bevor wir aufbrechen können.«

»Und das ist?« fragte Seever.

»Einen guten, schweren Stein.«

»Wozu? Die Flasche sinkt von allein.«

»Die Flasche schon, aber ich nicht. Wir können die Flasche doch nicht einfach über Bord werfen; wir müssen sie mitten auf dem Schiff plazieren. Ich bin kein so guter Schwimmer, um vier Faden tief tauchen zu können, auf jeden Fall nicht mit einem unbrauchbaren Arm, und wenn, dann hätte ich nicht mehr genug Luft, um nach der richtigen Stelle zu suchen. Ich werde mich also mit einem Stein beschweren und auf diese Weise Zeit und Luft sparen.«

»Und der Doktor hat von Jennys Intelligenz gesprochen!« rief Maeta. »*Ich* werde natürlich tauchen, du Idiot. Warum willst du mit deinem gebrochenen Arm unbedingt ins Wasser? Wenn du nur neugierig auf das Schiff bist, kannst du dir die Mühe ersparen. Es liegt völlig unter Schlamm.«

»Ich weiß, daß es für dich leichter ist«, gab Bob zu. »Du bist besser als ich, selbst wenn ich zwei gesunde Arme hätte und auch nicht diese anderen Probleme. Aber auf dem Meeresgrund ist irgend etwas, das den Jäger verletzt hat, und ich habe nicht das Recht, von einem anderen zu verlangen, das Risiko auf sich zu nehmen. Du hast unter Wasser schon viel zu viel für mich riskiert, Maeta, und dies ist mein Job und der des Jägers. Er hat ein Risiko auf sich genommen und anscheinend verloren. Jetzt bin ich dran.«

Seine Mutter wollte etwas sagen, überlegte es sich dann jedoch anders.

»Laß nur, Mom«, beantwortete Bob ihren unausgesprochenen Einwand. »Verständlicherweise willst du nicht, daß ich hinuntergehe, aber du bist ehrlich genug, um einzusehen, daß ich es tun muß.«

Maeta sprang auf. Sie war nicht groß genug, um auf irgendeinen der Anwesenden hinabblicken zu können, doch Bob saß auf einem Stuhl und mußte zu ihr emporblicken.

»Hör auf, den Helden zu spielen, Bob Kinnaird!« sagte sie scharf. »Es wird derjenige hinuntergehen, der die Aufgabe am besten erledigen kann. Ich werde die Flasche genau an der Stelle plazieren, wo sie hingehört, und bin neunzig Sekunden später wieder oben — und dieser Zeitraum schließt kleine Irrtümer und Suchen ein. Wenn ein Hai in der Nähe sein sollte, werde ich warten. Ich bin *kein* Held. Ich war unten, *nachdem* der Jäger ausgeknockt worden war, wie du dich sicher erinnerst, und mir ist nichts passiert. Und wie viele Steine willst du in meinem Boot mitschleppen? Wenn du beim erstenmal nicht zum Schiff kommst, mußt du hochkommen und es noch einmal versuchen — mit einem neuen Stein — und dann noch einmal, und wahrscheinlich ein viertesmal.«

»Du mußt es mir nicht unbedingt unter die Nase reiben.«

Die Auseinandersetzung war interessant. Als der Jäger später davon erfuhr, tat es ihm leid, sie nicht miterlebt zu haben, obwohl, wie er feststellte, der Ausgang von vornherein feststand. So sehr er Bob auch mochte, war er sich inzwischen doch darüber klar geworden, daß er nicht immer logisch dachte und handelte. Maeta kannte er bei weitem nicht so lange — die flüchtige Begegnung mit einer von Charles Teroas Schwestern vor über sieben Jahren zählte kaum —, doch hatte er bereits erkannt, daß sie intelligenter war als sein Gastgeber und erheblich schneller dachte und reagierte. Sie besaß außerdem die stärkere Persönlichkeit.

Und in dieser Situation hatte sie unbedingt recht, und das wußten beide. Bobs Mutter und der Arzt hielten sich aus dem Streit heraus und brachten auch Jenny dazu, sich nicht einzumischen. Das rothaarige Mädchen stand aus ganz persönlichen Gründen auf Maetas Seite, doch sie brauchte keine Hilfe.

Es wurden also keine Steine mitgenommen.

Seever beschloß plötzlich, daß er sich eigentlich eine hübsche Spazierfahrt auf dem Wasser schuldig sei, und kam ebenfalls mit. Bob hatte zwar etwas dagegen einzuwenden, weil er meinte, der Jäger müsse unter ständiger medizinischer Aufsicht bleiben, doch der Arzt wies darauf hin, daß er im Moment für den Alien nichts weiter tun könne. Er machte sich tatsächlich viel größere Sorgen um Bob, der jetzt ohne seinen Partner zurechtkommen mußte, keine eigene Resistenz gegen Infektionen besaß und auch sonst nicht in Ordnung war. Diese Gedanken erwähnte er jedoch gegenüber Mrs. Kinnaird und ihrem Sohn nicht, und um jeden Verdacht in dieser Richtung zu entkräften, ließ er sogar seine Tasche zu Hause, was er später sehr bedauern sollte.

Es war später Nachmittag geworden, als sie North Beach erreichten, wo Maetas Auslegerboot lag, und an Bord gingen.

Wind und Wellengang hatten während der letzten Stunden erheblich zugenommen, und sie waren alle gründlich durchnäßt, bevor sie die Brandung hinter sich hatten. Es war etwa eine Meile bis zu der Stelle, an der das Schiff auf dem Meeresboden lag, und sie brachten die Strecke rasch hinter sich, da alle außer Bob paddelten, doch die Suche nach der Markierungsboje nahm ein wenig mehr Zeit in Anspruch, als Maeta es vorausgesehen hatte. Sie brachte das Boot in die nach ihrer Meinung richtige Position, bat Seever und Mrs. Kinnaird, es dort zu halten und ließ sich ohne jede Zeremonie mit der Flasche ins Wasser fallen. Ein paar Sekunden lang hing sie zwischen Bootsrumpf und Ausleger, um Luft in ihre Lungen zu pumpen, dann schnellte sie sich empor und tauchte kopfüber in die Tiefe.

Seever und Mrs. Kinnaird blickten ihr nach, ohne mit dem Paddeln aufzuhören. Bob nicht; er hatte kaum bemerkt, daß sie über Bord geglitten war. Er nahm kaum noch etwas wahr, außer seinen Schmerzen. Seine Arme und Beine taten ihm fast unerträglich weh, und sein Kopf glühte. Er wußte, daß der Jäger in der Vergangenheit schon für erheblich längere Perioden von ihm getrennt worden war, doch hatte er sich noch nie so schlecht gefühlt; und er fragte sich, ob der Jongleur-Akt mit seinen Hormonen sich dem Ende zuneigte. Er wußte es nicht. Und es begann ihm auch egal zu sein. Das helle Sonnenlicht tat seinen Augen weh, obwohl sie im Schatten des breitkrempigen Hutes lagen, und er schloß sie.

Maeta tauchte wieder auf — sie hatte erheblich weniger als die neunzig Sekunden gebraucht, die sie berechnet hatte — und glitt genauso leicht und elegant ins Boot, wie sie es verlassen hatte. »War nichts dabei«, sagte sie, als sie ein paarmal tief durchgeatmet hatte. »Man kann die Umrisse des Schiffes unter dem Schlamm genau erkennen, wenn man weiß, wonach man sucht. Ich habe meine Hand in den Schlamm gesteckt. Er ist sehr weich, und auf der Mitte des Schiffes liegt er nur ein paar Zoll dick. Darunter ist etwas Hartes, aber allein durch Berührung konnte ich nicht feststellen, ob es Metall war oder etwas anderes.«

»Du hast die Flasche hinterlegt.« Bobs Mutter formulierte es nicht als Frage.

»Natürlich. Direkt auf der Mitte des Schiffsrumpfes, und der Teil mit dem Papier ragt aus der Schlammschicht hervor. Wenn sie überhaupt suchen, oder auch nur einigermaßen sorgfältig umhertasten, müssen sie sie finden.«

»Du hättest das Schiff nicht berühren sollen«, sagte Mrs. Kinnaird. »Darin hat Bob recht gehabt. Du hättest einen elektrischen Schlag bekommen können oder so etwas, wie es dem Jäger anscheinend geschehen ist. Meinst du, daß es so passiert sein könnte, Ben?«

Der Arzt zuckte die Schultern. »Das kann ich nicht feststellen, bevor er wieder bei Bewußtsein ist und es uns sagt. Ich weiß nicht, wie Elektrizität auf ihn wirkt; ich kann nicht einmal sagen, ob sein Körpergewebe dem unseren gleicht. Ich habe nicht die geringste Ahnung, ob er von Elektrizität ausgeknockt werden kann. Ein Mensch hält einen Schock aus, der ein Pferd töten würde. Hat er mit dir jemals über diese Frage gesprochen, Bob?«

Die einzige Antwort war ein unzusammenhängendes Murmeln. Mrs. Kinnaird stieß einen kleinen, erschrockenen Schrei aus, hielt jedoch ihr Paddel fest in den Händen.

Sekunden später lag Bob ausgestreckt auf dem Boden des Bootes, und Seever untersuchte ihn, so gut es unter den beengten Verhältnissen möglich war. Er konnte nur eine heftige Rötung des Gesichts und einen rasenden Puls feststellen, was auf eine ganze Reihe von Ursachen zurückzuführen sein mochte. Die Frauen paddelten bereits mit aller Kraft, um so schnell wie möglich nach North Beach zurückzukommen. Nachdem der Arzt eingesehen hatte, daß er Bob nicht helfen konnte, nahm auch er sein Paddel wieder auf.

Als sie das Ufer erreicht hatten, übernahm er sofort das Kommando.

»Wir können ihn nicht den ganzen Weg zu meinem Haus tragen. Anette, lauf nach Hause und sieh, ob Arthur dort ist. Wenn ja, soll er sofort einen Wagen besorgen — er kann fast immer einen finden. Maeta, du fährst ins Dorf und versucht ebenfalls, ihn zu finden — oder einen Wagen aufzutreiben. Versuche es zuerst bei den Entsalzungsanlagen, dann in der Raffinerie. Halte dich nicht mit Erklärungen auf, sage nur, daß du einen Wagen brauchst, und zwar SOFORT. Wenn du bei meinem Haus vorbeikommst, sage Ev, sie soll meine Tasche herbringen. Ich hätte so klug sein sollen, nicht ohne meine Instrumente hinauszufahren.«

Als die beiden Frauen fort waren, wandte Seever sich wieder seinem Patienten zu. Sie hatten ihn in den Schatten getragen, und jetzt war es auch ohne Thermometer klar erkennbar, daß er hohes Fieber hatte. Sein Gesicht war stark gerötet und schweißbedeckt. Seever zog Bob das Hemd aus und auch das eigene, tränkte beide mit Seewasser, und breitete eins davon über die Brust des jungen Mannes. Mit dem anderen wickelte er ihm eine Art Turban.

Die Sonne stand schon dicht über dem Horizont, als ein Jeep mit hoher Geschwindigkeit über den Strand fuhr. Arthur Kinnaird saß hinter dem Steuer, seine Tochter neben ihm und Maeta auf dem Rücksitz. Dicht neben Bob stoppte Arthur Kinnaird den Wagen.

»Ihre Frau war nicht zu Hause«, sagte Maeta, bevor Seever eine Frage stellen konnte. »Ich habe ihm alles berichtet.«

»Okay. Arthur, bring uns so schnell wie möglich zu meinem Haus. Ich setze mich zu Bob auf den Rücksitz. Daphne, du quetschst dich vorne neben Maeta, bis wir dich bei eurem Haus absetzen können.«

»Nein! Ich bleibe bei euch. Bob ist krank.«

Seever nahm sich nicht einmal die Zeit, die Schultern zu zucken, und schon gar nicht, um mit ihr zu diskutieren. Maeta hatte sich auf den Beifahrersitz gesetzt und das Kind auf ihren Schoß genommen; Sekunden später fuhren sie zur Straße zurück. Bobs Vater sagte kein Wort, als sie sein Haus erreichten, und er ging auch nicht mit der Geschwindigkeit herunter; das Kind war noch bei ihnen, als sie das Haus des Arztes erreichten. Daphne wollte unbedingt helfen, Bob ins Sprechzimmer zu tragen; dann brachte Maeta sie hinaus. Arthur Kinnaird blieb bei Bob, als Seever sich an die Arbeit machte.

Die Ursache von Bobs Zustand war jetzt klar erkennbar. Bob hatte tatsächlich hohes Fieber, und in der Haut seines gebrochenen Arms zeigten sich rote Streifen und Flecken, die auf eine schwere Infektion hindeuteten. Seever nahm den Gips ab; die Haut darunter war dunkelrot verfärbt, stellenweise fast schwarz.

»Antibiotika?« fragte Kinnaird.

»Vielleicht. Sie sind keine Allheilmittel, auch wenn manche Menschen sie als ›Wunderdroge‹ bezeichnen — das haben sie ein paar Jahre früher bei den Sulfonamiden auch getan. Ich werde tun, was ich kann, aber vielleicht ist es mir nicht möglich, den Arm zu retten.«

»Und ausgerechnet jetzt mußte der Jäger ausfallen.«

»Bestimmt besteht da ein unmittelbarer Zusammenhang«, erklärte Seever. »Wenn er aktiv wäre, hätte es überhaupt nicht dazu kommen können. Hör zu, Arthur, ich werde dem Jungen jetzt eine Injektion mit dem Mittel geben, das ich für das beste halte — vorher will ich ein paar Tests durchführen —, und dann werde ich sechs Stunden warten, bevor ich etwas anderes tue. Natürlich kann ich mir nicht so viel Zeit nehmen, falls sich sein Zustand erheblich verschlechtern sollte. Dann müssen wir eine Entscheidung wegen des Arms treffen. — Und noch etwas will ich jetzt tun.«

Kinnaird nickte verstehend, als Seever einen kleinen Tisch neben den Untersuchungstisch schob, auf dem Bob lag, das Gefäß, in dem sich der Jäger befand, auf den Tisch stellte und Bobs rechte Hand in das Gefäß legte. Sie sahen zu, als die Hand langsam in der grünen Gallertmasse versank. Dann stellte Seever sein Mikroskop auf und nahm Gewebeproben von der Haut des anderen Arms.

12
Der Scherzbold

So war die Situation, als der Jäger aus seiner Bewußtlosigkeit erwachte. Er brauchte eine Weile, um sich in der Wirklichkeit zurechtzufinden, obwohl er sich genau daran erinnerte, was beim Schiff geschehen war. Offensichtlich war es von der Suchexpedition entdeckt und als das Schiff identifiziert worden, das der Kriminelle gestohlen hatte; daraufhin hatte man ihm eine Falle gelegt, für den Fall, daß er zurückkommen sollte. Der Alien erinnerte sich an Seevers Frage über normale Polizeiroutine und wäre rot angelaufen, wenn ihm das möglich gewesen wäre. Das paralysierende Mittel, das seine Leute benutzt hatten, war ihm natürlich wohl bekannt, und wenn er einigermaßen wachsam gewesen wäre, hätte ihm das nicht passieren können.

Er bemerkte das Gefäß, in dem er sich befand, und die Hand seines Gastgebers, die in seiner Substanz ruhte. Das war es wahrscheinlich, was ihn aufgeweckt hatte. Normalerweise hätte das Mittel ihn für mehrere Monate bewußtlos gehalten, denn er hatte es absorbiert, während er vom Körper seines Gastgebers getrennt gewesen war; und seine vier Pfund Gewebe wurden schon von einer geringen Menge des Mittels gelähmt. Da es so zusammengestellt war, um von Geweben, die denen seiner üblichen Gastgeber-Spezies ähnlich waren, rasch absorbiert zu werden, und da Bob etwa fünfunddreißig- bis vierzigmal so viel Körpermasse besaß wie sein Symbiont, war inzwischen so viel davon in Bobs Körper eingedrungen, daß kaum noch etwas in der Substanz des Jägers zurückgeblieben war. Es schien ihm also sicher, in Bobs Körper zurückzukehren, da die Konzentration des Mittels jetzt erheblich geringer war.

Ohne sich die Zeit zu nehmen, ein Auge zu formen, um seine Umgebung betrachten zu können, begann der Jäger, durch die Poren von Bobs Hand in dessen Körper einzudringen und seine vier Pfund Körpermasse dort wie gewohnt zu verteilen. Er hatte diesen Vorgang etwa zu einem Viertel hinter sich gebracht, als er Arthur Kinnairds Stimme hörte.

»Ben! Sieh doch! Der Spiegel im Gefäß des Jägers hat sich gesenkt. Er muß wach sein!«

Der Alien bildete ein fingerförmiges Pseudopod und winkte damit aus dem Gefäß, als Zeichen, daß er verstanden habe. Sofort meldete sich der Arzt.

»Jäger, mach dich sofort an die Arbeit! Bob hat sich eine gefährliche Infektion zugezogen, gegen die meine Medikamente unwirksam zu sein scheinen, und er braucht dich. Wir werden dich später fragen, was mit ihm los ist. Zuerst die Arbeit.«

Der Jäger winkte wieder. Er hatte bereits festgestellt, was bei Bob nicht in Ordnung war, und begonnen, die Schäden zu beheben.

Es wurde ein schweres Stück Arbeit. Die Vertilgung der eingedrungenen Organismen, die die Infektion verursacht hatten, war eine Routineangelegenheit, die er nach wenigen Minuten bewältigt hatte; doch die Toxine, die sie produziert hatten, ließen sich nur schwer neutralisieren, und die Gewebe des Arms, in das sie eingedrungen waren, waren zum großen Teil zerstört. Der gebrochene Knochen war nicht dafür verantwortlich, weder der Jäger noch Dr. Seever hatten da eine Fehldiagnose gestellt. Ein winziger Holzsplitter war dicht außerhalb des Gipsverbandes in Bobs linke Hand eingedrungen. Das mußte geschehen sein, nachdem der Jäger ihn verlassen hatte; Bob hatte es wahrscheinlich nicht einmal gemerkt, doch dem Alien wäre es bestimmt nicht entgangen. Da Bobs natürliche Abwehrkräfte gegen Infektionen längst versagt hatten, wurde Bob während der Abwesenheit seines Symbionten zu einer wandelnden Bakterienkultur. Der Jäger hatte nicht geglaubt, daß die Widerstandskraft seines Gastgebers so vollkommen zusammengebrochen war, doch die Tatsachen sprachen für sich. Nicht zum erstenmal wünschte er, sich gründlicher mit Biochemie befaßt zu haben. Aber jetzt bestand die Hoffnung, daß sie bald Kontakt mit dem Suchteam finden würden, und seine Leute hatten sicher ein paar Spezialisten auf diesem Gebiet bei sich.

Aber er mußte weitermachen. Er konnte das zerstörte Gewebe des Arms entfernen und erwarten, daß es im Lauf eines normalen Heilprozesses ersetzt werden würde, auch wenn das einige Zeit dauern mochte. Wirkliche Sorge bereitete ihm Bobs Gehirn. Eine Anzahl der Bakterien und ein Quantum des von ihnen produzierten Toxins mußten durch den Blutkreislauf auch in dieses Organ getragen worden sein, und man durfte es nicht als gegeben nehmen, daß nichts davon aus den Blutgefäßen in die Hirnmasse eingedrungen war.

Der Jäger hatte immer eine gewisse Scheu davor gehabt, in das Nervengewebe selbst vorzudringen, obwohl er ständig ein Netz des eigenen Gewebes in den Kapillaren unterhielt. Die Gehirnzellen waren für ihn tabu gewesen, weil er Angst gehabt hatte, dort einen nicht wieder gutzumachenden Schaden anzurichten, der durch den Umstand zustande kommen konnte, daß die Biochemie des menschlichen Körpers sich wesentlich von der jener Humanoiden unterschied, mit denen er normalerweise zusammenlebte. Jetzt aber erforderten die Umstände, so ein Risiko einzugehen; doch er arbeitete äußerst langsam und sehr, sehr vorsichtig.

Es war eine Situation, die er später weder seinem Gastgeber noch Seever, der sich natürlich brennend dafür interessierte, genau schildern konnte. Der Jäger verfügte über die Fähigkeit, Gewebestrukturen bis zum Niveau der Großmoleküle ertasten zu können. Gleichzeitig wurden ihm auch die Trillionen von Zellen eines lebenden Organismus bewußt, und er konnte mit jeder von ihnen gleichzeitig mit derselben Konzentration arbeiten, die ein Uhrmacher einem einzigen Stück zuwenden mochte. Als er einmal versucht hatte, dies einem menschlichen Wesen zu schildern, schien darin für seinen Zuhörer jedoch ein Kontrast zu liegen; der Mensch begann, ihn als Bestandteil einer Rasse zu sehen und nicht als Individuum. Das hatte den Jäger sehr verstört, da er sich nur als Individuum sah.

Manchmal, wenn er sich Problemen gegenüberfand, die seine Fähigkeiten überstiegen, wünschte er, daß wirklich mehr von seiner Art hier wären.

Dieses Problem konnte er jedoch vorerst lösen. Nur wenige Bakterien waren bis zu Bobs Gehirnzellen vorgedrungen, und der Alien konnte sie vernichten, ohne daß in der Nähe gelegene Zellen in Mitleidenschaft gezogen wurden. Ihm war bekannt, daß Gehirnzellen nicht repariert oder ersetzt werden konnten; das traf auf alle humanoiden Spezies zu, die er kannte, und wurde von den Wissenschaftlern seiner eigenen Spezies als evolutionäres Nebenprodukt von Überspezialisierung der Gehirnzellen betrachtet. Doch war das Gehirn ein Organ mit einer gewaltigen Überkapazität an Zellen, und obwohl Bob Tag für Tag mehrere tausend von ihnen verlor, würde es viele, viele Jahre dauern, bis die kumulative Wirkung ernst werden konnte.

Und dies war wirklich nicht der richtige Moment, sich um Dinge zu sorgen, die noch weit in der Zukunft lagen.

Am folgenden Montag war Bob bei Bewußtsein und bis auf den Arm wieder in Ordnung. Er befand sich noch immer in den Krankenräumen von Seevers Haus — Mrs. Seever bemerkte, daß sie mit den beiden Patienten zum erstenmal das Gefühl habe, in einem Krankenhaus zu sein —, und nach dem Dinner versammelte sich die ganze Gruppe, um die letzten Ereignisse zu besprechen. Selbst Bobs Eltern waren immer dabei; Daphne war für diese Nacht bei einer Freundin untergebracht worden.

Der Jäger gab einen ausführlichen Bericht darüber, was ihm passiert war, unterstrich die offenkundige Tatsache, daß seine Leute irgendwo in der Nähe sein mußten, und erwähnte so wenig wie möglich von seinem Mangel an Wachsamkeit, der zu diesem Zwischenfall geführt hatte. Die anderen berichteten ihm von der Nachricht, die sie beim Schiff hinterlassen hatten, und ihrem Inhalt, und der Jäger drückte seine Anerkennung aus. Er stimmte mit der Ansicht des Arztes überein, daß sein Eindringen in das Schiff gleichzeitig mit dem paralysierenden Mittel wahrscheinlich auch ein Signal ausgelöst hatte und das Team, das sich auf der Erde befand, zweifellos wissen würde, daß jemand das Schiff aufgesucht hatte. Was sie davon halten würden, wenn sie das Einlaßventil geöffnet, doch keinen Gefangenen vorfanden, konnte er nur raten. Wenn sie gleichzeitig auch die Nachricht fanden, war natürlich alles in Ordnung, doch der Jäger schloß sich Bobs pessimistischer Ansicht an, daß sie wahrscheinlich auf das Signal reagiert hatten, bevor die Flasche auf dem Schiff hinterlegt worden war. Es wäre weniger überraschend gewesen, wenn sie bereits erschienen wären, bevor das Rohr mit seiner bewußtlosen Substanz wieder hinaufgezogen worden war.

»Sie sind in der Lage, innerhalb einer Stunde jeden beliebigen Punkt der Erde zu erreichen und brauchten nicht bis zum Einbruch der Nacht warten, um das Schiff zu überprüfen«, versicherte der Jäger seinen menschlichen Freunden.

»Dann sollten wir so bald wie möglich zurückgehen«, sagte Maeta sofort. »Wir — oder der Jäger — sollten feststellen, ob die Flasche gefunden und die Nachricht gelesen wurde, vor allem aber werden wir eine zweite und viel ausführlichere Nachricht in der Sprache des Jägers hinterlassen, mit genauen Anweisungen, wo er zu finden ist, und wie sie Bob erkennen können. Das hast du in deiner Nachricht sicher nicht erwähnt, Bob.«

»Nein. Daran habe ich nicht gedacht. Mir war es wichtiger, die Tatsachen aufzulisten. Wenn sie sie gelesen haben, wissen sie zumindest, daß der andere tot ist und es nicht mehr nötig ist, Fallen für ihn aufzustellen.«

»Sie werden *lesen*, daß der andere tot ist«, sagte Seever, »aber ob sie es glauben werden?«

»Aus diesem Grund soll der Jäger die Nachricht ergänzen«, erklärte Maeta. »Er sollte in der Lage sein, sich einwandfrei auszuweisen — durch seine Dienstnummer oder so etwas.«

»Aber ich habe die Nachricht mit meinem Namen unterzeichnet«, sagte Bob, »also sollten sie doch imstande sein, mich zu finden.«

»Warum?« konterte Maeta. »Wir können es nicht als gegeben annehmen, daß sie Ell und seine Bevölkerung kennen.«

»Und warum nicht? Sie müssen die Insel recht genau untersucht haben, als sie hier eintrafen. Wahrscheinlich hätten sie uns schon damals gefunden, aber der Jäger und ich waren nicht hier.«

»Aber wieso sollten sie die Menschen beim Namen kennen?« widersprach Maeta. »Ich nehme an, daß sie sich menschliche Gastgeber gesucht haben, genau wie der Jäger. Aber vielleicht haben sie nicht in Kommunikation mit ihnen gestanden, mit ihnen gesprochen und ihre Hilfe gesucht, wie es der Jäger bei dir getan hat?«

»Mit Sicherheit nicht«, antwortete der Jäger. »Wenn es nicht durch eine ganz besondere Situation erforderlich wird, wie es bei mir damals der Fall war, verstößt es gegen alle unsere Prinzipien und Vorschriften. Ich habe es getan, weil ich damals überzeugt war, daß auch nicht die geringste Chance bestand, Hilfe von zu Hause zu erhalten und der Kriminelle eine Gefahr für die Menschen darstellte.«

»Richtig«, nickte Maeta. »Und die Leute, die jetzt hier sein mögen, haben in all den Jahren bestimmt Wichtigeres zu tun gehabt, als sich um die Menschen auf dieser Insel zu kümmern. Wenn dem so wäre, müßten wir dann nicht mehr Menschen in Bobs Lage haben? Jäger-Abhängige, wenn du diesen Ausdruck entschuldigst?«

»Sehr unwahrscheinlich«, antwortete der Alien. »Die Gruppe hätte Spezialisten mitgebracht, um solche Zwischenfälle zu verhindern. Aus diesem Grund versuchen wir doch, mit ihnen in Verbindung zu kommen, wenn du dich daran noch erinnern kannst.«

»Trotzdem aber solltest du Bobs Nachricht noch etwas Persönliches hinzufügen.«

»Er ist einverstanden«, übermittelte Bob. »Er sagt, ihr sollt noch eine Flasche besorgen — eine ganz kleine reicht vollkommen — und etwas, womit man Glas schneiden kann. Haben Sie einen Karborundum-Stift, Doktor, oder einen kleinen Diamanten?«

»Ich kann einen Schreiber besorgen«, sagte Bobs Vater.

»Er braucht nicht den ganzen Stift, nur die Carbo-Spitze. Er will auf die Innenfläche der Flasche schreiben und könnte den

Stift darin sicher nicht bewegen, selbst wenn er ihn durch den Flaschenhals brächte. Einen Korken und Sandballast braucht er nicht. Er sagt, daß er die Flasche einfach am Hals der anderen befestigen und etwas tun wird, das bestimmt die Aufmerksamkeit seiner Leute hervorruft.«

»Dann können wir also wirklich damit rechnen, mit jemand in Verbindung zu kommen, der Bob heilen kann?« Es war seine Mutter, die das sagte, und ihre Stimme zitterte ein wenig. »Es war sicher recht aufregend für alle, die diese Sache als intellektuelles Problem auffassen können, aber das war mir leider nicht möglich.«

Bob begnügte sich damit, die Frage seiner Mutter zu bejahen, doch die Ehrlichkeit des Jägers zwang ihn, noch etwas hinzuzufügen.

»Falls nur Polizeibeamte, wie ich es bin, auf die Erde gekommen sind, kann es ein wenig länger dauern. Vielleicht müssen wir auf ein Schiff warten, zurückfliegen und die Spezialisten herbringen, die Bob braucht.«

»Davon wollte ich nicht sprechen«, murmelte Bob unhörbar. »Warum soll sie sich noch mehr Sorgen machen, als sie jetzt schon hat?«

»Sei doch nicht so kurzsichtig egoistisch«, wies ihn sein Symbiont zurecht. »Falls die kommenden Entwicklungen sie enttäuschen sollten, wirst du kaum in der Lage sein, ihr etwas abzunehmen; außerdem hat sie ein Recht darauf, die Wahrheit zu erfahren.«

Widerwillig vermittelte Bob den Zusatz des Jägers. Seine Mutter seufzte tief und schüttelte den Kopf. Dann blickte sie ihren Sohn an und sagte: »Danke, Jäger.« Bob hob die Brauen. »Und natürlich auch dir, mein Sohn.«

Das beendete die Diskussion. Bob war müde, und seine Eltern und Maeta brachen auf.

»Wann brauchst du den Glasschneider, Jäger?« fragte Arthur Kinnaird, als sie die Tür erreicht hatten. »Noch heute nacht? Ich könnte sofort einen besorgen.«

»Nein«, übermittelte Bob die Antwort des Jägers. »Er muß mich verlassen, um seine Nachricht zu schreiben, und das will er keinesfalls vor morgen abend tun. Ihr könnt also noch einen Tag wie gewohnt verbringen. Er wird die Nachricht morgen abend schreiben, wenn mit mir alles in Ordnung ist, und am Mittwoch können wir sie dann zu dem Schiff bringen.« Sein Vater nickte, und kurz darauf war Bob eingeschlafen.

Der Jäger verbrachte die Nacht wie immer und untersuchte ständig die Biochemie seines Gastgebers, um alles besser ins Gleichgewicht zu bringen. Die Gelenkschmerzen hatten sich an diesem Tag nicht gemeldet, und der Alien fragte sich, ob die Infektionstoxine, die Ruhe, Seevers Antibiotika oder sogar die Abwesenheit des Symbionten dafür verantwortlich waren. Am Ende dieser Nacht verfiel er in seine gewohnte Stimmung von Depression und Frustration.

Bobs Arm sah am nächsten Tag erheblich besser aus, und auch seine anderen Verletzungen heilten gut. Die Stiche im Herzmuskel hatten sich völlig geschlossen; es war eine saubere Wunde gewesen, die Muskeln waren größtenteils auseinandergepreßt worden und kaum gerissen. Auf Gesicht und Ohr brauchte der Jäger kaum noch zu achten, obwohl Bob sich häufig über starken Juckreiz beklagte. Die Ursache dieser neuen Beschwerden blieben dem Detektiv verborgen, doch er gab sich auch nicht besondere Mühe, sie zu finden.

Arthur Kinnaird brachte die Carborundum-Spitze im Lauf des Nachmittags, und Seever holte eine kleine, dünnwandige Zweihunder-Milliliter-Flasche aus seinem Labor; während der Nacht verließ der Jäger Bob für ein paar Stunden, um seine Nachricht in die Innenseite der Flasche zu ritzen. Es war mehr Arbeit, als er erwartet hatte. Die Spitze war hart und scharf genug, doch mußte er einen erheblichen Druck aufwenden. Er bedeckte etwa ein Viertel der Innenfläche der Flasche mit einer Schrift, die ein Mensch nur durch ein Mikroskop hätte erkennen können.

Er versuchte, alle Daten und Informationen anzuführen, die den Leser der Nachricht von seiner Identität überzeugen konnten — da sie offensichtlich noch immer mit der Möglichkeit rechneten, daß auch der Kriminelle sich in dieser Region aufhielt —, und auch Angaben, die es ihnen ermöglichen sollten, zumindest ein menschliches Mitglied seiner Gruppe zu identifizieren. Er beschrieb auch die Schwierigkeiten seines Gastgebers und machte nicht den Versuch, sein eigenes Versagen bei der Lösung dieses Problems zu beschönigen. Er hatte seine Worte sorgfältig gewählt und kehrte trotz der unerwarteten Schwierigkeit seiner Aufgabe nach drei Stunden in seinen Gastgeber zurück.

Bob hatte nur geringe Beschwerden, als er sich am nächsten Morgen erhob. Der Wind war am vergangenen Tag ziemlich stark gewesen, was alle Beteiligten in Unruhe versetzte, und er bestand darauf, Maeta nach North Beach zu begleiten. Sie waren allein; falls es möglich sein sollte, hinauszufahren, würde Maeta mit dem Rad zurückfahren und Bobs Mutter und Mrs. Seever holen.

Die Sonne stand schon hoch am Himmel, als sie North Beach erreichten, da Bob lange geschlafen hatte. Als sie das Ausleger-Boot erreichten, erhob sich ein kleiner Junge, der neben ihm gesessen hatte, und blickte ihnen entgegen.

Wieder fiel dem Jäger auf, wie dick André war, eine Seltenheit bei den Kindern auf Ell. Sie waren in der Regel überaus aktiv, und Daphne, erinnerte er sich, war stolz darauf, daß man bei ihr die Rippen zählen konnte. Aber noch mehr beschäftigte ihn und die beiden Menschen die Überlegung, was er mit dem Boot angestellt haben mochte, bevor sie eingetroffen waren. Maeta begrüßte den Jungen trotzdem mit der gewohnten Freundlichkeit. Vielleicht hatte sie die Absicht, ihn zu fragen, was er hier mache, doch er ließ ihr keine Zeit dazu.

»Kann ich mit euch hinausfahren?« fragte er sofort.

»Warum?« erwiderte Bob.

»Ich will sehen, was ihr draußen macht. Ihr habt den Metallsucher der Tavakés. Ich wollte ihn schon immer mal ausprobieren, aber sie haben mich nie gelassen, und ich frage mich, was für Metall ihr außerhalb des Riffs sucht. Niemand läßt da draußen Werkzeuge ins Wasser fallen, und wenn, wäre es nicht der Mühe wert, sie zu suchen. Wollt ihr einen Schatz finden?«

»Nein.« Bobs Ton war schärfer, als es unter Wahrung der

Höflichkeitsregeln zulässig war. »Warum kümmerst du dich darum, was Erwachsene tun? Warum bist du nicht mit anderen Kindern zusammen?«

»Mit denen?« Der Junge zuckte die Schultern. »Die sind doch langweilig. Ich will lieber sehen, was ihr treibt.«

»Wir spannen keine Stolperdrähte oder spielen mit den Lenkstangen und Bremsen von Fahrrädern oder verstecken Glasscherben im Sand«, sagte Bob noch weniger taktvoll. Andrés Gesicht wurde noch ausdrucksloser als sonst, doch schien er zu erkennen, daß dies alles andere als natürlich wirkte, und er setzte ein überraschtes Gesicht auf. Dann fiel ihm ein, daß diese Reaktion zu spät kam und zuckte wieder die Schultern.

»Okay. Dann eben nicht. Ich habe mir ohnehin gedacht, daß ihr mich nicht haben wollt. Die Kinder, mit denen ich eurer Meinung nach spielen sollte, wollen mich auch nicht. Dann muß ich eben etwas anderes machen.« Er wandte sich ab.

Weder Bob noch der Jäger wußten, wie sie auf diese bittere und mitleiderregende Bemerkung reagieren sollten, doch Maeta antwortete sofort.

»André, ich verstehe dich nicht. Wenn du wirklich das getan hast, was Bob eben erwähnt hat, mußt du dir doch denken können, daß die Menschen dich nicht in ihrer Nähe haben wollen. Und du hast es getan, nicht wahr?« Der Junge blickte sie fast eine Minute lang schweigend an.

»Natürlich habe ich es getan«, sagte er dann trotzig. »Und ihr wißt es sehr genau. Jenny hat mich reingelegt, als sie neulich mit mir sprach, und sie hat es euch erzählt.«

»Woher weißt du, daß sie es uns erzählt hat?«

»Ich habe es gehört. Als sie zu euch ins andere Zimmer ging, habe ich mich unter das offene Fenster geschlichen und gelauscht.«

Bob versuchte, sich nicht anmerken zu lassen, was für eine Wirkung diese Enthüllung auf ihn hatte. »Was hast du gehört?« fragte er.

»Eine Menge.«

Bob hatte bei seinem Gast-Detektiv keinen Unterricht genommen, doch er wußte auch so, daß es besser war, nicht nach Einzelheiten zu fragen.

»Hast du uns schon öfter belauscht?«

»Klar. Jede Menge.«

»Wann, zum Beispiel?«

»Bei Seevers Haus meistens. Und damals, als du und Jenny von Apu zurückgekommen seid, und sie und deine Schwester zur Bibliothek gegangen sind, um nach dem Ding zu fragen, das ihr gesucht habt. Und dann auf der Pier, an dem Abend, als du aus den Staaten zurückgekommen bist.«

»Hast du versucht, meinen Blechkoffer aufzubrechen?«

»Nein. Ich habe an dem Tag etwas anderes versucht. Dein Vater hat eine Menge gesagt, als er sich an dem Koffer verletzte.«

»Sag mal, André«, wandte Maeta sich jetzt an den Jungen, »spionierst du allen Leuten nach, oder ist etwas an Bob und Jenny und mir, das dich besonders interessiert?«

»Ich lausche immer, wenn ich kann. Wenn es keinen Spaß macht, höre ich auf. Bei euch hat es eine Menge Spaß gemacht.«

»Das kann ich mir vorstellen«, sagte Bob bitter. »Was macht bei uns denn so besonderen Spaß?«

»Die grünen Dinger.« Das Gesicht des Kindes war noch immer ausdruckslos. »Die grünen Dinger, die dafür sorgen, daß du nicht verletzt werden kannst. Eins von ihnen hat deinen Vater davor bewahrt, verbrannt zu werden, als ich noch sehr klein war.« Das, überlegte der Jäger, war eine interessante Interpretation dieses Ereignisses; er fragte sich, ob diese Formulierung von André stammte, oder von jemand anders. Zum erstenmal begann er sich zu überlegen, ob Seevers Verdacht, der Kriminelle sei damals doch nicht getötet worden, vielleicht nicht ganz grundlos war. André fuhr fort: »Ich wollte eins für meinen Vater haben, weil Mutter gestorben war. Und dann, als die anderen Kinder mich schlugen, wollte ich eins für mich.«

»Du hast also damals, vor vielen Jahren, geglaubt, daß es grüne Dinger gibt, die verhindern, daß Menschen verletzt werden können?« Bob wollte ganz sicher gehen.

»Natürlich. Ich habe dich doch mit so einem grünen Ding in dem Feuer gesehen. Ich habe mich damals gefragt, wie du es bekommen hast, und habe eine ganze Zeit herauszufinden versucht, wer sie hat. Aber ich war mir niemals ganz sicher, bis vor ein paar Tagen, als ich eins teilweise aus deiner Hand kommen sah, während du am anderen Ende der Insel schliefst. Ich bin dann ein Stück mit dir gegangen und wollte dich fragen, aber ich dachte mir, daß du es mir nicht sagen würdest, und ich wollte sicher sein. Sie haben mir gesagt, daß du dich nicht verletzt hast, als du vor der Bibliothek vom Rad gefallen bist. Ich bin nicht dageblieben, weil ich nicht glaubte, daß es funktionieren würde. Es war ohnehin nur ein Experiment. Auf eurer Zufahrt habe ich dann einen richtigen Versuch gemacht, und danach wußte ich Bescheid.«

»Das glaube ich gerne.« Bob wußte im Moment nicht, was er sagen sollte. Maeta reagierte sofort, wie immer.

»André«, sagte sie, »hast du dir gar keine Gedanken darüber gemacht, was für Folgen es gehabt hätte, wenn du dich wegen dieses ... grünen Dinges geirrt haben solltest?«

»Okay, dann hätte ich mich eben geirrt. Aber ich habe recht gehabt!« Zum erstenmal sahen sie einen Ausdruck in dem rundlichen Gesicht — einen Ausdruck des Triumphes. Bob und Maeta blickten einander an; dann wandte sich das Mädchen wieder dem Jungen zu.

»Und wie war es mit Jennys Fuß?« fragte sie. »Hast du auch bei ihr angenommen, daß sie eins hat?«

»Wäre doch möglich gewesen. Sie war ständig mit Bob zusammen, und sie sind Freunde. Einem Freund würde er es schon gegeben haben.«

»Und jetzt weißt du, daß sie keins hat. Tut es dir nun nicht leid?«

»Sie kommt schon wieder in Ordnung.«

Bob fiel etwas ein. »Bevor du noch mehr Experimente durchführst, André: Maeta hat keines, und alle anderen Menschen hier auch nicht.«

Maeta trat zu ihrem Auslegerboot. »Es ist wohl besser, wenn du mitkommst, André. Du hast in dieser Angelegenheit nur teilweise recht, und wir müssen dir einiges erklären, bevor etwas wirklich Schlimmes passiert.«

»Werdet ihr mir helfen, eins zu finden?«

»Wir suchen sie, aber wir können dir keins geben. Es sind keine ›Dinge‹, sondern Lebewesen wie wir, und wenn du möchtest, daß eins von ihnen mit dir zusammenlebt, mußt du dafür sorgen, daß es dich mag. Komm jetzt, Bobs Arm ist immer noch nicht brauchbar, weil sein Freund gebrochene Knochen nicht schneller heilen kann, als sie von Natur aus heilen. Eigentlich wollten wir ein paar andere Leute holen, um uns beim Paddeln zu helfen, aber du bist uns auch recht.«

»Ich will eigentlich gar nicht mitfahren. Ich weiß, ich habe darum gebeten, aber ich war sicher, daß ihr mich abweisen würdet. Der Wind ist zu stark, und ich habe Angst.«

»Wir bringen eine wichtige Nachricht — eine sehr, sehr wichtige Nachricht — zu den grünen Leuten. Wir werden sie nie finden, wenn wir die Nachricht nicht dorthin bringen, wo sie nach unserer Meinung sein werden.«

»Sind sie im Ozean?«

»Manchmal. Komm jetzt.« Der Junge hatte noch immer keine Lust, doch Maetas starke Persönlichkeit ließ ihm keine Wahl, und so war der Jäger keineswegs überrascht, als der Junge half, das Boot ins Wasser zu schieben. Und auch Bob nicht. Beide machten sich dagegen Sorgen über den scheinbar feststehenden Entschluß des Mädchens, mit nur zwei Paddlern hinauszufahren, von denen einer nicht sehr kräftig war und wahrscheinlich überhaupt keine Erfahrung besaß.

Da sie in Anwesenheit des Jungen keine Fragen stellen wollten — weder Bob noch der Jäger wollten einen Plan verderben, den sie haben mochte —, konnten sie nicht wissen, daß Maeta sich in eine Ecke manövriert hatte. Sie wollte die Flasche unbedingt zu dem Raumschiff bringen; sie betrachtete die Nachricht für Bob als lebenswichtig. Außerdem hatte auch sie den Verdacht, daß André irgend etwas mit ihrem Boot angestellt haben mochte, und wollte die Versicherung, ihn in dem Boot sitzen zu sehen. Nichts anderes konnte sie davon überzeugen, daß er nicht doch irgend etwas getan hatte, und bis zu dem Augenblick, als sie in See stachen, erwartete sie, daß er im letzten Augenblick noch irgendeine lahme Ausrede erfinden würde, um zurückzubleiben.

Der Jäger hatte in der gleichen Richtung gedacht, dann jedoch war ihm etwas anderes eingefallen: Sollte sein Gegner tatsächlich in dem Jungen stecken und ihn zu all diesen Streichen angestiftet haben, war es durchaus möglich, daß alle Menschen in dem Boot ertrinken würden. Der andere hätte kein wirkliches Interesse am Wohlergehen seines Gastgebers und würde den Tod des Jungen als gerechtfertigt ansehen, wenn er dadurch dem Jäger seinen Gastgeber und einen Helfer nehmen konnte. Die Aliens würden keinen Schaden nehmen, wenn das Boot auf dem Riff zerschellen sollte. Sie konnten nicht ertrinken; und die Situation wäre wieder genauso, wie vor fast acht Jahren, als die beiden Repräsentanten des Guten und des Bösen aus Castors Zivilisation die Erde erreicht hatten. Es würde genauso sein wie damals, nur würde der andere diesmal keinen der Fehler begehen, durch die der Jäger ihn damals finden konnte.

Der Jäger fragte sich, auf welche Weise das Boot sabotiert sein mochte, und wann sich dieser Schaden bemerkbar machen würde.

Der Wind wehte aus Südosten und frischte immer mehr auf. Bob und sein Symbiont wurden zunehmend unruhiger, und selbst Maetas Nerven waren angespannt. Sie fragte sich, ob ihr Verstand nicht für wenige Augenblicke an Kurzsichtigkeit gelitten hatte. Über ihr Boot hatte sie sich keine Gedanken mehr gemacht, seit sie tiefes Wasser erreicht hatten und André noch immer an Bord war. Genau wie Bob und der Jäger während der letzten Wochen kam auch sie sich jetzt reichlich albern vor; wie der Jäger machte sie sich jetzt Sorgen darum, welche Folgen ihre Fehler für andere Leute haben mochten.

Trotz des Windes und ihrer ablenkenden Gedanken fand sie die Markierungsboje über dem Schiff sofort. Trotz Wind und Wellengang war sie klar auszumachen, und die Tanks in der Lagune, die ihr als Richtungshilfe dienten, waren deutlich zu erkennen. Sie richtete den Bug des Auslegerbootes in den Wind und zog ihr Paddel ein.

»André, versuche, es ohne meine Hilfe eine Minute lang hier zu halten. Du siehst doch die Boje dort; du mußt versuchen, in dieser Position zu ihr zu bleiben.«

Bob brauchte einige Zeit, bis er begriff, was hinter diesen Worten lag, und als er sich dann nach ihr umwandte, hatte sie bereits Jeans und Hemd ausgezogen, die sie über ihrem Badeanzug trug, und ließ sich über Bord gleiten, die kleine Flasche in der linken Hand. Selbst der Jäger wäre jetzt einverstanden gewesen, die Nachricht einfach über Bord zu werfen, und Bob war zutiefst schockiert; doch Maeta ließ ihm nicht die Zeit, seine Gefühle auszudrücken. Bob konnte nur ein paar Worte herausbringen, bevor sie untertauchte.

Weniger als eine Minute später war sie wieder aufgetaucht und glitt mit gewohnter Grazie an Bord. Sie nahm ihr Paddel auf und begann es durchs Wasser zu ziehen.

»Bob, du mußt dich auf die vordere Strebe hinauslehnen oder dich daraufsetzen. Ich kann nicht direkt auf den Strand zuhalten, und auch so laufen wir genau gegen den Wind. Ein Ausleger ist kein wirklicher Doppelrumpf und sehr leicht; der Wind könnte ihn aus dem Wasser heben. Dein Job ist, darauf zu achten, daß es nicht geschieht. Du machst deine Sache gut, André. Mach so weiter.«

Es war jetzt sehr viel schwerer. Auf ihrem Weg zum Riff hatten sie den Wind im Rücken gehabt; jetzt blies er ihnen entgegen und hielt sie auf. Maeta erkannte sofort, daß sie die Drift unterschätzt hatte und wich ein paar Grad westlich ab. Schließlich fand sie den Kurs, der sie zur North Beach bringen würde, doch selbst André erkannte, daß sie eine sehr lange Zeit brauchen würde, um die Insel zu erreichen. Maeta entschied anscheinend, daß es zu lange dauern würde; wenige Minuten später lenkte sie das Boot fast genau nach Westen, und sie fuhren von der Insel fort.

»Was hast du vor?« rief Bob durch das Heulen des Windes.

»Wir schaffen es nicht nach Ell. André hält nicht mehr lange durch, und ich werde auch nicht ewig weitermachen können. Ich möchte vor allem dem Riff ausweichen, und dies ist der kürzeste Weg. Du kannst jetzt wieder von der Strebe herunterkommen.«

»Aber der Wind bläst uns auf die offene See!«

»Ich weiß. Aber Insel Acht ist nur etwa fünfunddreißig Meilen entfernt und der Wind weht direkt auf sie zu, soweit ich das erkennen kann. Wir sollten keine Schwierigkeiten haben, sie zu finden — ich habe einen Kompaß an Bord. Wir können sie schon aus großer Entfernung sehen; der Kultur-Tank, den sie dort aufgestellt haben, ist ungewöhnlich hoch; falls wir also ein wenig vom Kurs abkommen sollten, haben wir reichlich Zeit für Korrekturen. Das wichtigste ist jetzt, am Riff vorbeizukommen.«

»Und nicht abzusaufen.«

Maeta wies diese Bemerkung mit einem Zurückwerfen des Kopfes von sich. Sie *wußte,* daß sie sich um Wind und Wellen auf offener See keine Sorgen zu machen brauchte, so lange sie das Paddel halten konnte. Das Vertrauen in ihre Kompetenz wurde durch die Arroganz der Jugend vielleicht noch verstärkt, aber sie wußte genau, was sie tat. Der Fehler, an diesem Tag überhaupt auf See zu fahren, resultierte daraus, daß sie Faktoren, die nicht mit dem Wetter zusammenhingen, zu viel Gewicht beigemessen hatte, doch würde sie keine Sekunde zögern, es wieder zu tun, so lange sie einigermaßen sicher sein konnte, die Nachricht zu übermitteln.

»Wie ist es mit dem Riff bei Insel Acht?« schrie Bob. »Ich bin noch nie dort gewesen.«

»Ich auch nicht«, war die Antwort, »aber Charlie hat mir gesagt, daß die Passage sich auf dieser Seite befindet und ziemlich breit ist — sogar Tanker benutzen sie; also gibt es da kein Problem. Paddele weiter, André, nur noch ein wenig länger; du machst das sehr gut.«

Sie hatte den Kurs etwas in nördlicher Richtung verändert, als sie sich ein Stück von Ell entfernt hatten. Als sie sicher war, das Riff ein gutes Stück seitlich von ihrem Kurs zu haben, drehte sie nach Nordwesten ab, so daß sie genau vor dem Wind lagen. André durfte jetzt mit dem Paddeln aufhören, und sie selbst beschränkte sich mehr oder weniger darauf, das Boot auf Kurs zu halten. Sie passierten das Riff von Ell in einem sicheren Abstand von zwei- bis dreihundert Yards, doch Bob kamen die Brecher trotzdem ungemütlich nahe vor.

Dann lag die leere Weite der See vor ihnen. Maeta hatte die Geschwindigkeit des Bootes berechnet, indem sie die Zeit abschätzte, die es brauchte, um von einem markanten Punkt auf dem Riff zu einem anderen zu gelangen. Sie machten etwa sechs Knoten; die Windgeschwindigkeit war natürlich erheblich größer, doch bot das flache Auslegerboot ihm nicht genügend Angriffsfläche, um den Widerstand des Wassers überwinden zu können. Das bedeutete, daß sie an die sechs Stunden brauchen würden, um Insel Acht zu erreichen.

Es bestand keinerlei Gefahr, daß einer von ihnen einschlafen könnte. Das Boot schlingerte so stark, daß sie sich fast ständig irgendwo festklammern mußten, und es wurde so viel Gischt von den Wellenkämmen hereingeweht, daß sie immer wieder Wasser aus dem Boot schöpfen mußten. Doch mit Ausnahme der ersten Minuten des Zweifels war es keine beängstigende Fahrt, nicht einmal für den Jungen. Natürlich waren Wind und Gischt alles andere als angenehm; Maeta hatte Jeans und Hemd wieder angezogen, obwohl die Kleidung inzwischen völlig durchnäßt war, und André, der nur Shorts trug, vergaß seine Unabhängigkeit und Gleichgültigkeit so weit, daß er sich an Bob drängte, um sich zu wärmen. Der Jäger überlegte, ob er den Körper des Jungen nicht nach der Anwesenheit des nicht mit Sicherheit toten Kriminellen untersuchen sollte, ließ es dann jedoch, weil es ihm nicht sicher genug erschien. Wenn der Junge sich häufig bewegte, besonders aber, wenn er von Bob fortrückte, während der Alien sich teilweise in dem einen und teilweise in dem anderen Körper befand, konnte das zu sehr unerfreulichen Resultaten führen. Der Detektiv konnte es sich natürlich leisten, ein paar haarfeine Fühler zu verlieren, so wie es bei dem Raumschiff geschehen war, doch solche Tastorgane mochten nicht ausreichend sein, um den anderen Alien zu finden. Falls der tatsächlich dort sein sollte, wußte er natürlich durch die rasche Heilung der Stichwunde im Herzen von der Gegenwart des Jägers in Bobs Körper, und würde sich verstecken, zu einer einzigen Masse zusammengeballt, oder zu mehreren kleineren, die in irgendeiner Körperhöhle ruhten, anstatt den ganzen Organismus des Jungen zu durchziehen, wie es für seine Beschützerpflicht notwendig wäre.

Der Jäger teilte diese Überlegungen seinem Gastgeber mit, und Bob gab ihm recht, daß eine direkte Untersuchung unklug war, solange der Junge nicht schlief. Doch André schlief nicht ein.

Gegen Mitte des Nachmittags kam der Tank von Insel Acht direkt voraus in Sicht. Es war ein experimentelles Modell, mehr als doppelt so hoch wie die normalen Tanks, die eine Höhe von zwölf bis fünfzehn Fuß aufwiesen, und deshalb aus einer weit größeren Entfernung sichtbar. Unglücklicherweise hatte das Experiment keinen Erfolg gezeitigt; so war die Anlage nicht in Betrieb, und das kleine Atoll, auf dem sie stand, unbewohnt.

Eine halbe Stunde nach der ersten Sichtung konnten sie die Brandungswellen des Riffes ausmachen. Anfangs erstreckten sie sich in etwa gleicher Länge nach beiden Seiten des Bugs, ohne jede Lücke. Selbst Maeta wurde ein wenig nervös — in kurzer Zeit würde es unmöglich werden, den gischtenden Brechern nach links oder rechts auszuweichen. Das Mädchen änderte den Kurs ein wenig und sagte André, er solle wieder paddeln. Bob und der Jäger, die nichts Konstruktives tun konnten, blickten mit wachsender Unruhe zu der langen Linie der Brecher hinüber, denen sie sich immer rascher zu nähern schienen. Ein gelegentlicher Blick in Maetas Gesicht beruhigte sie ein wenig, doch nicht ganz; ihr Ausdruck ließ sich genausogut als Konzentration wie auch als Besorgnis deuten.

Die Passage mochte, wie Maetas Bruder es behauptet hatte, für einen kleinen Tanker ausreichen, doch im Augenblick sah sie verdammt schmal aus. Sie führte gerade durch das Riff, wußte das Mädchen — man hätte sie für die Tanker so ausgebaggert, wenn sie nicht von Natur gerade gewesen wäre —, doch lag sie unglücklicherweise nicht genau in der Windrichtung. Sowie sie in ihr waren, würden sie hart nach Steuerbord paddeln müssen, um nicht an den linken Rand der Passage und auf das Riff geweht zu werden. Um ihnen soviel Spielraum wie möglich zu geben, lenkte Maeta das Boot so nahe, wie sie es wagte, an die Brecher an der rechten Seite der Passage heran, als sie in sie hineinfuhren.

Das Riff war flach und gab ihnen keinerlei Windschutz. Es brach zwar die Wellen, doch das war mehr als nur unnütz. Anstatt harmlos unter dem Boot entlangzugleiten und es lediglich ein wenig zu heben, wurde das Wasser jetzt von den Korallenbänken himmelwärts geschleudert und vom Wind zu Gischt verweht. Als das Boot in die Passage einbog, wurden alle drei Menschen an Bord von der Gischt geblendet, und das Boot füllte sich rasch mit Wasser.

»Beide schöpfen!« schrie Maeta. »Um das Paddeln kümmere ich mich allein.«

Maeta sah nicht, in welche Richtung sie fuhr, und die einzige Möglichkeit, einigermaßen Kurs zu halten, bestand darin, die Gischt von rechts gegen ihren Rücken klatschen zu lassen. Niemand, dem nur menschliche Sinne zur Verfügung standen, hätte es besser machen können.

Sie ließen die schlimmste Gischtzone hinter sich und fanden sich fast auf der Korallenbank, die die linke Seite der Passage abgrenzte. Maeta versuchte verzweifelt, das Boot noch mehr nach rechts zu bringen, doch ihre Kräfte reichten dazu nicht aus. Sie hätte es trotzdem beinahe geschafft, doch nur ein oder zwei Yards vor der relativen Sicherheit der Lagune wurde das Boot auf eine harte Korallenbank geschleudert.

Der Rumpf überstand den Schock vielleicht für ein paar Sekunden, doch die drei menschlichen Insassen wurden nach vorn geschleudert. Bob stürzte auf André, Sekunden bevor Maeta auf sie beide geworfen wurde.

Es gab einen zweiten harten Stoß, durch den, wie sie später feststellten, der Junge in den Bug des Bootes geschleudert wurde. Die drei Körper wurden in die Luft geworfen, vollführten einen halben Salto und fanden sich entweder unter Wasser oder in einer Gischt, die so dicht war, daß sie kaum Luft holen konnten, und dann fühlten sie noch einen harten

Stoß. Sie lagen nebeneinander auf durchnäßtem Sand, und Gischt wehte über sie hinweg.

Bob war bei Bewußtsein und nicht schwer verletzt. Der Jäger hatte sich automatisch um ein paar kleine Wunden gekümmert, die ihm die Korallen gerissen hatten; Bobs Stürze waren größtenteils durch die beiden anderen Körper abgefangen worden. Keinem von ihnen ging es sehr gut.

13
Rekonstruktion

André war bewußtlos, hatte jedoch nur geringe äußere Verletzungen erlitten. Obwohl dies eine günstige Gelegenheit gewesen wäre, nach der Präsenz eines Symbionten zu suchen, beachtete Bob den Jungen kaum, da der Zustand Maetas erheblich ernster war. Sie hatte zuunterst gelegen, als sie auf die Korallen geschleudert worden war. Tiefe Schnitte hatten Rücken und Lenden aufgerissen, und von ihrem rechten Bein war ein großes Fleischstück weggerissen worden. Blut spritzte aus den Wunden in den Sand und wurde sofort von der Gischt verdünnt.

Bob und sein Partner erkannten die Lage sofort und reagierten innerhalb von Sekunden. Das menschliche Mitglied des Teams umfaßte das verletzte Bein dicht oberhalb des Knies, preßte seine Handfläche auf die stärkste Blutung und befahl seinem Partner: »Scher dich hinein und verdiene dein Brot! Ich halte die Wunde so lange verschlossen, bis ich sicher bin, daß du drin bist, aber zwicke mich in die Hand oder so etwas, zehn Sekunden, bevor du mich völlig verläßt.«

Der Jäger wollte im ersten Moment widersprechen, da er sich vor allem für Bob verantwortlich fühlte und der ebenfalls verletzt war, doch er begann sofort, von Bob in den Körper des Mädchens überzuwechseln, da er Bobs Antwort zu kennen glaubte. Und er hatte recht.

»Nun mach schon! Keiner dieser Kratzer wird mich verbluten lassen, auch wenn die Gerinnungsfähigkeit meines Blutes nicht ganz in Ordnung sein sollte, und Maeta ist innerhalb von fünf Minuten tot, wenn du dich nicht sofort um sie kümmerst. Ich kann all diese Blutungen nicht stoppen, dazu habe ich nicht genug Hände. Ich nehme an, daß du dich bereits um die

Bakterien gekümmert hast, die in meinen Körper eingedrungen sind, und wenn nicht, kannst du später zurückkommen und es nachholen. Und verschwende gefälligst keine Zeit, nur durch meine Hand zu gehen — ich weiß, wie du aussiehst; du kannst mich also nicht mehr schockieren. Beeil dich!«

Der Jäger gehorchte, und innerhalb einer halben Minute hatte er die schlimmsten Blutungen des Mädchens gestillt. Es dauerte weitere vier oder fünf Minuten, um seine ganze Substanz in den Körper Maetas zu transferieren, vor allem, weil es ihm schwerfiel, sich von den Körperregionen Bobs zu lösen, in denen es Verletzungen gab. Es kostete ihn eine erhebliche Anstrengung, bis Intelligenz über Gewohnheit siegte; auf eine gewisse Weise war er von Bob ebenfalls abhängig.

Er war erleichtert, wenn auch nicht sehr erstaunt, als er feststellte, daß Maeta keine Knochen gebrochen hatte, doch waren bei dem Aufprall mehrere Korallenstücke abgebrochen und tief in die Muskeln ihrer verletzten Beine eingedrungen. Ihre Bewußtlosigkeit war allein auf den Blutverlust zurückzuführen, und er mußte sich schnellstens darum kümmern, die Schockwirkung abzubauen.

Was sie am dringlichsten brauchte, war Ersatz für verlorene Körpersubstanz: Nahrung. Der einfachste und schnellste Weg wäre natürlich gewesen, irgend etwas zu ingestieren und Aminosäuren in ihren Kreislauf abzugeben. Wenn ein toter Fisch oder eine Krabbe neben ihr gelegen hätte, würde er dieses Problem sofort gelöst haben. Aber es lag nichts neben ihr, und da die winzige Insel nach wie vor von Wind und Gischt gepeitscht wurde, würde es Bob sicher unmöglich sein, irgendeine Nahrung zu beschaffen, selbst wenn er von der Notwendigkeit gewußt hätte.

Bob machte sich im Moment mehr Sorge um den Jungen. Er untersuchte den reglos am Boden liegenden Körper so gründlich, wie es ihm unter den Umständen möglich war, stellte fest, daß zumindest keine der größeren Knochen gebrochen waren und streckte ihn ein wenig bequemer aus. Der Junge blutete aus mehreren unbedeutenden Kratzern und Abschürfungen, doch die Blutungen kamen bereits zum Stehen. Bobs Verletzungen bluteten noch immer, doch machte er sich keine Gedanken darüber. Sein gebrochener Arm machte ihm nicht mehr Schwierigkeiten als vorher.

Während er überlegte, was er tun sollte, erstreckte sich der Schatten des Tanks über das ganze Atoll. Selbst Bob, der an die Temperaturen von New England gewöhnt war, begann in seiner durchnäßten Kleidung zu frösteln und sah ein, daß er vor Anbruch der Nacht irgend etwas unternehmen mußte, damit die beiden Verletzten nicht an Unterkühlung starben. Das tropische Meer und die Luft des Pazifik sind nicht wirklich kalt, doch liegt ihre Temperatur unter der des menschlichen Körpers und entzieht ihm die Wärme rascher, als er sie ersetzen kann.

Um die beiden Verletzten warm zu halten, fiel Bob nichts anderes ein, als ein großes Loch in den Sand zu graben. Er schaufelte mit den Händen ein Loch, das groß genug war, um sie alle drei aufzunehmen. Er zog Maeta und André hinein, legte sich zu ihnen und schaufelte Sand über sich und die beiden anderen. Der Sand war natürlich von der Gischt durchnäßt, aber wenn er von ihrer Körpertemperatur erwärmt worden war, blieb er warm. Der Wärmeverlust der drei Körper wurde so weit gedämpft, daß ihr Stoffwechsel — der des Jägers war zu gering, um zu zählen — damit fertig werden konnte.

Der Jäger nutzte die Gelegenheit, um ein Pseudopod in Bobs Ohr zu schicken und ihm zu sagen, daß Maeta dringend Nahrung brauche. Es war ein etwas riskantes Unternehmen, doch hätte er die geringfügige Substanz verschmerzen können, falls Bob sich zur unrechten Zeit bewegt hätte. Wahrscheinlich hätte er sie sogar wiederbeschaffen können.

Mit sehr viel weniger Risiko untersuchte er den bewußtlosen André und stellte fest, daß sich kein Symbiont im Körper des Jungen befand; André war von Natur aus so dick. Außerdem stellte der Jäger ein gebrochenes Schlüsselbein fest, das Bob übersehen hatte, doch für diese Verletzung konnte auch der Jäger nichts tun. Es ging weit über seine Kräfte, Knochen in die richtige Lage zu bringen.

Während der Nacht erwachte der Junge aus seiner Bewußtlosigkeit. Seine Selbstbeherrschung war inzwischen verlorengegangen; er weinte laut und fast ununterbrochen, teils vor Schmerzen, teils aus Angst. Zum erstenmal seit dem Feuer-Zwischenfall, den Jenny als Lektion gedacht hatte, erkannte er, daß *ihm* etwas wirklich Ernsthaftes geschehen konnte, etwas Schlimmeres als ein kleiner Schmerz, den ihm eins der ›grünen Dinger‹ nehmen konnte. Bob, der wegen seiner eigenen Schmerzen hellwach war, hatte Mitleid mit André, hoffte jedoch gleichzeitig, daß dieses Erlebnis ihm eine Lehre sein würde.

Die Nacht wurde selbst dem Jäger sehr lang. Er brauchte mehrere Stunden, um die Korallenfragmente aus Maetas Fleisch zu pressen, ohne noch größere Schäden anzurichten. Er konnte nichts tun, um die Neubildung von Blut oder Körpergewebe zu beschleunigen, bevor keine Nahrung aufgetrieben worden war, doch er hielt das zerfetzte Fleisch in der richtigen Lage, so daß der Heilprozeß nicht zu größerer Narbenbildung führte. Solange das Mädchen bewußtlos war, brauchte er sich nicht um Schmerzen zu kümmern, und nach dem großen Blutverlust würde sie noch mehrere Stunden bewußtlos bleiben. Falls sie jedoch früher erwachen sollte, war der Alien bereit, sofort die nötigen Maßnahmen zu ergreifen.

Er hatte allen Grund, mit sich zufrieden zu sein. Ohne ihn wäre sie durch den Blutverlust innerhalb von Minuten gestorben; und wenn nicht, dann nach einer oder zwei Stunden am Schock. Wenn er einige Tage bei ihr bleiben könnte, würden nicht einmal Narben zurückbleiben, was das Mädchen sicher zu schätzen wissen würde, und auch sein Gastgeber würde ihm dafür, wie er zu wissen glaubte, sicher sehr dankbar sein.

Er begann, sich wieder Sorgen um Bob zu machen, in dessen unverschlossene Wunden sicher eine Menge Infektionserreger eingedrungen waren. Der Jäger hatte zwar die meisten Organismen, die Bob gleich zu Beginn aufgefangen hatte, beseitigt, doch die Erfahrungen der letzten Zeit hatte ihm gezeigt, daß es nicht lange dauerte, bis Bob wieder in ernster Gefahr wäre. Der Jäger hoffte, nicht zwischen Bob und Maeta entscheiden zu müssen. Es gab natürlich für ihn keinerlei Zweifel, wo seine Verantwortlichkeit lag, doch wenn er Bob rettete und das Mädchen sterben ließ, würde der ihm das Leben in nächster Zeit sicher sehr unerfreulich machen.

Der Wind war bei Sonnenaufgang erheblich abgeflaut, und eine Stunde später wurden sie nicht mehr von der Gischt der Brecher durchnäßt. Bob schaufelte die Sandabdeckung zur Seite, damit die Sonne sie wärmen konnte, sah nach seinen Kratzern, ohne dem Jäger etwas davon zu sagen, und beugte sich dann über André. Der Junge war eine ganze Weile ruhig gewesen, und Bob und der Jäger hofften, daß er schliefe, doch er antwortete sofort, als Bob ihn fragte, wie er sich fühle.

»Scheußlich«, sagte er. »Meine Schulter tut mir weh, mir ist kalt, und ich habe Hunger.«

»Wahrscheinlich wird dir sehr viel wärmer werden, wenn die Sonne höher steigt. Es gibt keinen Schatten hier. Wir sollten ein paar Krabben oder Muscheln finden. Ich weiß nicht, was ich wegen deiner Schulter tun kann — laß mich doch mal sehen.«

Der Junge richtete sich auf und zuckte zusammen, als Bob seine Schulter berührte. »Hör auf. Das tut weh.«

»Okay«, sagte Bob. »Ich bin ohnehin kein Arzt, und du gibst mir auch keine Gelegenheit, dich etwas abzutasten, aber wir sollten sicherheitshalber von der Annahme ausgehen, daß etwas gebrochen ist, und du darfst dich möglichst nicht bewegen.« Der Jäger hatte Bob nicht von dem gebrochenen Schlüsselbein unterrichtet. »Schmerzt es, wenn du den Arm bewegst?«

»Ja. Sehr sogar.«

»Dann werde ich mein Hemd ausziehen und dir daraus eine Schlinge machen, damit der Arm ruhiggestellt wird. Du mußt dich entscheiden, ob du lieber einen kurzen Schmerz ertragen willst, wenn ich dir die Schlinge anlege, damit er nachher erträglicher wird, oder nicht. Ich habe keine Zeit, lange mit dir zu diskutieren.«

»Laß mich in Ruhe. Warum kann dein grünes Ding mir nicht helfen?«

»Er ist mit Maeta beschäftigt, die ihn sehr viel nötiger braucht als du.« Der Junge blickte Maeta zum erstenmal gründlich an, wurde sichtbar bleich und schwieg mehrere Sekunden lang. Dann blickte er auf seine Schulter, die inzwischen von einer blauschwarzen Schwellung bedeckt war. Er schien etwas sagen zu wollen, blickte dann wieder auf Maetas aufgerissenen Rücken und ihr zerfleischtes Bein und ging den Strand entlang.

»Suche ein paar Krabben!« rief Bob ihm nach. Er bekam keine Antwort.

»Ich werde selbst etwas für dich und Maeta finden, Jäger«, sagte Bob und verdrängte André als minderes Problem aus seinen Gedanken. »Warte ein paar Minuten. Ich finde bestimmt etwas; du bist ja nicht besonders wählerisch. Ich muß schnell machen; diese Schnitte tun jetzt gemein weh; vielleicht muß ich nachher eine Weile sehr still sitzen, damit du an uns beiden arbeiten kannst, falls du es kannst.«

Der Jäger konnte nicht antworten. Er dachte sehr intensiv nach, als er Bob durch das improvisierte Auge, das er geformt hatte, nachblickte. Er folgte dem Jungen, stellte er fest, und überlegte, daß es vielleicht besser gewesen wäre, wenn er in die andere Richtung gegangen wäre; doch es gab hier keine andere Richtung; sie befanden sich am Ende der winzigen Insel, direkt hinter der Passage durch das Riff. Die zwei- oder dreihundert Yards Sand im Nordwesten, die etwas weiter, auf das Riff zu, unter Korallen verschwanden, bildeten die ganze Insel. Es lagen noch weitere winzige Inseln in dem Atoll, und der Kultur-Tank nahm den größten Teil der winzigen Lagune ein; doch das Boot war nirgends zu entdecken. Zwei von ihnen waren nicht in der Lage, zu schwimmen, und auch Bob konnte in seinem derzeitigen Zustand das Risiko nicht auf sich nehmen. Auch er würde nach einigen Stunden nicht mehr in der Lage sein, sich über Wasser zu halten.

Der Jäger beschloß, ein wenig von Maetas Blut zu verschwenden, damit es über ihren Wunden gerinnen und sie schließen konnte.

Bob war knapp zwei Minuten später wieder zurück und

brachte einen großen Fisch mit, den der Sturm anscheinend über das Riff an den Strand geworfen hatte. Er sah sehr unappetitlich aus, war für den Jäger jedoch durchaus verwendungsfähig. Bob setzte sich neben das noch immer bewußtlose Mädchen; der Jäger streckte ein Pseudopod durch ihre Haut, umgab damit den Fisch und begann, Aminosäuren und Kohlenstoffe aus dem Gewebe zu ziehen. Der Fisch wog zehn oder zwölf Pfund, und das reichte für den unmittelbaren Bedarf. Der Jäger hatte sich völlig auf seinen Job konzentriert, ohne dabei jedoch auch die beiden anderen Menschen zu vergessen.

Bob fand genügend zu essen, um sich und den Jungen zu sättigen, obwohl er Krabben eigentlich nicht mochte; doch als der Tag fortschritt, erhob sich ein weitaus ernsteres Problem: Wasser.

Es gab auf der winzigen Insel weder eine Quelle noch einen Bach. Die wenigen Regenwasserlachen waren von der Gischt mit Seewasser versetzt worden und wurden ohnehin von der Sonne rasch ausgetrocknet. Bob fand es unter seiner Würde, über Durst zu klagen, das Kind kannte diese Hemmungen jedoch nicht, und sein Jammern wechselte mit ständigen Fragen, wann man sie retten würde.

Bob war da recht optimistisch. »Sie wissen, daß wir mit Maetas Boot unterwegs waren, oder sie haben es herausgefunden, spätestens, als wir nicht zum Abendessen nach Hause kamen. Sie können sich ausrechnen, in welche Richtung uns der Wind geweht hat. Die Catalina war in Tahiti, aber sie haben sie bestimmt heute morgen zurückbeordert, und diese Insel ist die erste, auf der sie nach uns suchen werden. Wenn du zur Abwechslung etwas Nützliches tun willst, male ein großes *SOS* am Strand — so groß, wie es dir zwischen Korallen und Lagune möglich ist. Da es hier nichts gibt, das uns verbergen könnte, werden sie uns ohnehin leicht erkennen können, aber so würde ihnen die Insel aus einer noch größeren Entfernung auffallen.«

Der Jäger glaubte Bob aufs Wort, da seine Feststellung logisch klang, und machte sich keine Sorgen mehr um Wasser, so weit es Bob und den Jungen betraf; die würden einen oder zwei Tage durchhalten. Maeta jedoch konnte das nicht; sie hatte zuviel Blut verloren. Gegen Mittag kam sie wieder zu sich, und der Symbiont erklärte ihr die Situation, indem er die Worte in ihr Mittelohr vibrierte, wie er es auch bei Bob tat. Sie blieb erstaunlich ruhig, doch ihre ersten Worte waren eine Bitte um Wasser. Der Jäger mußte zugeben, daß es keines gab.

»Bist du sicher, daß du nichts unternehmen kannst?« fragte sie. »Ich will nicht jammern wie ein kleines Kind, aber ich kenne alle deine Fähigkeiten noch nicht. Ich weiß, daß du alles mögliche mit der Biochemie eines Menschen anstellen kannst, und frage mich deswegen, ob es dir nicht möglich ist, das Salz aus dem Seewasser herauszudestillieren, nachdem ich es getrunken habe, oder es herausfiltern kannst, bevor man es trinkt. Oder vielleicht braucht man nur einen Arm oder ein Bein ins Wasser zu legen, und du kannst das Wasser durch die Haut hereinbringen und das Salz draußen lassen.«

Der Jäger gab zu, daß ihm das vielleicht möglich sein würde; auf seinem Planeten gab es Organismen, die Entsalzungsorgane besaßen, aber er wußte nicht genau, wie diese Organe funktionierten.

»Auf jeden Fall wird es recht schwierig sein«, sagte der Jäger. »Es ist ein Jammer, daß gerade du, die du das Wasser wegen deines Blutverlusts am nötigsten brauchst, eine so geringe Nahrungsreserve besitzt. Ich habe dir zwar den größten Teil des Fisches gefüttert, den Bob gebracht hat, aber die meisten der Nährstoffe sind bereits verbraucht worden, um deinen Organismus zu reparieren und zerstörtes Gewebe zu ersetzen. Ich bin nicht sicher, ob ich diesen Entsalzungstrick durchführen kann, da ich so etwas noch nie getan habe, aber ich will es versuchen. Bitte Bob, dich zum Wasser zu tragen.«

»Selbst wenn es dir nicht gelingen sollte, ist es schon eine Hilfe, im Wasser zu liegen«, sagte sie. »Ich habe vor Jahren einmal auf einer der Riff-Inseln vor Ell gearbeitet, und die Leute, die mich dort abholen sollten, hatten sich verspätet; ich hatte großen Durst und fühlte mich sofort erheblich besser, als ich mich ins Uferwasser legte. Vielleicht dringt Wasser auch durch die Poren in den Organismus eines Menschen ein.«

Der Jäger versicherte ihr, daß das nicht möglich sei, daß Wasser normalerweise, den Gesetzen der Osmose folgend, eher in umgekehrter Richtung floß. Zu seiner Überraschung wußte sie, wovon er sprach und gab zu, daß er recht hatte — theoretisch zumindest.

»Aber dann hätte das Durstgefühl an jenem Tag noch stärker werden müssen und ich hätte mich nicht besser gefühlt«, wandte sie ein. Der Jäger, der bereit war, jedes sich bietende Diskussionsthema zu benutzen, um das Mädchen von seinem berechtigten Durstgefühl abzulenken, erklärte ihr, daß die menschliche Spezies anscheinend durch Suggestion und Autosuggestion stark beeinflußbar sei. Sie antwortete nicht darauf; Bob war zu ihnen getreten, und sie übermittelte ihm die Bitte des Jägers, sie zum Rand des Wassers zu tragen. Bob kannte natürlich die Funktion der Osmose ebenfalls und zweifelte an der Weisheit ihres Vorhabens, beschloß jedoch, sich nicht mit dem Jäger darüber zu streiten. Das Wasser war glücklicherweise nur ein paar Schritte entfernt, und unter Mithilfe des Mädchens gelang es ihm, sie bis zu einer Stelle zu ziehen, wo ihre Beine von den flachen Wellen umspült wurden. Der Jäger streckte einen Teil seiner Substanz durch ihre Haut und versuchte, sich daran zu erinnern, was er über Entsalzungstechniken gelernt hatte.

Es war ein schwieriges Unternehmen. Seine chemischen Sinne reagierten hauptsächlich auf Großmoleküle, wie Proteine und Polysaccharide; diese konnte er durch eine Methode identifizieren und voneinander unterscheiden, die fast dem menschlichen Tastsinn entsprach. Ihm war intuitiv klar, warum viele von ihnen sich im menschlichen Organismus — oder dem jedes anderen lebenden Wesens — so verhielten, wie sie es taten, so wie die Funktion einer einfachen Spielzeugeisenbahn fast jedem Menschen auf einen Blick klar wird. Doch derselbe Mensch, der sich plötzlich und ohne gründliche Ausbildung der Aufgabe gegenübersähe, einen achtundzwanzig-Zylinder-Flugzeugmotor zu reparieren, würde sich etwa in der gleichen Lage befinden, in der sich der Jäger sah, als er versuchte, einen lebenden Organismus von einem Planeten aufrechtzuerhalten, den seine Leute noch nie zuvor besucht hatten.

Das Entsalzungsproblem sah etwas einfacher aus, führte jedoch in ein völlig anderes Feld. Es war etwa so, als ob man einem Mechaniker, der an Flugzeugmotoren ausgebildet worden war, die Aufgabe stellen würde, ein Fernsehgerät zu reparieren. Die Natrium- und Chlorid-Ionen und auch Magnesium und andere Salze des Meerwassers waren völlig anders strukturiert als Proteine — erheblich kleiner und mit zu uniformen elektrischen Ladungen, um von den meisten der Sinnes- und Manipulationskräften des Alien erfaßbar zu sein. Er wußte, daß alle lebenden Zellen durch die Art ihrer chemischen Struktur eine selektive Durchlässigkeit für die verschiedenen Substanzen aufwiesen. Er kannte auch einige der Methoden, durch die es erreicht wurde, doch bei weitem nicht alle; selbst für ihn war eine Körperzelle eine äußerst komplexe Konstruktion. Wenn man sich ein Wassermolekül in der Größe einer Erbse vorstellt, hätte ein rotes Blutkörperchen des Menschen einen Durchmesser von über einer halben Meile, und es weist eine solche Menge von Detail-Strukturen auf, daß großes Wissen und viel Erfahrung notwendig wären, wenn man den Versuch unternehmen wollte, es zu reparieren oder strukturell zu verändern.

Es gab viele Angehörige der Spezies des Jägers, für die die Konstruktion einer wirksamen Entsalzungsdrüse eine Kleinigkeit gewesen wäre, doch der erfahrene Detektiv gehörte nicht zu ihnen.

Er versuchte es immer wieder, doch seine gelegentlichen Fragen an Maeta, wie sie sich fühle, waren überflüssig. Er wußte, daß er nur verschwindend geringe Mengen deionisierten Wassers durch ihre Haut brachte.

Bob versorgte ihn und das Mädchen laufend mit Nahrung, und natürlich enthielt auch sie eine gewisse Flüssigkeitsmenge, die jedoch nicht ausreichte, um dem Mädchen das brennende Durstgefühl zu nehmen. Der Jäger konnte — und tat es auch — die Nerven blockieren, die die sonst unerträglichen Schmerzempfindungen von ihren Wunden zum Gehirn geleitet hätten, doch die Ursachen der Durstgefühle waren weitaus vielschichtiger und komplexer, so daß er nichts gegen sie unternehmen konnte.

Maeta beklagte sich nicht, doch hin und wieder entschlüpfte ihr eine Bemerkung, die den anderen sagte, wie sie sich fühlte. Sie machte weder dem Jäger noch jemand anders irgendwelche Vorwürfe, nur einmal erwähnte sie, daß es ihre Schuld sei, daß sie alle sich jetzt in dieser Lage befänden, da sie gegen jede Vernunft beschlossen habe, bei dem starken Wind hinauszufahren. Für den Detektiv stand jedoch fest, daß er die Schuld daran trug. Er wünschte, Maeta würde nicht so viel reden, möglichst überhaupt nichts mehr sagen, doch brachte er es nicht übers Herz, sie darum zu bitten.

Glücklicherweise, wie sich bald darauf herausstellte. Es war eine ihrer Bemerkungen, die ihm den wichtigsten Mosaikstein des Puzzles lieferte. Die Bemerkung war für ihn recht schmerzhaft, so sehr, daß er es sich nicht versagen konnte, mit Maeta darüber zu diskutieren, erwies sich jedoch als überaus nützlich.

»Ich glaube, ich habe mich damals besser gefühlt, als ich meinen Durst auf diese Weise zu bekämpfen suchte«, sagte sie. »Wahrscheinlich klappt es diesmal nicht, weil ich so schwer verletzt bin. Bist du sicher, daß ich nicht verdursten werde?«

»Falls es nicht zwei oder drei Tage dauert, bis wir gefunden werden, bist du nicht in Gefahr«, versicherte ihr der Jäger. »Solange du genug Nahrung bekommst, könnte ich dich auf ewig mit dem Wasser versorgen, das du zum Überleben brauchst, wenn es auch nicht genügend wäre, um dir das Durstgefühl zu nehmen. Ich kriege auch etwas Wasser aus dem Meer durch deine Haut — auf jeden Fall mehr, als du ohne meine Hilfe aufnehmen würdest.«

»Das glaube ich nicht«, sagte sie langsam und etwas verschlafen. »Damals, als ich auf dieser kleinen Riff-Insel war, habe ich überhaupt keinen Durst verspürt; daran kann ich mich noch sehr genau erinnern.« Der Jäger war ein wenig irritiert durch diese Bemerkung, weil sie ihn erkennen ließ, daß er bei der Durchführung einer Aufgabe, die die Menschen für einfach hielten, versagte. Dieses Gefühl klang auch in seiner Antwort durch.

»Vielleicht war das auf zusätzliche Reserven zurückzuführen, Maeta«, sagte er. »Aber ich denke, es ist nichts anderes, als die gewöhnliche, menschliche gute-alte-Zeit-Reaktion. Es gibt keine Möglichkeit, daß Wasser — auch nicht Seewasser — durch deine Haut dringen könnte, die ja dazu da ist, um Flüssigkeit in deinem Körper festzuhalten. Und wenn Wasser eindringen könnte, würde es nicht gegen deinen Durst helfen.«

»Hat es aber, daran erinnere mich sehr genau. Zweimal.«

»Aber damals warst du nicht verletzt, und du warst nur wenige Stunden ohne Wasser und wußtest, daß du bald wieder würdest trinken können. Du hast dich sicher noch nie in einer Situation wie dieser befunden.«

»Ich war nicht verletzt, das ist richtig, und beim erstenmal war es nur fünf oder sechs Stunden her, seit ich meine Feldflasche geleert hatte, ohne zu bedenken, daß ich vielleicht länger auf der Insel bleiben müßte. Ich war in jener Zeit ein wenig leichtsinnig. Beim zweitenmal hatte ich innerhalb der ersten Stunde versehentlich meinen Wassereimer umgestoßen, und ich mußte ziemlich schwer arbeiten und war wirklich durstig, als ich bemerkte, daß der Eimer umgefallen war. Das Boot, das mich abholen sollte, kam erst nach Einbruch der Dunkelheit. Es war ein sehr langer Tag für mich. Aber ich habe mich ins Wasser der Lagune gelegt und keinen Durst bekommen.«

Ein Gedanke schoß durch das Bewußtsein des Jägers, und er war so verblüffend, daß er mehrere Sekunden schwieg, um sich über die Implikationen dieser Idee klarzuwerden.

Schließlich fragte er: »Wie lange liegt das zurück? Ist es während der letzten zwei Jahre geschehen oder erheblich früher, als du noch ein Kind warst?«

»Es ist noch nicht sehr lange her«, antwortete Maeta ohne Zögern. »In beiden Fällen habe ich einige Stücke für die Museum Exchange gesammelt — das ist eine Vereinigung, die einen weltweiten Austausch von Sammlerstücken vermittelt —, und mit der habe ich erst Verbindung aufgenommen, nachdem ich in der Bibliothek zu arbeiten begann. Bis dahin wußte ich nicht einmal, daß es sie gab.«

»Also liegt es weniger als drei Jahre zurück.«

»So ungefähr«, bestätigte sie.

Der Jäger beschloß, ihr keine Fragen über die Leichtsinnigkeit zu stellen, die sie zu der Zeit an den Tag gelegt hatte. Sie war eine sehr intelligente Frau, hatte er erkannt, und er wollte vermeiden, daß sie auf denselben Gedankengang verfiel, auf den er gestoßen war. Und er war noch nicht sicher, ob diese Idee richtig war. Er haßte es, voreilige Schlüsse zu ziehen — vor allem vor anderen.

Er wußte auch nicht, ob er sich über die Zeitverschwendung bei ihrer Suche nach dem Raumschiff ärgern oder ob er über die Erkenntnis erleichtert sein sollte, daß nun keine Notwendigkeit mehr bestand, weitere Nachrichten zu dem Schiff zu bringen.

14
Berufliches

Etwa eine Stunde vor Sonnenuntergang wasserte das Flugboot in der Lagune von Insel Acht und glitt langsam auf den Strand zu, wo die Schiffbrüchigen warteten. Ein Gummiboot wurde zu Wasser gelassen, und Dr. Seever sprang hinein. Er paddelte los, ohne darauf zu warten, daß jemand ihn begleitete, und blickte zu den drei Menschen hinüber, die am Wasserrand standen und lagen. Er stieß einen leisen Pfiff aus, als er Maeta sah.

»Ladies first, so wie es hier aussieht«, bemerkte er, als er ins flache Wasser sprang und das Boot an den Strand zog. Er beugte sich über Maeta, um sie genauer zu untersuchen, und war überrascht, wie gelassen und munter sie war.

»Mir geht es den Umständen entsprechend ganz gut, Doktor«, sagte sie. »Der Jäger ist bei mir, und alles, was ich brauche, ist eine Gallone Wasser. Kümmern Sie sich lieber um Bob; er hat eine Reihe von Schnitten abgekriegt, als wir hier gelandet sind.«

»Ich werde sie überleben«, kam Bob möglichen Fragen zuvor. »Vor zwei oder drei Stunden bekam ich leichtes Fieber, aber Maeta hat es gemerkt und den Jäger zu mir geschickt, um die Infektion auszuräumen. Ich wollte das natürlich nicht, aber gegen sie kann man nicht aufkommen, wie Sie sicher auch schon festgestellt haben. Außerdem hatte sie den Jäger auf ihrer Seite. Er hat sich also eine Weile um mich gekümmert und ist dann zu ihr zurückgekehrt. Ich bin für eine Weile okay.«

»Und wer kümmert sich um mich?« fragte André.

»Ein gebrochener Schulterknochen, soweit ich das beurteilen kann«, sagte Bob zu dem Arzt. »Er sieht von uns am besten aus, wenn man von der interessant gefärbten Schwellung absieht; er braucht Sie jedoch wahrscheinlich am dringendsten.«

Seever seufzte. »Jäger, falls deine Leute sich dazu entscheiden sollten, engen Kontakt mit der Menschheit aufzunehmen, wird sich in der Medizin einiges ändern. Wahrscheinlich sollte ich dankbar sein, wenn meine Zunft nicht völlig untergeht, obwohl es mir nichts ausmachen würde, mich etwas eher zur Ruhe zu setzen. Kommt jetzt. Ich werde mich im Flugzeug um euch kümmern. André, ich nehme an, daß du jetzt auch zu unserer Gruppe gehörst.«

»Wissen Sie«, sagte Bob, »wir mußten irgend etwas unternehmen, um ihn davon abzuhalten, Menschen auf Grillspieße zu ziehen, nur um zu sehen, ob sie das überleben würden. Vielleicht sollten sie ihn zum chirurgischen Assistenten ausbilden, Doc.«

Als das Flugboot Ell erreichte, hatte Seever Andrés gebrochenes Schlüsselbein ruhiggestellt, Bobs Abschürfungen und Schnitte versorgt und Maetas Verletzungen verbunden — eigentlich mehr der Ordnung halber. Der Jäger war ungeduldig zurückzukommen, da er seine neuen Erkenntnisse und die daraus gezogenen Schlußfolgerungen nicht vor André diskutieren wollte, der mit Sicherheit die Nachricht über seine Verstöße gegen mehrere Vorschriften verbreiten würde, wenn sie ihm zu Ohren kämen. Im Augenblick war es ihnen gelungen, dem Jungen das Versprechen abzunehmen, nicht mehr über die ›grünen Dinger‹ zu sprechen; Bob hatte ein früheres Argument Maetas benutzt und den Jungen darauf hingewiesen, daß die ›grünen Dinger‹ nicht wollten, daß man von ihnen sprach, und es deshalb nicht zu erwarten war, sie zu Freunden zu gewinnen, wenn jemand ihr Geheimnis lüftete. Es war klar, daß das nicht lange vorhalten würde und sie bald weitere Schritte unternehmen mußten, doch keiner der drei wußte, was für Schritte.

Das Wichtigste war, Bob mit einem castorianischen Xenobiologen in Verbindung zu bringen, damit er endgültig geheilt werden konnte, und aus diesem Grund wollte der Jäger möglichst rasch nach Ell zurück. Er hatte endlich entscheiden können, welches die wichtigsten Steine des Mosaiks waren und sie zusammengefügt, so daß sie ein zusammenhängendes Bild ergaben: die von Apu in die Lagune gebrachte Generatorabdeckung, das in eine Falle umfunktionierte Raumschiff, die Tatsache, daß das Schiff des Kriminellen sich in einem weitaus besseren Zustand befand als das seine, der Bibliotheksraum mit dem großen Polstersessel, die Bibliothek selbst, Maetas leichtsinnige Periode und ihre Erfahrung, daß man Durst bekämpfen konnte, indem man sich ins Meerwaser legt, und seine eigenen Erfahrungen durch die über siebenjährige Symbiose mit Bob. Er war sicher, daß polizeiliche Routinemaßnahmen nicht mehr wichtig waren, da die castorianische Polizei die Erde längst verlassen hatte. Jetzt mußte er vor allem das Hauptquartier des Teams finden, das die Erde und die Menschheit erforschte.

Und ihm war auch klar, wo es sich befand. Es blieb jetzt nur noch das relativ geringe Problem, sich mit der Gruppe von Wissenschaftlern in Verbindung zu setzen, die gewarnt worden waren, daß sich ein gefährlicher Krimineller möglicherweise noch immer auf der Erde herumtrieb. Die Nachrichten, die sie auf dem Schiff hinterlegt hatten, waren also völlig nutzlos; die Wissenschaftler würden es höchstens einmal pro Jahr aufsuchen, falls sie die Zeit dafür erübrigen konnten. Es mußte eine neue Botschaft hinterlegt werden, doch nicht bei dem Schiff. Der Jäger wußte jetzt auch wo, und er war wütend, daß er nicht schon viel früher darauf gekommen war. Auch die Methode der Übermittlung war offensichtlich, doch der Jäger hoffte, daß seine menschlichen Kollegen sich dabei genauso lächerlich machten, wie er es getan hatte. In diesem Punkt war er offen und ehrlich, als die ganze Gruppe, mit Ausnahme Andrés, am Abend nach ihrer Rettung in Maetas Krankenzimmer zusammentraf. Das Mädchen hatte die Kunst, alles, was der Jäger in ihr Ohr vibrierte, sofort weiterzugeben, sehr rasch gemeistert. Sie sprach meistens sogar gleichzeitig mit ihm, ohne ihn vorher ausreden zu lassen, und so lief das Gespräch sehr flüssig.

»Erstens«, begann der Jäger mit einer Frage, »seid ihr sicher, daß André wirklich schläft? Er entwickelt mehr Talent im Belauschen von Gesprächen, die nicht für seine Ohren bestimmt sind, als mir lieb ist.«

»Er ist nebenan, schläft aber wie ein Toter«, antwortete Seever. »Er fühlte sich so schlecht, daß er meine Medizin annahm, ohne zu protestieren.«

»Und Sie sind sicher, daß er sie auch wirklich genommen hat?«

»Ja. Ich habe zugesehen, als er den Cocktail trank, den ich ihm gemixt hatte, und darauf geachtet, daß er nichts verschüttete und hinterher mit ihm gesprochen, um sicher zu sein, daß sein Mund leer war. Ich lerne immer noch dazu, so alt ich auch bin.«

»In Ordnung«, gab Maeta die Worte des Jägers weiter. »Ich bin jetzt sicher, wo wir Kontakt zu dem Forschungsteam von meinem Heimatplaneten aufnehmen können, und ich denke, das sollten wir morgen tun. Ich komme mir reichlich töricht vor, daß ich es nicht schon viel früher erkannt und euch allen so viel unnötige Mühe gemacht habe, ganz abgesehen davon, daß ich die Gefahr für Bobs Leben verlängert und auch Maeta und Jenny in Gefahr gebracht habe. Ich möchte euch jetzt eine detaillierte Schilderung der Vorgänge geben, die während der letzten sieben Jahre auf Ell stattgefunden haben müssen, nicht, weil ich eine Dramatisierung für nötig halte, sondern, weil ich mir etwas weniger lächerlich vorkäme, wenn es mir gelingt, bis zum Ende meiner Darstellung zu kommen, ohne daß ihr erkennt, wo sich meine Leute aufhalten müssen. Eine Reihe von Detektivgeschichten, die Bob gelesen hat, waren sozusagen die Vorlage für diese Technik. Entschuldigt, wenn die Spannung einem von euch zu groß werden sollte.

Als wir uns des Kriminellen entledigten, den ich bis hierher verfolgt hatte — und es scheint, daß wir uns seiner wirklich entledigt haben, und obwohl es sehr schwer sein dürfte, dafür einen unwiderlegbaren Beweis anzutreten, habe ich jedenfalls André gründlich untersucht —, war ich überzeugt, daß ich mich hoffnungslos verirrt und jeden Kontakt mit meinen Leuten verloren hatte. Ich hatte eine sehr unrealistische Vorstellung von der Dichte der Sterne innerhalb des Raums, den ich durchquert hatte. Ich mache mir deshalb keinen allzu großen Vorwurf; ein Blick auf die Sternwolken der Milchstraße ist äußerst verwirrend. Seht euch doch nur eine Darstellung in einem eurer Sternatlanten an; ihr würdet sicher nicht auf den Gedanken kommen, daß ein maßstabsgerechtes Modell dieses Teils der Galaxis hergestellt werden könnte, indem man Tennisbälle in Abständen von etwa tausend Meilen in den Raum streute.

Nachdem Bob und ich einen Astronomiekurs absolviert hatten, wurde mir klar, daß es meinen Leuten eigentlich nicht schwerfallen dürfte, uns zu finden, und daß wahrscheinlich bereits nach uns gesucht worden war. Jetzt bin ich sicher, daß eins unserer Schiffe die Erde irgendwann vor März 1949 — nach eurer Zeitrechnung — erreicht haben muß, das heißt, weniger als fünfzehn Monate, nachdem wir den Kriminellen beseitigt hatten. Sie haben sein Schiff gefunden, aber nicht das meine, wahrscheinlich, weil mein Schiff beim Absturz zu stark deformiert worden war, so daß Seewasser in die Sektionen eindringen konnte und Korrosion die Maschinen zerstört hatte, durch die die Kraftfelder erzeugt werden, deren Ausstrahlungen es ermöglichen, ein Schiff selbst aus größerer Entfernung zu orten. Sie hatten also das andere Schiff entdeckt, identifiziert, den möglichen Weg nach Ell erkannt und die Generatorabdeckung auf Apu gefunden, genau wie wir schon früher. Sie hatten jedoch den Vorteil zu wissen, daß so ein Teil von dem Raumschiff fehlte und haben planmäßig danach gesucht.

Da sie keine Spur von mir oder meinem Schiff entdecken konnten, mußten sie annehmen, daß ich entweder die Erde überhaupt nicht erreicht hatte, beim Absturz getötet worden war oder von fremden, irdischen Lebensformen oder von dem Kriminellen, den ich verfolgt hatte. Es wäre auch denkbar, daß sie mein Schiff gefunden und aus seinem Zustand geschlossen haben, daß ich unmöglich an Land gekommen sein konnte.«

»Aber wie hättest du bei dem Absturz getötet werden

können?« fragte Mrs. Kinnaird. »Soweit ich erfahren habe, ist dein Schiff nur zusammengedrückt worden, nicht ausgebrannt oder explodiert. Einfaches Zusammenquetschen kann dich doch nicht töten.«

»Sie übertreiben ein wenig«, erwiderte der Jäger. »Aber was mich bestimmt getötet hätte, war die Meeresfauna. Ich habe Bob und Jenny von meinen Schwierigkeiten erzählt, die sich ergaben, als ich in dem Rohr auf den Meeresgrund hinabgelassen worden war. Wenn ich vor sieben Jahren nicht dem Hai begegnet wäre, hätte ich sehr wahrscheinlich nicht so lange überlebt, um Ell zu erreichen und Bob zu treffen.« Die Frau nickte verstehend, und der Jäger fuhr fort. »Auf jeden Fall nahmen meine Freunde an, daß ich nicht mehr existierte, und daß der andere sich irgendwo auf der Erde herumtrieb — auf Ell, hofften sie, konnten dessen aber nicht sicher sein.

Natürlich konnten sie ihn nicht finden. Wahrscheinlich war es unter diesen Umständen ein Glück, daß sie auch mich nicht fanden, obwohl es mir wahrscheinlich gelungen wäre, mich ihnen gegenüber rechtzeitig zu erkennen zu geben. Auf jeden Fall brachen sie die ergebnislose Suche ab, verwandelten das Schiff des Flüchtigen in eine Falle und kehrten nach Hause zurück. Ihr Bericht führte zur Bildung eines Forschungsteams, das dann zur Erde geschickt wurde. Es ist vor mehr als drei Jahren hier eingetroffen.«

»Das begreife ich nicht«, sagte Maeta.

»Das freut mich. Du wirst es bald begreifen. Aber ich habe einen Punkt ausgelassen, entschuldigt. Die Polizisten waren es, die die Generatorabdeckung von Apu in die Lagune gebracht haben, teils, um zu experimentieren, um festzustellen, ob der Kriminelle sie dort zurückgelassen haben könnte, teils, um zu verhindern, daß er sie noch einmal als Transportmittel gebrauchen könnte — es wäre schließlich durchaus möglich gewesen, daß er sich zu jener Zeit auf Apu herumtrieb. Einer von ihnen ist sicher als Wache bei dieser Abdeckung geblieben, wahrscheinlich mit einem Paralysator bewaffnet für den Fall, daß der andere wieder auftauchen sollte. Doch statt seiner kam Maeta und nahm sie mit.«

»Willst du damit sagen, daß einer von euren Leuten in diesem Ding saß, als ich es nach Hause nahm?« rief Maeta entsetzt.

»Darauf würde ich jede Summe wetten, die du mir nennst; und bei Berücksichtigung des Datums, an dem du das Stück gefunden hast, bin ich sicher, daß es ein Mitglied der Polizeitruppe war, nicht jemand von dem später eingetroffenen Team. Du hast nicht hineingeblickt, nehme ich an.«

»Nicht sehr gründlich. Die Höhlung schien voller Sand zu sein, und ich habe es über Nacht draußen gelassen, damit es trocknete, bevor ich es ins Haus nahm.«

»Richtig. Du hast es ins Haus genommen, und ein Mitglied deiner Familie, wahrscheinlich du selbst, ist, wie ich annehme, für eine Weile der Gastgeber dieses Polizisten geworden.«

»Aber er hat nie versucht, mit mir zu sprechen!«

»Natürlich nicht. Kein Notfall. Er hat sich schließlich nicht isoliert auf der anderen Hälfte des Planeten gefunden, als er den ersten Blick durch deine Augen werfen konnte, wie es bei mir der Fall war.« Der Jäger wandte sich wieder an die ganze Gruppe.

»Ich glaube nicht, daß er sehr lange bei Maeta geblieben ist; er mußte sich auf der ganzen Insel bewegen, um seine Untersuchungen durchführen zu können. Es müssen auf Ell etliche Ex-Gastgeber leben.

Schließlich traf die zweite Gruppe ein und machte dort weiter, wo die Polizei aufgehört hatte. Wahrscheinlich haben sie sich kaum um das Schiff gekümmert, und das tut mir leid, wie ich bereits sagte. Es war anfangs eine sehr logisch erscheinende Theorie, doch auch Routinemaßnahmen werden immer den Gegebenheiten angepaßt. Auf jeden Fall ist das Forschungsteam eingetroffen und befindet sich noch immer hier. Die Durchführung seines Auftrages wird wahrscheinlich fünf bis zehn eurer Jahre in Anspruch nehmen. Wenn die Polizei berichtet hat, daß sich die Menschen wesentlich von den uns bekannten Humanoiden unterscheiden, besteht das Forschungsteam wahrscheinlich aus etwa fünfzig Mitgliedern — darunter auch einige der Spezialisten, die wir brauchen, um

Bob völlig zu kurieren. Morgen werden wir eine entsprechende Nachricht zum Hauptquartier dieses Teams bringen.«

»Und wo ist das?« fragte Jenny.

»Ich mache dein Spiel mit, Jäger«, sagte Maeta. »Du hast angedeutet, daß ich einem deiner Spezies für einige Zeit als Gastgeber gedient habe. Spielt das eine Rolle bei deinem Agatha-Christie-Puzzle? Bob, hast du den Jäger jemals *grinsen* gefühlt?«

»Ich glaube nicht«, war die Antwort. »Laß ihn weitermachen.«

Der Detektiv fuhr fort. »Es spielt sogar eine große Rolle. Ich bin sicher, daß einem von euch sehr bald die Lösung einfallen wird. Ja, Maeta, du warst ein Gastgeber, wahrscheinlich sogar mehrmals. Ich vermute, daß sie die Gastgeber häufig gewechselt haben, um zu vermeiden, daß Folgen eintreten, wie sie durch mich bei Bob verursacht worden sind — und was auch ich hätte tun sollen, wie ich jetzt erkenne. Zumindest einmal war ein Experte bei dir, der den Entsalzungsprozeß beherrschte; du hattest völlig recht: du hast keinen Durst gespürt, als du ohne Wasser auf dem Riff warst.«

»Aber warum sollten sie mich mehrere Male benutzen? Es gibt schließlich mehrere hundert Menschen auf Ell — wenigstens einhundertfünfzig, wenn man die Kinder abrechnet, die dazu vielleicht zu klein sind.«

»Es ist sehr angenehm, einen kräftigen und gesunden Gastgeber zu haben; wenn man sein ganzes Leben damit zubringen muß, ihn zu schützen und zu reparieren, ist es kaum noch lebenswert. Wir müssen uns schließlich auch um unsere eigenen Angelegenheiten kümmern, und die Mitglieder des Forschungsteams haben sicher eine Menge zu tun. Viel wichtiger ist jedoch, Maeta« — übertrug das Mädchen die Worte des Jägers, obwohl sie jetzt sehr persönlich wurden — »daß deine Arbeit dich zu einem der günstigsten Gastgeber der Insel macht. Überlege doch selbst: Du arbeitest an einem Ort, wo eine enorme Menge geordneter Informationen über die Erde und ihre Menschen zugänglich ist. Ein Ort, an dem sich ein Gastgeber ohne Schwierigkeiten in einen schläfrigen Zustand versetzen läßt, wenn der Symbiont einmal eine Zeitlang allein arbeiten will, wo ein Mensch unauffällig für eine kurze Zeit anästhesiert werden kann, ohne ihn dem Risiko auszusetzen, zu fallen und sich zu verletzen, wenn ein Mitglied des Teams in ihn eindringen will, um ihn für eine Weile als Gastgeber zu benutzen. Du hast Bob den bequemen Polstersessel gezeigt.«

Maeta hatte noch nicht Bobs Fertigkeit erlangt, mit dem Jäger zu sprechen, ohne ihre Worte laut werden zu lassen, doch sie versuchte es jetzt.

»Das gibt Bob und mir einen unfairen Vorteil, findest du nicht auch? Ich jedenfalls erkenne jetzt die Zusammenhänge. Soll ich reden?«

»Bob hat sie nicht erkannt. Sprich.« Das Mädchen nickte.

»Okay«, sagte sie laut. »Doktor, wenn Sie mir eine Krücke leihen können, gehe ich morgen wieder zur Arbeit. Ich habe eine Menge zu tun. Wenn der Jäger heute nacht eine Nachricht in seiner Sprache abfaßt, werde ich sie morgen in den Sessel stecken, den der alte Toke zu bequem fand; und irgendwann im Lauf des Vormittags werde ich mich dort eine Weile ausruhen. Vielleicht solltest du auch noch etwas auf einen größeren Bogen schreiben, Jäger, den ich auf dem Tisch gegen ein paar Bücher lehnen kann, mit einem kurzen Hinweis auf die Nachricht im Sessel. Wenn ich jemand kommen höre, schiebe ich sie rasch unter die Bücher, damit niemand behaupten kann, ich verstoße gegen die Vorschriften. In Ordnung, Jäger?«

Es war sehr in Ordnung.

15
Amtliches vom Hauptquartier

Die Hauptschwierigkeit des Jägers während der kommenden Monate, wenn auch nicht seine einzige, hatte ihre Wurzel in der Persönlichkeit des Spezialisten, der Bob übernahm. Er war ein intolerantes und taktloses Individuum, das großen Wert auf berufliche Kompetenz legte, eine hohe Meinung — die glücklicherweise gerechtfertigt war — von seinem eigenen Können hatte und überhaupt kein Verständnis dafür aufbringen konnte, daß der Detektiv so dumm gewesen sein konnte, für eine so lange Zeit bei einem einzigen Gastgeber einer neuen, unbekannten Spezies zu bleiben. Da der Jäger dafür keine Entschuldigung hatte und sich selbst wegen dieser Kurzsichtigkeit ständig Vorwürfe machte, war diese Haltung des Experten der Heilung seiner verletzten Selbstachtung nicht gerade förderlich. Der Umstand, daß Bob seinen neuen Symbionten nicht mochte, daraus auch kein Geheimnis machte und allen verkündete, daß er sich auf die Zeit freue, wenn er wieder mit dem Jäger leben konnte, tröstete diesen zwar ein wenig, doch nicht sehr. Glücklicherweise hatte das keinerlei Einfluß auf die Einstellung des Spezialisten, der den jungen Mann lediglich als ein interessantes Studienobjekt betrachtete, nicht als persönlichen Freund. Als er einmal nahe daran kam, etwas, das der Jäger getan hatte, zu billigen, wurde das mehr als deutlich.

Die beiden Aliens standen in direktem Kontakt miteinander, wobei ihre Vielzweck-›Zellen‹ als Nerven funktionieren und Gedanken weitaus schneller tranmittieren konnten, als es bei einer sprachlichen Verständigung möglich gewesen wäre. Der Jäger befand sich im Sessel im Kellerraum der Bibliothek; Bob saß in dem Sessel, um die Kommunikation zu ermöglichen, und hielt beide Arme reglos auf den Lehnen.

»Ich muß zugeben«, sagte der Xenobiologe, »daß deine Dummheit wenigstens ein gutes Resultat hervorgebracht hat. Durch das, was du diesem Exemplar angetan hast, ist es mir gelungen, innerhalb weniger Monate erheblich mehr über seine Spezies festzustellen, als ich im Lauf einer mehrjährigen Forschung herausfinden könnte. Es ist durchaus möglich, daß es mir gelingen wird, in zwei oder drei Jahren entsprechende Techniken zu entwickeln, die es uns erlauben, ständig mit diesen Wesen zu leben.«

»Dann wird Bob also wieder völlig geheilt werden? Du erwartest, daß du ihn jahrelang studieren kannst?«

»Natürlich. Habe ich das nicht deutlich genug gesagt? Du läßt dich ständig von klaren, zusammenhängenden Gedankengängen ablenken.«

»Warum hast du mir das nicht schon früher gesagt?«

»Weil es nicht wichtig ist«, sagte Xeno, wie Bob ihn genannt hatte.

»Mir ist es aber wichtig«, sagte der Jäger. »Du sprichst wie einer dieser irrealen Wissenschaftler in den Romanen, die Bob liest. Weißt du, was ein Freund ist?«

»Selbstverständlich. Ich habe selbst eine Anzahl von Freunden; aber die Herstellung einer nahen Verbindung zu einem Mitglied dieser Spezies war ziemlich voreilig. Auf jeden Fall wird es mehrere Jahre dauern, bis ich dir erlauben kann, deine Symbiose mit diesem Exemplar fortzusetzen. Falls du vorhaben solltest, auf der Erde zu bleiben, solltest du dich daran gewöhnen, mit anderen menschlichen Wesen zu leben. Ich kann dir die Genehmigung dazu geben, aber du wirst auf keinen Fall länger als ein halbes Erdenjahr mit einem Individuum zusammenleben. Ich hoffe, du wirst dich auf diejenigen beschränken, die durch deine Inkompetenz bereits von uns wissen.«

»Das wäre auf jeden Fall besser, als ständig in dieser Bibliothek zu leben, selbst wenn wir jetzt regelmäßig Nahrung bekommen — du mußt zugeben, daß es ein Fortschritt ist gegenüber den Asseln und den Krümeln von den Sandwiches der Bibliothekarinnen.«

»Es ist angenehmer, muß ich zugeben. Ich hoffe aber, daß du

nicht diese höchst subjektive Einstellung entwickelst, die die Menschen ›Geschmack‹ nennen. Nahrung ist Brennstoff; so lange sie in ausreichender Menge zur Verfügung steht, gibt es keinerlei Grund zur Klage.«

Der Jäger brach den Kontakt ab, und Xeno informierte Bob, daß die Konversation beendet sei — der Alien hatte in Verbindung mit seiner Arbeit in der Bibliothek englisch gelernt —, und der Detektiv hatte während der nächsten Tage keine weiteren Kontakte mit dem Spezialisten.

Er verbrachte einige Zeit mit Maeta, deren Verletzungen inzwischen völlig ausgeheilt waren, und berichtete ihr von seinem Gespräch mit Xeno.

»Dann wird Bob also wirklich wieder ganz gesund?« fragte sie. »Er sieht so viel glücklicher aus, und diese Schwächeanfälle und die Gelenkschmerzen sind völlig abgeklungen, aber ich war bis jetzt nicht sicher, ob Xeno die Ursachen dafür erkannt hat.«

»Die kannte er von Anfang an«, gab der Jäger zu. »Das Problem lag darin, daß es durch mein Verschulden zu so großen Schäden gekommen war und er lange Zeit nicht sicher war, ob er sie würde reparieren können. Ich glaubte, dir das schon einmal gesagt zu haben.«

»Das hast du«, sagte das Mädchen, »doch ich hoffte, du hättest es vergessen. Du hast die ganze Zeit deswegen ein sehr schlechtes Gewissen gehabt, und es war doch wirklich nicht deine Schuld. Du hättest doch nichts anderes tun können.«

»Zu Anfang nicht«, stimmte der Jäger zu, »später jedoch hätte ich zu einem anderen Gastgeber übergehen können. Schließlich gab es Bobs Eltern und den Arzt, die von mir wußten.«

»Hättest du so viele gebraucht? Wäre es nicht ausreichend gewesen, wenn du zwischen zwei Menschen hin und her gewechselt hättest?«

»Wahrscheinlich, aber ich bin nicht sicher. Ich könnte Xeno einmal danach fragen. Aber jetzt ist es ja ohnehin nur noch eine akademische Frage, nicht wahr?«

»Nicht ganz«, sagte Maeta. »Stelle es bitte fest — und finde auch heraus, wann dieser fischblütige Molekülmanipulator mit Bob fertig sein wird, wenn du schon dabei bist. Ich denke, ich kann Bobs Hand so lange halten, bis ihr beide diese Fragen geklärt habt. Und jetzt kannst du die Biochemielektionen rekapitulieren, die Xeno dir aufgegeben hat. Ich muß noch ein paar Bücherlisten zusammenstellen.«

Alpers · Fuchs · Hahn · Jeschke

Lexikon der Science Fiction Literatur

Das erste umfassende bio-bibliographische Werk der Science Fiction in deutscher Sprache

Band 1

- Entwicklungsgeschichte
- Themenkreise
- Biographisches Lexikon
- Pseudonyme

Heyne Sachbuch 01/7111 - DM 12,80

Band 2

- SF in der Bundesrepublik
- Bibliographie seit 1945
- Wer ist wer in der deutschen SF?
- Internationale SF-Preise und Preisträger
- Literatur über SF
- Personenregister

Heyne Sachbuch 01/7112 - DM 9,80

Wilhelm Heyne Verlag München